CUENTOS
SIN VISADO

Antología cubano-mexicana

CUENTOS
SIN VISADO

Ediciones
UNIÓN

Cuentos sin visado. Antología cubano-mexicana
D.R. © Pedro Juan Gutiérrez, Guillermo Vidal, Marilyn Bobes, Alberto Garrandés, Rogelio Riverón, Ángel Santiesteban, Ena Lucía Portela, Mario González Suárez, Eduardo Antonio Parra, Mauricio Montiel Figueiras, Ana García Bergua, Ana Clavel, Guillermo Vega Zaragoza y Mauricio Carrera, 2002.

D.R. © Editorial Lectorum, S.A. de C.V., 2002
Antiguo Camino a San Lorenzo 220
C.P. 09830, México, D.F.
bajo convenio con:

D.R. © Ediciones UNIÓN
Unión de Escritores y Artistas de Cuba
Calle 17 no. 354 e/ G y H, El Vedado, Ciudad de La Habana

ISBN Editorial Lectorum: 970-732-001-X
ISBN Ediciones UNIÓN: 959-209-445-4

D.R. © Prólogo sección mexicana: Mauricio Carrera
D.R. © Prólogo sección cubana: Rogelio Riverón
D.R. © Portada: Carlos Zamora

Impreso y encuadernado en México
Printed and bound in Mexico

Cuba

PRÓLOGO

Rogelio Riverón

Bordeando una metáfora de Jorge Luis Borges (que a su vez bordeaba a San Agustín, o a H. G. Wells), he comparado en otra parte a las antologías con las creencias. Resulta que sus responsables son incapaces de sustraerse a ciertos mitos personales, aunque tal vez esta fatalidad del prejuicio sea lo que autentifica al antologador, si Dios lo ayuda. Supuestamente al tanto del acontecer de aquella zona que ha decidido fotografiar, quien selecciona no desea forzar su propio gusto, por lo que un lector sagaz tiene derecho después al silencio o a mostrarse contrario.

En una selección tan breve, sin embargo, parece aconsejable apartarse de fundamentalismos, de aseveraciones tajantes. La literatura cubana del presente (su narrativa, para limitarme de una buena vez al caso) no es tan famélica que le resulte bastante una glosa de apenas siete nombres. Esta muestra, conformada para lograr todos los efectos estética y éticamente posibles de acuerdo con un preciso criterio editorial, pudo haber sido diferente, aunque sin lugar a dudas los autores que engloba se encuentran entre los más prestigiados por publicaciones, premios y, en fin, por una vitalidad que es música antes que ruido. Nacidos a partir de 1950, pertenecen, básicamente, a dos promociones concretas: la primera, bautizada por el narrador y crítico Francisco López Sacha como *La Generación del 80* o (cuánto más significativo el nombre) *de la Búsqueda,* y la segunda, a la cual Salvador Redonet —que la paz sea con él— quiso llamar *Los Novísimos Narradores Cubanos.**

La del 80 resulta, según López Sacha, una generación tardía, al menos en lo que a comulgar con un estilo se refiere o, más exactamente, con un

---

* No es ocioso recordar la tendencia al esquematismo de las clasificaciones. Por muchas causas, siempre alguna individualidad se siente incómoda en el reducto, o se desfasa. El propio Pedro Juan Gutiérrez, un periodista dado relativamente tarde a publicar sus ficciones, lo confirma.

tipo de narración. Impresionados por el realismo socialista y por una temática campesina que sólo en apariencia se vestía de modernidad, narradores como Senel Paz, Reinaldo Montero, Marilyn Bobes, Arturo Arango, Miguel Mejides y el propio Sacha debieron asumir una especie de metamorfosis, cuya condición fueron los años. Decididos a otras abstracciones, a un ensanchamiento de sus alegorías, terminaron por admitir que los grandes maestros no están obligados, ni en sus vísperas, a plegarse a ningún tipo de preceptiva y han dotado a la prosa cubana con obras cuyo eco golpea en laderas distantes. Ahí tenemos el cuento de Senel Paz "El lobo, el bosque y el hombre nuevo", de merecida fama y con secuelas en el teatro y, sobre todo, en el cine, la novela *El libro de la realidad,* de Arturo Arango, un relato concentrado, de suculenta geometría, y otros libros de Reinaldo Montero, Miguel Mejides y Leonardo Padura, escritor eficaz, cuya obra elude con elegante cinismo los arquetipos generacionales y a quien debemos una de las novelas más completas de todas las que han podido escribirse en Cuba: *La novela de mi vida.*

De Los Novísimos se ha dicho ya bastante, empezando por el hecho de que fuimos una generación en cierto modo *compelida a ser.* No me refiero a la natural entrada en los desfiladeros de la literatura, que, en cualquier instancia, es una decisión personal y un tanto fatídica, sino a la conciencia de grupo que se nos propuso, quizás como a ninguna otra promoción. En el principio fuimos eso: promoción, si bien la lógica nos garantizó ciertos rasgos, aprovechables unos; otros no tanto. Una de nuestras ventajas fue el no aceptar algunos presupuestos estéticos y morales que se tenían como indispensables. Aquello de que el principal —el único, para muchos— compromiso del escritor es con la literatura puede resultar un egoísmo necesario. Los Novísimos lo celebramos y lo olvidamos paralelamente, pero nuestra manera de relacionarnos con la realidad *escriturable* ha sido asumida en algún grado por quienes nos preceden.*

Los cuentos recogidos en este libro perfilan los rasgos más comunes de la narración corta en la Cuba actual: el sesgo testimonial, marcado en ocasiones por una parquedad poliédrica, la parodia, la autorreflexión

* Yo nunca he creído demasiado, ni en el parricidio, ni en la supuesta homogeneidad de las generaciones, ha dicho Graziella Pogolotti y ello me recuerda que la tendencia a la individualizacón es el rasgo más interesante de la personalidad artística. Clasificar se traduce, sobre todo, como un acto sociológico, cómodo y a un tiempo engañoso, lo que no niega la posibilidad de que sean los Novísimos los que prefiguraron el auge actual de nuestra narrativa, sea cual fuere su grado.

textual y una especie de fruición simbólica, alusiva, que, consciente de que, en efecto, cada perspectiva tiene su hora, aguarda con paciencia nuevos momentos de esplendor. Pedro Juan Gutiérrez, a quien han llegado a presentar como *una especie de habanero Henry Miller,* baraja su adhesión al *dirty realism* con un pavoneo muy a propósito, y una pátina de melancolía que debe haber filtrado de otros autores norteamericanos, sin descartar a los maestros del género negro. Aquel que lo ha señalado como *una gratísima excepción no solo en las letras cubanas, sino en el conjunto de la literatura latinoamericana,* conoce a medias el ambiente narrativo de la Isla, pero es verdad que Pedro Juan Gutiérrez (1950) ha resultado un escritor con ojo de fotógrafo y pulso de arquero, y es hoy uno de los autores cubanos más conocidos a nivel mundial. Ha publicado los libros *Trilogía sucia de La Habana* (cuento), *El rey de La Habana* (novela), *Animal tropical* (novela) y *El insaciable hombre araña* (cuento), todos en la editorial española Anagrama, así como *La melancolía de los leones* (cuento, Ediciones Unión). La editorial Letras Cubanas prepara la edición de *Animal tropical* para Cuba.

Guillermo Vidal (1952) se ha hecho de un estilo coloreado, sobre todo, por el juego y el desorden. Me refiero a un desorden a propósito, que va desde la caprichosa alternancia de los tiempos de sus relatos y novelas, hasta la manipulación del lenguaje. Sus libros han ido conformando un catálogo de *niños a toda costa* que, lejos de una frustrante moralidad, convocan al pensamiento. Tiene publicados los libros *Se permuta esta casa* (cuento), *Matarile* (novela), *Confabulación de la araña* (Premio UNEAC de cuento, 1990), *Donde nadie nos vea* (cuento) y *Ella es tan sucia como sus ojos* (novela), entre otros. Con *Las manzanas del paraíso* ganó el premio internacional de novela Casa de Teatro, en la República Dominicana.

Marilyn Bobes (1955) es una de esas escritoras, cuyo feminismo uno puede esperar y agradecer. Poeta y narradora, lleva eso que seguimos llamando la sicología de los personajes a un coto de autenticidad, garantizada, al parecer, por la insistente contraposición de sus rasgos. Sarcástica y sensual, su literatura saca partido de lo cotidiano en apariencia. Suyos son los poemarios *La aguja en el pajar, Hallar el modo* y *Revicitaciones y homenajes.* Su libro de cuentos *Alguien tiene que llorar* conquistó el Premio Casa de las Américas en 1995. Ha obtenido además el Premio Latinoamericano de Cuento Edmundo Valadés (México, 1993) y el Premio de Cuento Femenino Hispanoamericano Magda Portal (Perú, 1994).

Alberto Garrandés (1960) es dueño de una interesante obra, en la cual el lenguaje dota de trascendencia a cualquier hecho. Estudioso de la literatura, ha escrito ensayos, novelas y relatos por los que viene y va la Cultura de manera cuestionadora. Fantástica o realista, pocas veces contenida, dúctil y simbólica, su escritura viene a ser una especie de filosofía sobre los estados espirituales. Es autor, entre otros libros, de *La poética del límite* (ensayo), *Salmos paganos* (cuento), *Capricho habanero* (novela), *Síntomas* (ensayo, Premio UNEAC, 1998) y *Los dientes del dragón* (ensayo).

Rogelio Riverón (1964) se autodefiniría como un poeta que nunca ha podido dejar de narrar. Su obra, marcada en buena medida por la parábola y los símbolos, muestra el resudor de un humor melancólico y un empeño por emplazar al lenguaje y convertirlo en ambiente, en la propia escenografía de sus narraciones. Es autor de *Los equivocados; Subir al cielo y otras equivocaciones; Buenos días, Zenón* (Premio UNEAC,1999); *Otras versiones del miedo* (Premio UNEAC, 2001) en el género de cuento y *Mujer, Mujer* (novela).

Ángel Santiesteban (1966) se ha trazado un estilo en el que el hombre y su infelicidad se dejan atravesar por un cociente lírico. Autor que sabe ser crudo de manera demorada, que deposita en sus cuentos un dramatismo escalonado, ha dado a la publicidad los volúmenes de relatos *Sueño de un día de verano,* con el que ganó el Premio UNEAC en 1995 y *Los hijos que nadie quiso,* Premio Alejo Carpentier, 2001.

Ena Lucía Portela (1972) trabaja con una superstición lexical capaz de granjearle esa polisemia que, en no pocas ocasiones, encalla en un ademán exclusivamente nominativo. Mordaz y puntillosa, la eficacia se le da por acumulación, como resultado de un gran divertimento. Es autora de *Una extraña entre las piedras* (cuento), *El pájaro: pincel y tinta china* (Premio UNEAC de novela, 1997) y *La sombra del caminante* (novela). El cuento "El viejo, el asesino y yo" le valió el Premio Juan Rulfo, de Radio Francia Internacional.

Desearía que estos cuentos fueran, ni más ni menos, una provocación a la estética ciudadana. No sé si así los pensaron sus autores, pero ahora, al juntarlos aquí, se me han antojado la imagen del que *atraviesa la fiesta con una campana al hombro.* Utopista y persistente, quisiera ver cómo repercuten en las bocas los elogios. Que digan muchos: *¡Ah sí, qué buenos cuentos!*

ROGELIO RIVERÓN

La Habana, junio de 2002

SALVACIÓN Y PERDICIÓN

Pedro Juan Gutiérrez

En la esquina de Infanta y Jovellar un reportero de televisión, micrófono en mano, asalta a los transeúntes con dos preguntas que dispara a boca de jarro: "¿qué es la felicidad, usted ha sido feliz alguna vez?" Una pregunta así, o mejor, dos preguntas así, requieren meditar un momento, pero el reportero no admite titubeos. El camarógrafo coloca su lente sobre la cara del entrevistado y muchos no saben qué decir, otros declinan contestar, algunos intentan decir algo inteligente para halagar su ego, pero sólo balbucean frases incoherentes.

El plomero sale de su cuarto, dobla la esquina y tropieza de bruces con la cámara, el micrófono y el reportero. Lo asaltan con la pregunta y el tipo, sin inmutarse, con resignación y amargura, dice: "¿la felicidad? No jodas, chico, eso no existe." Va a seguir su camino, pero el reportero le insiste: "¿usted ha sido feliz alguna vez?" El plomero se detiene un segundo y contesta, en un rapto de sinceridad: "yo fui feliz el día que me casé. Ése fue el único día feliz en mi vida. Después todo han sido desgracias." Y sigue caminando firme, sin prisa, serenamente. Es un tipo corpulento, fuerte, blanco, con mucho pelo negro en la cabeza y en todo el cuerpo. No tiene canas y, a pesar de sus cincuenta y dos años, tiene el vigor y la fuerza de un toro. Nació en el campo. En una vega de tabaco. Su padre era emigrante. Su madre, cubana. Hace cuarenta años que no sabe nada de ellos, ni de sus once hermanos.

En la mano lleva una bolsa de loneta gruesa con herramientas y trozos de tuberías. Tres cuadras más abajo está terminando un trabajo que comenzó ayer. Es un solar con muchos cuartos. Quince, dieciséis, veinte cuartos. Nadie sabe bien. En cada censo que hacen aparecen y desaparecen habitaciones y nadie sabe por qué. Igual sucede con los habitantes de ese solar. Pueden ser cien, o ciento cincuenta, o doscientos. Aparecen y desaparecen y nadie dice algo con exactitud.

Las autoridades del Instituto de la Vivienda hacen la vista gorda como única alternativa.

El plomero está instalando dos tanques de acero dentro de una habitación. Ha hecho un buen trabajo. Ahora, cuando llega el agua del acueducto, es decir, cada varios días, esta gente puede llenar ambos tanques. Una tubería los conecta con una llave en un fregadero, que también instaló en una esquina del cuarto, junto a la cocinita de kerosén. No es mucho, pero significa un avance respecto a los demás. El baño es colectivo. Dos baños: uno para hombres y otro para mujeres. Por supuesto, siempre hay gente esperando. La mayoría simplemente caga en un cartucho de papel y lo bota en el arroyo junto a la acera o en el contenedor de basura de la esquina.

También hay dos lavaderos, en un patio grande, sin techo. Es un viejo caserón colonial de principios del XIX, semiderruido, atiborrado de ratas y cucarachas, pero todavía es útil y seguirá siéndolo mientras quede alguna piedra.

El nombre del plomero es Pancracio. A él no le importa. No es que no le importe. Es que no percibe lo ridículo de ese nombre. Las nociones de bonito y feo no cuentan para él. Vive solo, en un cuarto independiente, con puerta a una calleja entre la Universidad y el cabaret Las Vegas. Ahí vive bien. Bueno, en realidad, nunca había vivido tan bien. Ha hecho de todo en esta vida. Desde barrer calles y vender mangos y aguacates hasta albañil en casas de lujo. Pero su oficio de plomero es lo que más le gusta. No sabe por qué ni le interesa saberlo. Le gusta.

Instalar los tanques, las tuberías y el fregadero, le ha ocupado trece horas netas de trabajo. Son las doce del día. La dueña del cuarto es una negra de unos cuarenta años, hermosa. Tiene marido, hijos y nietos. Ayer, el cuarto era un hervidero de gente entrando y saliendo, pero hoy se las arregló para estar sola con el plomero. El tipo recoge las herramientas, la mira y le dice:

—Bueno, señora. Ya tiene agua en su habitación. ¿Complacida?

—Sí, Pancracio, te ha quedado perfecto. ¿Quedamos en que son doscientos?

—Sí, señora, doscientos pesos.

—Esto..., Pancracio, tengo un problemita con el dinero.

—No. Usted no puede tener problemita con nada porque yo lo desarmo todo en diez minutos y me lo llevo.

—Espérate, no te pongas bruto.

—No me pongo. Yo soy bruto. Llevo dos días trabajando aquí y si usted no me paga, lo desmonto todo y me lo llevo. Y si usted me echa un negro guapo atrás, me lo como vivo.

—Espérate, papito. Vamos a hablar. Podemos llegar a un arreglo.

—Arreglo ninguno. Arreglo son los doscientos pesos.

—Pancracio, ¿qué tiempo hace que tú no tienes mujer?

—¿Y eso qué le importa a usted?

—A mí sí me importa.

En el cuarto hay mucho calor. No tiene ventanas ni hay ventilador. La humedad de las paredes y el techo lo invade todo. Olor a humedad mezclado con polvo, sudor, orina, suciedad, cucarachas, hierbas podridas. Ambos están sudando, pero Santa va hasta la puerta, la cierra, pasa el pestillo y enciende un bombillo solitario y mortecino que cuelga del techo. Se vuelve hacia el plomero y se abre la blusa. No usa ajustadores. Tiene unos pechos grandes, fuertes, hermosos, levemente caídos, con unos pezones negrísimos. La piel le brilla con el sudor. Se sonríe. Avanza hacia Pancracio y se quita por completo la blusa. Tiene un vientre leve, con un ombligo bellísimo donde nacen pelos negros y enroscados que bajan provocativamente hasta el pubis. Se abre la falda y muestra su monte de Venus. Lo exhibe todo con desenfado, con seguridad en su belleza perfecta de diosa africana. Sabe que sólo con mostrarse puede excitar al más frío e insensible, y se convierte en un animal felino, seductor, cálido. Pancracio se queda sin saber qué decir. El sexo nunca le ha interesado mucho. Y cada día le interesa menos. Hace tres años, o más, que no tiene relaciones sexuales. Pero la visión de esa negra maravillosa y espléndida acercándose a él, ofreciéndose, lo pone nervioso:

—¡Señora, por su madre!

—Dime Santa. No me digas más señora.

—Santa, vístase. Sus hijos pueden llegar. Su marido...

—No va a llegar nadie, papi. No te preocupes. Tenemos toda la tarde para nosotros.

—No. No. Déme mi dinero y me voy. Yo...

—Olvídate del dinero, papi, y vamos a gozar un rato. Tú verás que te va a gustar y vas a querer más.

Santa se quitó la falda y el bloomer. Tiró a Pancracio sobre la cama y se colocó a horcajadas sobre su cara. Cuando el hombre olió aquel aroma fuerte y acre y lo probó con su lengua, Santa gimió como si fuera una adolescente deliciosa que se entrega por primera vez. Y comenzó la fiesta. Santa es una maestra. Experta entre expertas. Movió la cintura y la pelvis con un estilo muy original y, en cuatro minutos Pancracio se vino como un torrente. La leche se salía de la vagina. Y eso arrebató a Santa:

—¡¿Pero qué es eso?! ¡Tú eres un salvaje! ¡Ay, qué rico!

Pancracio ve a esa mujer desquiciada debajo de él, se descontrola también y le entra a bofetadas. A Santa le gusta que sus machos la golpeen por la cara, con la mano abierta, que le pique en la piel. Eso la excita más aún, y tiene así un orgasmo. Llega al clímax y Pancracio sigue dentro de ella, con la pinga aún muy dura. Y continúa golpeándola. Ya le duele. Intenta detenerlo pero él está descontrolado. Trata de penetrarla más, de invadirla a mayor profundidad, mientras la golpea sin cesar. Le tritura los huesos de la cara, le hace daño. Ella intenta agarrarle las manos, pero él es un hombre muy fuerte. Va a tener un segundo orgasmo y la agarra por el cuello con la mano izquierda mientras sigue golpeándola con la derecha. Casi la ahorca mientras le repite en un paroxismo de furia lujuriosa:

—¡Toma leche, puta! Toma leche. ¡Coge pinga, puta!

Santa está aterrada. Casi ahogada, logra desprenderse de aquel cepo en un momento en que Pancracio se abandona, boca abajo, en la cama, relajado tras el segundo orgasmo. Ya ella está de pie y lo golpea por la espalda:

—¡Hijo de puta, por poco me matas! ¿Tú estás loco o qué cojones te pasa?

Cuando Pancracio siente que lo golpean, se levanta de un tirón de la cama y le da un puñetazo por la cara. Uno solo. Santa cae al piso, inconsciente. Entonces Pancracio reacciona. Trata de despertarla. Trae un jarro de agua y se lo tira por la cara, la sacude. Al fin, Santa vuelve en sí. Abre los ojos y comienza a gritar para que los vecinos la oigan:

—¡Ay, este hombre me quiere matar! ¡Aléjate de mí, hijo de puta! ¡Aléjate!

De la nariz y la boca de Santa mana sangre. Pancracio se viste aprisa y recoge sus herramientas. Santa no ha dejado de gritar ni un instante. Él abre la puerta y un soplo de aire fresco le permite respirar mejor. Una viejita y unos muchachos están allí, con cara de susto, mirándolo. Él ni los ve. Sale aprisa y se va mientras sigue oyendo la gritería de esa mujer. Nadie intenta detenerlo. Sale del solar a la calle y sube unas cuadras hasta su cuarto. No tiene miedo. Él no sabe lo que es el miedo. Sólo está alterado.

Su habitación es un caos de hierros viejos y oxidados, tuberías, lavamanos, jaboneras, urinarios. Es un rastro de plomería de segunda mano que se ha ido acumulando con los años. Todo cubierto de polvo, óxido y telarañas. En una esquina tiene su cama, perfectamente vestida y limpia. Adosado en la pared, un pequeño altar con una Virgen de la Caridad del Cobre. Al fondo, hay un cuarto de baño mínimo. Eso es todo. Pancracio lanza al piso la bolsa de loneta y va hasta un pequeño fogón de kerosén junto al baño. Hace café. No quiere pensar en lo que ha hecho. Siempre es lo mismo. Cada vez que está en un aprieto a su mente vienen las mismas imágenes: su padre dándole con un azadón por la cabeza, en medio de un campo arado. Él tenía doce años. Esa noche, con las heridas aún frescas, escapó de la casa y de sus once hermanos. Jamás volvió a ese sitio. Fue dando vueltas y trabajando en cualquier cosa hasta llegar a La Habana. El otro momento importante fue cuando se casó. Ése fue un día feliz, pero a la mañana siguiente, comenzaron las broncas con su mujer y se separaron en una semana. Desde entonces no le interesa nada. Por eso ya ni el sexo le atrae. Y además, siempre ha sucedido lo mismo de hoy: cada vez que se acuesta con una mujer pierde la cabeza y la golpea sin control.

Por eso fueron las broncas con su esposa. Ninguna mujer lo resiste. Y él no puede controlarse. Le gusta golpearlas y gritarles puta y no puede resistirse. Por suerte, él no piensa, no habla, no teme, no se preocupa. Se desliza por la vida como puede. Sin esperar nada, sin ansiar nada. Su vida es simple: un poco de comida frugal, cocinada de cualquier modo en el fogoncillo de kerosén, café, tabaco y mucho trabajo. Se embota con el trabajo. Nada de alcohol, ni mujeres, ni juego, ni amigos. Nada de vicios costosos. Ya tiene demasiado gasto con el café y el tabaco. Bajo una losa del piso, en un rincón, debajo de esos tarecos polvorientos, excavó un hueco, lo revistió cuidadosamente con cemento, y allí esconde miles de pesos. Ésa es su pasión única. Quita las tuberías oxidadas y todos esos cacharros, levanta la losa del piso, saca el dinero y lo cuenta y añade más. Jamás retira un billete, aunque pase hambre. Anhela sentir los billetes en sus manos. Son tres sus placeres: el dinero, el café y el tabaco. Ni sabe por qué puso a la Virgen en aquel altar. Jamás le pide nada, y no sabe orar. Varias veces ha pensado retirarla de ahí y botarla en la basura. Pero no se atreve.

Ya el café está listo. Se sirve en un vaso. Enciende un buen tabaco. Abre la puerta y se sienta a fumar en el quicio de la entrada. Ve la gente pasar, algún camión, alguna bicicleta. Los mira y fuma. Ya está tranquilo. No piensa en nada. Sólo mira a la gente que pasa. Y fuma. Nada sucede. Nada es terrible. Nada es hermoso. Sólo la ira explota a veces y se lanza afuera como un chorro de fuego sin control. Después, se desvanece. La ira puede perder a cualquier hombre. Menos a él. Ya nada lo salva y nada lo pierde.

LAS POLLUELAS

Guillermo Vidal

Una mañana Adria trajo media docena de pollos americanos y luego más y como a la semana daban gusto, colorados y bobalicones, mirando por la tela metálica; después hubo necesidad de agrandar el cuartucho y era una especie de cuarto salvaje.

Olía a pienso húmedo y a mierda de pollo americano. Al principio sólo nos asomábamos pero luego nos permitieron entrar y nos cagábamos de lo lindo.

Con lo que nos gusta el olor a pienso húmedo y a cagada de pollo.

La comida extraerla de los sacos del fondo y regársela ti ti ti ti ti ti.

Pero los pollos americanos son medio zoquetes y tienes que agitarlos para que vayan hasta el lugar de la caseta donde les echas el pienso. Entonces ellos comen tranquilamente y hasta se dejan acariciar y sólo gritan asustados si los cargas.

A las polluelas americanas tentarlas por si están de poner y tienen el culo caliente cantidad y a uno le entran ganas. Una vez tuvimos todas las ganas porque acabábamos de ver a María Julia en chores de mezclilla y ella ni nos miró, pero nosotros fuimos hasta el cuarto de los pollos americanos con una farruquera pinta. A las polluelas americanas tú les pasas la mano por el cogote y las acaricias y les miras los ojos bobalicones y el pico abierto, jadeando.

Todo el tiempo en María Julia sin que se te escape nada. Luego vas haciendo perro cráneo en el que María Julia te dice que le quites el chort de mezclilla. Todo eso tocando suave la polluela americana recién escogida. María Julia termina de quitarse todo y está como loca queriendo.

Darse cuenta si no se asoma Adria y poner un muchacho de los más chiquitos a que vele. Sentarse cómodo cada uno con su polluela, no hagan mucho ruido.

Entonces suponer que María Julia te secretea cochinadas a viaje y el olor de ella es más fuerte que el de la polluela.

Las polluelas americanas casi siempre crían piojillos y luego qué les pasa muchachos y esa rasquiña.

Los piojillos son cabrones, joden como loco.

Los piojillos son de madre.

A esa hora quién va a fijarse más o menos. Lo importante es coger una polluela gorda y que sea en verdad una polluela y no un pollo.

María Julia tan satona acariciándote.

Si es un pollo te mira con un odio y grita y se muere de rabia. Piensa si fueras un pollo y se equivocan qué condenación.

Pero nosotros que somos conocedores vamos y las pescamos al tiro.

María Julia tiene los ojos pardos.

Las polluelas también tienen los ojos pardos pero no son María Julia. Ni hablan cosas lindas ni dicen cochinadas.

Cierra los ojos.

Los cierro.

Piensa en María Julia.

Pienso.

Ella te está haciendo puercadas.

Ya.

Toda encuerota y el pelo largo hasta los senos.

Ya tienes la polluela en posición anotadora.

Bárbaro.

Ya estamos haciendo puercadas raca raca fuiqui fuiqui.

A las polluelas americanas no llevarlas recio porque con este calor y ellas que no están acostumbradas quedan más zoquetas y no quieren levantarse. Las pones entre el pienso despachurradas y no quieren levantarse.

Se les ve clarito el botón de rosa y no se levantan y boquean y les pones agua y ni quieren.

María Julia es una basura y ni nos miró, ah.

Ni está tan buena, vaya.

El chor de mezclilla le queda fú.

Y en definitiva ella ni nos ha mirado.

Si la polluela no se levanta trata de reanimarla urgente.

Si de todos modos queda pataleando di que les está dando el mal a los pollos americanos, que eso andan diciendo.

María Julia que se vaya a la porra, si no la queremos.

No la queremos hasta mañana.

Las polluelas americanas siguen poniéndose patulecas.

María Julia sigue ahí, no la podemos dejar de mirar.

Van quedando sólo los pollos porque el mal es de polluelas, le contamos a Adria y ella está por creerlo porque en el otro barrio pasa lo mismo.

No dejen a los grandotes porque esos las dejan listas en el primer round. Ellos nos echan la culpa y ahorita quedan sólo los pollos.

LA FEMINISTA, LA POSTMODERNA Y YO,
EL BURLADOR PREVENIDO

Marilyn Bobes

No sé si, a estas alturas, lo mejor para Leticia es que siga creyendo en la fidelidad y en los valores de Milena. Ella (quiero decir, Leticia) ha sufrido mucho. Todos sus ex maridos, que han sido tres, incluyéndome a mí, la traicionaron y, poco a poco, su imagen del amor se fue tiñendo de colores sombríos. La constancia interesada y fraudulenta de Lena es, quizás, lo único que le queda para iluminarla.

Fue precisamente Leticia quien comenzó a llamarla así: Lena. Y la otra, enseguida, se apoderó del apócope como de una etiqueta publicitaria. Aquello de *Lena* le sonaba *muy chic* y no podía haber mejor oportunidad para aligerar un nombre que le recordaba, según le oí decir alguna vez, campos de concentración y cucarachas. Ni siquiera se había tomado el trabajo de leer las cartas que indujeron a su madre a llamarla de ese modo. Ni le interesaba la trágica historia de la mujer que inspiró a uno de los escritores más geniales del siglo XX a confesarse con ella. Como podrá verse, a Milena le interesan muy poco las víctimas de Hitler y nunca ha leído a Kafka. Esos, me dijo Leticia, son sólo *pequeños gajes;* más bien las normativas, añadiría yo, de la cacareada condición postmoderna con la que se presentó a leer sus textos al círculo feminista donde mi esposa la descubrió para mi mal.

A los ojos de mi mujer, Milena es un genio, una veinteañera prodigio que conjuga su afilada inteligencia con una especie de sabiduría intuitiva. Escribe unos poemas provocadores que nada tienen que ver con los gustos de Leticia, pero mi mujer se empeñó, desde el principio, en que en los textos de su joven amiga, y en sus conversaciones, aflora *una profunda reivindicación de la mujer a partir del nihilismo que caracteriza a nuestra época* y se sintió, desde siempre, *muy identificada.* Así me lo confesó la primera vez que hablamos de Milena quien, poco a poco, se fue adueñando de su corazón y de nuestra casa.

Yo siempre sospeché que era inmadura y cínica, con unas dotes histriónicas tan naturales y desarrolladas que hubieran hecho palidecer a Stanislavski. Pero nunca me atreví a confiarle esa apreciación a Leticia, invariablemente dispuesta a acusarme de misógino cuando de hablar mal de una mujer, de cualquier mujer, se trata.

Dime de qué presumes y te diré de qué careces. Lena siempre se vanaglorió de no sentir ninguna necesidad de ser el centro. A sus años y, de un modo bastante prematuro, aprendió que, como en los partidos de baloncesto, la canasta que decide el campeonato y convierte en estrella al jugador opaco, puede anotarse también desde los laterales. Y por los laterales entró, aparentando un desinterés total por los lujos y la fama, cuando Leticia la propuso, ignorando a muchas otras que, en mi opinión, lo merecían más, para aquel viaje promocional a París, cortesía de un grupo de feministas francesas para sus compañeras latinoamericanas.

Según me contó Leticia al regreso, el salmón y los pasteles de manzana constituían la única dieta posible para Lena. A la hora de las comidas, si las anfitrionas proponían alguno de los modestos restaurantes árabes que rodean la Place de la Republique, Lena se declaraba alérgica al cordero, y Leticia, muerta de vergüenza por las molestias que esta extravagancia podía ocasionar a sus amigas francesas, llevaba a su joven amiga hasta los alrededores del Pompidour y la invitaba a todo tipo de rarezas gastronómicas. Complacía, además, todos los requerimientos de ropa de la muchacha, llevándola a las tiendas más caras. Todos esos caprichos me parecían más propios de una vedette o de una antojadiza embarazada que de una tardía aspirante a escritora. Porque, en aquella época y, a pesar de lo crecidita que ya estaba, Lena ni siquiera tenía en su curriculum la garantía de un libro de poemas publicado. Leticia entendía sus malacrianzas como la consecuencia natural de una infancia regida por las carencias y las privaciones.

Por lo que fuera, lo cierto es que Lena se deslumbró con París. Desde entonces, estoy seguro, no hubo en su cabeza otra meta más deseada. Quería vivir en Europa. Y lo decía sin decirlo: entornando los ojos al hablar de la Torre Eiffel y quejándose constantemente del subdesarrollo que la rodeaba.

Hasta este momento no he querido reconocer que, aunque Milena nunca me engañó, desde el primer día que la vi, sentí deseos de acostarme con ella. Yo encontraba en su descaro algo muy sexy. Me excitaban su snobismo barato y su incultura antológica. Para mí, aquella arribista era una genuina representación de la *carne de pueblo* de la que hablaba Robespierre o Victor Hugo. Sin embargo, debo admitir que a Leticia no le faltaba razón cuando hablaba del talento de Lena. Un talento malévolo, agregaría yo.

Un buen día, mi esposa empezó a trasmitirme toda una serie de expresiones de halago que Milena derrochaba hacia mi persona, incluido mi supuesto atractivo sexual. Lena reparaba en ello justo cuando en el Ministerio me proponían para ocupar un cargo de atacché cultural... y nada menos que en París. Leticia se negaba a acompañarme. Mi esposa estaba en la cúspide de su carrera y, en aquellos momentos, le parecía absolutamente necesario permanecer en el país. No quería renunciar a sus proyectos individuales para convertirse en una princesa consorte, en mi mucama de lujo, en otra pieza en el decorado de una embajada. Eso me dijo en una de nuestras disputas más agrias.

Milena estaba al tanto de nuestras desavenencias y sospecho que no se cansó de darle cranque a mi mujer para que no cediera. Imagino uno por uno sus argumentos: consejos de revista Cosmopolitan sazonados con citas culteranas en el mejor estilo de Simone de Beauvoir.

Una mañana, recibí en mi oficina una llamada que no me sorprendió: Milena quería verme para que habláramos de Leticia. Le di cita en mi despacho a la seis de la tarde y apareció con un vestido muy ceñido, escotado y a mitad de muslo. En aquella manera de vestirse adiviné una cruel intención por hacerme notar la diferencia de más de dos décadas que la separan de Leticia. Comenzó hablando de la poca capacidad de mi esposa para entender sus verdaderas necesidades y las mías. Las mujeres de su edad, añadió bajando el tono como quien trasmite una confidencia, dan demasiada importancia a su desenvolvimiento social, sobredimensionan lo público y descuidan lo privado. No entendí muy bien qué quería decirme con aquello, aunque me pareció percibir una lejana resonancia de la fraseología que habitualmente utiliza mi mujer.

Traté, con toda mi voluntad, de mantener una actitud distante. Me perdí en comentarios ambiguos mientras, con zorruna complacencia, me dedicaba a observar, sin que ella se diera cuenta, sus gestos estudiados. Lena cruzaba las piernas de modo que la ya corta falda se elevaba cada vez más sobre unos muslos bastante separados y magros para mi gusto, pero lo suficientemente retadores si se piensa en mi irreprimible propensión por las novedades.

De buenas a primeras, se levantó de su asiento y, como si el tema de Leticia se hubiera agotado, comenzó a mirar los cuadros de la pared con la cabeza ladeada y sujetando entre las uñas unos lentes livianos que sólo le servían para dar verosimilitud a su personaje. *¿Es un Miró?*, preguntó señalando una reproducción barata de Kandinsky que está en la cima de mi librero. Yo me le eché a reír en la cara. Ella, entonces, se embarazó un poco. *¿Es que no es original?* Me pareció que iba a echarse a llorar ante mi indisimulado gesto de burla. Pero volvió a la silla y me pidió con aire jovial una Coca-cola. *No tengo nada de beber aquí excepto un poco de ron barato,* le contesté con una irritación que sabe Dios de qué sexto sentido provenía.

A partir de ese momento, Lena pasó de *femme fatal* a Pequeña Lulú. Dos lágrimas le cruzaron la cara arrastrando a su paso una grosera costra de rimmel. Yo le ofrecí mi pañuelo y comencé a acariciarle el cabello con un ademán que a mí mismo me resultó falsamente paternal. La Pequeña Lulú me detuvo y murmuró con aliento entrecortado: *Yo quiero a Leticia como a una madre, ¿sabes?* Aquello me provocó otro ataque de risa pero esta vez no pude evitar inclinarme y darle un beso en la boca. Ella abrió la entrepierna. Su exagerada excitación era, a todas luces, artificial. La poseí allí mismo, encima de la mesa, la cabeza cubierta por el vestido alzado, la ropa interior esparcida sobre mis papeles.

Volví a verla dos o tres veces en su apartamento. Como es de suponer, Lena quería que yo dejara a Leticia y me la llevara a ella conmigo a París. Cuando comprendió que aquello no sucedería, comenzó a tramar su venganza. Yo procuraba esquivarla y ella me perseguía con insistentes llamadas telefónicas y visitas intempestivas a mi despacho. Cuando le dije, por las claras, que nuestra relación ya no me resultaba placentera, me prometió que aquella misma tarde nos veríamos por última vez. Si yo acudía a la cita, ella guardaría silencio y me dejaría definitivamente en paz.

Estábamos semidesnudos sobre la cama cuando se abrió la puerta. En el umbral se dibujó la silueta de Leticia elegantemente vestida de negro. Mi mujer no pudo disimular su dolor y su asco cuando, incorporándome sobre la almohada, traté de seguirla hasta el sofá de la sala donde se desplomó. Desde la puerta de la habitación, tuve que conformarme con presenciar aquella sórdida escena. Milena la abrazaba, le ofrecía su pretendido consuelo con un desprestigiado, pero todavía muy efectivo, cliset: *Te lo advertí. Todos los hombres son iguales. Tú tuviste la culpa por aceptar la apuesta y ahora me colocas a mí en esta situación tan incómoda, como si realmente yo también te estuviera traicionando.*

A la mañana siguiente, Leticia inició los trámites del divorcio. Las abogadas de la organización feminista a la que pertenece Leticia, y que ahora preside Milena, se las arreglaron para despojarme de todo lo que ellas denominaban *bienes gananciales*. El pleito se estableció por adulterio y yo, como el más despreciable de los victimarios, tuve todas las de perder ante una jueza de cara andrógina y totalmente desprovista de maquillaje que me miraba como si yo hubiera asesinado a alguien.

Ya es un hecho que mi ex esposa será, con toda seguridad, nombrada Embajadora ante la UNESCO. Sus superiores la han autorizado para llevar a su protegida como secretaria, lo que constituye una decisión excepcional que, en ciertos medios, empieza a ser motivo para el escándalo.

Mar de invierno

Alberto Garrandés

Eran el hotel y el mar, pero sobre todo un mar. La gran boca del océano murmurante con su voz de resuello, su tos grave. Un clamor ubicuo en los corredores vacíos, un aroma de espelunca. El susurro de las medusas que coreaban en la playa, aguardando las temeridades del cuerpo en las aguas grises.

Era entonces la estación de las opacidades. Los meses sin brillo de las aguas revolviéndose en el soliloquio claustral de un invierno lleno de veladuras y espejismos. O bien el arribo de las sombras tenues, sin definición exacta. Apenas las sombras de los objetos sin sombra.

Había sal en el viento breve y africano, y nosotros allí, quebrando el sosiego en los paseos de cemento tornasolado, el sosiego de la fina red de alamedas con sus bancos de metal, buscando en los quioscos vacíos el antiguo olor de las obleas de anís, escuchando todavía los gritos de los niños con sus globos, tantos globos que manchaban el verano.

Pero con el invierno todo esto se había ido y ahora quedábamos a merced de un reflujo de espumas heladas, con la lentitud de la sangre en mis venas sombrías. La alegría era exigua y cedía su sitio a la adustez de quien no encuentra un interlocutor.

A veces, estirados sobre sillas de lona que se clavaban en la arena pedregosa, veíamos un pajarraco de faz hirsuta dialogar con los peces de la orilla, como si quisiera convencerlos de la necesidad de morir, lamentando en ellos la tentación de la existencia. Al observarlo, teníamos la impresión de que uno siempre perece al adoptar su identidad, clamando en su defensa por un modo exacto de disolución.

Evitábamos el mar a causa de estos pensamientos, hijos de la soledad y las experiencias extrañas. Sin embargo, volvíamos al mar, al remoto mar blanquecino de aquellos días, desnudo de pavesas y rocas, de barcos y de ahogados. Por el mar íbamos siempre cuando el crepúsculo de la tarde distribuía sus candelas a lo largo del horizonte, movidos Anna y yo por la sensación de que había gritos allí, en el cielo escaldado y gimiente que protestaba a causa de su desviación hacia lo negro. Entonces esperábamos que acabara de morir en el silencio de la bruma nueva, el vapor de plata que se erguía sobre las aguas sin alcanzar la orilla. La noche se nos echaba encima vestida de una morosidad en la que creíamos ver una especie de gentileza, porque estábamos aguardándola en el único lugar donde toda noche era un signo.

Y así, con idéntica majestad, acaecía el proceso del alba, el paisaje que fluía al revés, de la negrura a la luz mate de la estación que anuncia la llegada de la muerte, sin que morir pareciera ominoso. Y con toda intención, confundíamos el gris rosado del amanecer con el instante en que, si no hubiéramos tenido noción de las horas, la noche aparentaba insinuarse.

A veces, desnudos, solíamos caminar largas distancias recogiendo piedras trabajadas por el mar. El mar era siempre el mismo, pero se transformaba en cada paso. Mirando el mar notábamos que era imposible dejar de mirarlo, pues su vértigo nos atraía hacia las aguas robustas. Mar ceniciento de aquellas jornadas sin goce ni amargura. Sin paz, pero sin la inquietud que nos había poseído antes.

Todo fue así hasta que descubrimos la poza.

Era un hueco de bordes más bien negros, con su agua de azul fuerte y letal y su redondez atrevida. Algunos turistas habían intentado medir la profundidad del agujero y no alcanzaban a tocar fondo. Recuerdo que bajé lo más que pude y sentí, encima de mi desnudez, la tibieza del estío, como si la vieja estación hubiese hallado en el túnel una reserva para el océano ido. Anna también bajó inútilmente. Poco después, en la declinación de la tarde, dormimos velando junto a la poza. Y tuve un sueño en todo semejante a una epifanía, porque en él yo descendía lleno de fuerzas y el túnel se curvaba en una U perfecta. Entonces, al buscar las claridades fragmentarias de la superficie, tocaba yo una especie de techo de hielo y lo rompía con la cabeza y los puños y otro era el paisaje de arriba, un estrecho mar de algas en sepia y una playa repleta de huesos. En la distancia, no muy lejos, se alzaba una torre de cuarzo lechoso, parecida a un cirio en espiral. *Es todo lo que existe,* me decía una voz en el sueño, y yo sentía un goce extraordinario a causa de la revelación, pues en verdad ese era el paisaje del fin, mi deseado paisaje de las postrimerías.

En el océano de invierno todo es distinto, incluso el amor. Las caricias se reconcentran, se disipan después y forman un enlace mental, una ligazón que llamamos recuerdos. Al principio pensaba que no era así, ya que el deseo de tener sexo equivalía, en principio, al anhelo de una visión muy particular de Anna, júbilo de verla y de verme en el filo de las aguas. Pero luego experimenté las mismas cosas. Ellas conseguían ciertos significados al inscribirse en una naturaleza primordial y arquetípica. El sexo se urdía en la imaginación de su práctica y era como si el deseo estuviese fuera de nuestros cuerpos, lavados constantemente por las predicciones de una pitia mordaz e invisible.

Sexo era también la travesía a lo largo de la orilla. En la sal, o en las briznas parduscas de la vegetación, había algo que nos embriagaba. Una intensa frialdad pulsaba mis testículos, endureciéndolos. Anna me decía que se habían apelotonado en una sola bolsa, expuesta a la pulimentación y el hormigueo del aire; yo sabía que el frío no era la causa, sino mis períodos de abstinencia. Al tenderme sobre ramazones de algas ya secas, mi mujer se afanaba en calentármelos. Los tomaba en su boca suavemente y les imprimía una rotación al principio incierta, pero que luego aumentaba de manera apreciable y satisfactoria. Ambos nos excitábamos con ese ejercicio y yo le rogaba, sin necesidad de hacerlo, que siguiera hasta el fin.

Nunca llegamos a saber por qué el sol se repartía en el cielo blanco de aquel paraje como si alguien lo hubiera disuelto vehementemente para lograr la uniformidad de un brillo que rozaba las nubes. En realidad, aquel simple brillo era lo que llamábamos el día, sin distinguir entre mañanas, ni mediodías, ni tardes, a no ser que hubiera llovizna, agua espolvoreada y grisácea oscureciendo la débil luminosidad del ambiente.

Al principio, cuando llegamos al hotel, recuerdo que quisimos proseguir nuestras discusiones, las más cotidianas e íntimas. Anna había recobrado su manera de conducirse y todo parecía fluir libremente en la habitación. Afuera, husmeando en los pasillos y cambiando unas pocas y furtivas palabras con los dos empleados de la cocina (las únicas personas, además de nosotros, que vivían en el hotel durante la estación), nos dimos cuenta de que a menudo caíamos en largos mutismos, y que al retomar el diálogo no reparábamos en ello porque, sencillamente, no sentíamos el paso del silencio. Con sus albercas taraceadas, sus filas de sillones, sus árboles polvorientos y sus lámparas que pendían encima de aquellas sobrias mesas circulares, el hotel persistía en exhibir su soledad tristona y la angustia nos embargaba. Pero entonces en nuestro auxilio surgía el estertor indócil del océano, llamándonos a su lado para que, si otra vez había silencio, éste fuera total, porque no es lo mismo la ausencia de voz que la ausencia de palabras, en especial si teníamos (si habíamos descubierto que teníamos) un interlocutor en el mar.

Frente al ojo de las aguas, la poza de los azules violentos, experimentábamos la sensación de ser observados, medidos con exquisita pasividad y en forma desdeñosa a veces, aunque por lo general se imponía un tipo de fisgoneo cuyo origen estaba en el reconocimiento, una identificación, o un barrunto de simpatía que yo, en el merodeo de mis juicios, me obstinaba en atribuir a la inteligencia viva del paisaje, revelada como algo que nacía en condiciones de excepción, dentro de aquella imagen del mar en invierno, una estampa forjada por las declinantes matizaciones de la luz y la presencia de un hombre y una mujer escudriñando el océano mientras lo transformaban en música. Después de dilatadas posesiones en la arena, cuando el sexo de Anna quedaba abierto e inflamado y yo, vencido sobre sus brechas prodigiosas e incapaz de moverme, permanecía sobre su espalda, me daba cuenta de que las aguas segregaban una melodía de fino ensueño. Le decía en ese momento que intentara escuchar por encima del rumor de las olas y procurara atrapar aquellos lejanos sonidos, pues oírlos significaba entrar en el otro espacio de la vida, la estancia donde nada era preciso ya.

Pero lo común no era encontrar ese lirismo conseguido a fuerza de caprichos, misterios y prácticas sigilosas; llegar a ese punto costaba el esfuerzo de los laberintos; hacía falta un azar, un gesto hermético que fuera, al mismo tiempo, una variación audaz de lo entrañable. Y buscando comprenderla, ávidamente, sometía a examen mi experiencia, pues me aterrorizaba saber al final que nada tendría sentido. Suponía que Anna se preguntaba la causa de mi desvelo. En realidad, sin embargo, no me importaba mucho, a no ser que me interrogara insistentemente, lo cual no era en particular demasiado molesto tratándose de una mujer que tal vez iba, sin saberlo, a brindarme explicaciones sobre mí mismo.

Cuando la marea subía el ojo de la poza quedaba tapado por una lágrima inmensa que manaba de su viejo rostro taciturno. Este suceso, mayormente tranquilo, no representaba mucho para quien iba buscando, en los sonidos del agua, una especie de orden del lenguaje. Con la marea alta recorríamos los estrechos pasillos de cemento, deteniéndonos en los quioscos desiertos para respirar el fragor de los seres que allí habían estado, entre risas y exclamaciones del verano feliz. Pero cuando la marea bajaba se producía una metamorfosis radical en las aguas, que permitían la visión de aquel círculo de rocas oscuras, el cráter de la poza dibujado como una trazadura impía en el semblante más bien nocturno de la playa.

Entonces no era difícil imaginar que el océano, de un momento a otro, quedaría exhausto si las aguas continuaban su descenso en retirada. Tampoco era difícil fantasear sobre el hallazgo de una orografía torva, la de las profundidades, con árboles, monolitos y animales en la agonía de la respiración, y barcos en la sobrevida de las madréporas, llenos de muertos y adornados con caracoles e insignias rotas.

En cierta ocasión, durante uno de aquellos anocheceres hipantes, nos sorprendió la llegada de una grácil figura que venía rectamente hacia nosotros por la orilla. El sol moribundo le cubría ya la espalda y al principio no distinguimos con claridad si se trataba de un hombre o de una mujer. En las proximidades del hotel, cuando se volvió mirando el edificio, comprobamos que el visitante era un adolescente muy tostado. Transportaba con gran esmero una bolsa de nylon en la que había agua y peces. Se paró a un metro escaso de nosotros y quiso vendérnosla.

Creo que fue el mar, la culpabilidad indiferente del mar blanco con sus rumores y siseos, con ese hábil manejo suyo de las frases humanas. La conversación se inició cuando el joven, que mostraba un cortés desenfado, se sentó y nos dijo que había hecho un largo camino desde el villorrio. Tendría unos dieciocho años y, en efecto, era bastante moreno. Anna le preguntó si trabajaba, pero él evadió la contestación y dijo, mirándose los brazos, que no se habría tostado tanto si los veraneantes no eligieran el hotel. Se extrañó de que estuviésemos allí, en invierno, y mencionó que vivía solo.

La ventisca, algo aplacada desde hacía unas horas, arreció de súbito. El aire renovaba su fuerza, pero sin saber adónde soplar. El muchacho se ovilló, riendo a causa de las salpicaduras. Usaba un short holgado y de tela blanda, de color amarillo. La escena se me volvió distante, como si la contemplara en medio de un sueño tranquilo. En ese soñar de vigilia incierta me pareció ver que Anna compartía la risa del joven sin alcanzar a disimular el goce por el espectáculo de su piel. Y recordé, en ese gran estilo de la memoria, que la modificación traída por el despertar no era tanto la de obligarme a vivir en la claridad de la conciencia, sino acaso la de hacerme perder el recuerdo de la luz, algo cernida, en que reposaba mi razón.

Con una voz tan suave que parecía como si temiera hacerme daño, Anna me preguntó si me ocurría algo. Me volví hacia ella (sólo entonces me di cuenta de que mis ojos estaban fijos en el sombreado de la poza) y le contesté maquinalmente. El joven de los peces insistía en rechazar el quimono que Anna le ponía en las manos. Cuando al fin lo aceptó, observándome de soslayo para ver mi reacción, expresó una disculpa que no merecía crédito alguno. Anna le aseguró que no importaba si el quimono se humedecía, aunque si quería desnudarse naturalmente que podía hacerlo. Pero el muchacho aguardaba mi aprobación e intervine confirmando las palabras de mi mujer, tras lo cual, y sin asomo de pudor, se desnudó. Le vimos situarse de frente al aire arremolinado y quedó inmóvil, secándose, en aquella exposición embarazosa.

He dicho que tal vez el mar fue la causa de la aparición, inevitable por demás, de aquellos segmentos sin habla y llenos, empero, de un significado multiforme. Porque el mar tenía entonces esa virtud, la de suprimir las palabras achicándolas en peso y en medida, removiéndolas en una mudanza inesperadamente correcta, eficaz, que en no pocas ocasiones constituía un esplendor vecino de la sorpresa. De frente al mar la conversación fluyó entrecortada debido, precisamente, no a la falta de palabras, sino al exceso de expresiones que carecían de identidad, de orden, pues la lógica que se imponía usar, la lógica de un diálogo sutilmente interrogador, aún se encontraba lejos de esa calma que antecede, bajo la coraza de la familiaridad, al intercambio. Éste no prometía conocimiento alguno del otro, y muchos menos la novedad dionisíaca del otro, y entonces todo era como una imagen expulsada de un símbolo, o quizás un azar de convergencias pasajeras, en el estilo del verano, la estación en que el desconocido no es el otro, sino más bien uno mismo.

Cuando hubo terminado de secarse, se sacudió la arena y se puso el quimono. Era delgado y esbelto; tenía la proporción de miembros que da el ejercicio involuntario a quien visita habitualmente el mar. Anna no perdía detalle de sus gestos, ocupada en admirarlo.

La noche se presentó cargada de relámpagos, acaso empeñados aún en señalar el fin del estío. Pese al viento, el rumor de las aguas se acallaba. Entonces, inesperadamente, el muchacho nos preguntó (jamás perdía aquella leve sonrisa) si solíamos hacer fuego. Nos decía que, a veces, cuando se quedaba a dormir en la orilla, lejos del villorrio, una hoguera le servía de compañía. Anna aceptó la idea de inmediato, con entusiasmo, y deseé que todo acabara allí al sospechar, en la realización del fuego, el advenimiento de una imagen enciclopédica y estacionaria que vendría en busca de su antagonista.

El joven se proveía de ramas en el caletal, único sitio donde la vegetación resistía los embates de la arena y el salitre. La luz crepuscular demoraba todavía en apagarse del todo y no era difícil orientarse en la floresta, que olía a vino y a orines.

En el silencio posterior nos entregamos Anna y yo a meditaciones quizás paralelas, urdiendo aquello que jamás obraría en congruencia con la materia que iba a originarse en la unión del océano con el fuego, la noche joven, el aire susurrante y las miradas.

Tardaba el muchacho. Tardaba la noche.

Impaciente, con frío ya, Anna me persuadió de que fuera en su ayuda. Me adentré en el macizo.

Allí estaba él, con el quimono abierto. ¿En qué estaría pensando, transfigurado gracias a la soñadora expresión que le ceñía el rostro? Tan ocupado se hallaba que no reparó en mis movimientos. Tampoco pareció darse cuenta de que yo lo atisbaba. Sin embargo, por algún motivo, cambió de postura. Me dejaba verle en una especie de rotación lenta y calculada, sin que uno solo de sus gestos perdiera la voluptuosidad de aquel ritmo brioso y suave que nacía en el anhelo de compartir la experiencia.

Una mano manchada de semen, en medio de fragancias de vino y soplos oceánicos, es al anochecer un signo de devoción y aniquilamiento. En nuestro caso, mi mano y la suya venían a juntarse en un emblema del desamor, pues en aquel acto recíproco había un rito consagrado a la permutación de la identidad y no a la entrega sin límites, que es el estatuto (pensaba yo entonces) en que los afectos se subvierten arruinando la vida de los instintos y desviando el curso de la sangre.

A veces, en otros momentos, otros días iguales, el joven volvía a traernos pescado fresco. Entonces, lleno de un comedido aturdimiento, se afanaba en construir (para que el recuerdo no se diluyera y ambos recordáramos lo mismo) una hoguera pronto asolada por crepitaciones fantásticas a causa del rocío que el mar enviaba desde donde las olas chocaban y morían.

Nunca fue de veras tan hermoso el océano, con sus articulaciones de soneto sacro, sus vetas obstinadamente azules en la plata agrisada que lo cubría entero. Mostraba un rigor de deidad embravecida, acaso mustia, cuando nuestros encuentros menguaban, o cuando, por el rumbo de los pensamientos que nos ocupaban, parecíamos tres extraños ejerciendo un monólogo triple y desigual. Mi interés era muy pobre en cuanto a enterarme de aquellos pensamientos, conocer si había algún tipo de vínculo con los míos. Y sin embargo, yo tenía una confianza bastante completa (tanto más completa cuanto menos justificada) en relación con la posibilidad de involucrar a Anna en la aventura, ya que sus reticencias mostraban en ella la posesión de una dosis inexorable de vivacidad. Su voz se colmaba ocasionalmente de un énfasis aterciopelado en virtud de sus aproximaciones de mujer dieciochesca, leal a esa costumbre de la sublimación. Pero acaso fingía con el propósito de mantenerme en un terreno suspensivo en lo tocante a sus certezas. Yo lo arriesgaba todo, o tal vez nada, porque esa niebla de las inclinaciones más puras todavía no estaba comprendida en nuestras confidencias.

La primera vez que el joven nos visitó en el hotel prefirió mostrarse locuaz y alegre al repetir cosas que otros le habían dicho sobre el complicado edificio. Recorrimos pasillos aéreos con jardineras interrumpidas, a pequeños tramos, por estatuas de madera oscura que pretendían establecer un diálogo incomprensible, pues adoptaban insinuantes posiciones entre sí cuando un brazo señalaba unos pies como de baile detenido, y una mano se cuajaba al encuentro de una boca perdidiza. Descubrimos esa muda peroración al transitar varias veces por el mismo pasillo. No era fácil hallar la escalera que llevaba recto a nuestro piso.

Los recorridos por el laberinto (así le llamábamos) prescindían en general de la conversación, aunque los tres sabíamos que la necesidad de conversar se manifestaba por momentos con un vigor extraño, cuando los instantes en que esto ocurría estaban precedidos por una leve aflicción. No tardé en descubrir que yo era su portador y que Anna accedía a ser la primera en contaminarse, seguida por el joven. Entonces regresábamos a la habitación y alguien nos traía vasos enormes con brandy y hielo. El recién llegado no bebía, no le gustaba el sabor del alcohol, y yo salía en busca de una copa de naranjada con fresas en el bar del vestíbulo. Una sensación de desamparo brotaba en mí al visitar sitios como aquel bar. Se iba a él por una rampa de tablas barnizadas, en forma de puente chino. Todo estaba muy limpio y silencioso, tanto como podía estarlo justo antes de la presentación de invierno, cuando los últimos huéspedes corrían en busca de los últimos taxis, mirando con expresión colérica los grises del horizonte.

A lo lejos, el mar se confundía con el nacimiento de la arena, y al agitarse aquél en su vaivén monótono me abandonaba al ejercicio más bien triste de la mente en blanco, que no es sino el paisaje inmóvil de las cosas que entran, volanderas, por los ojos muy abiertos y fijos. Entonces el océano no parecía un enemigo crucial de la tierra, y de repente, la naturaleza toda se metamorfoseaba en una bestia lerda, cejijunta.

Un día llegué a nuestra puerta y un silencio duro me obligó a depositar la bandeja en el suelo sin hacer ruido. Intenté escuchar, pero nada se oía. Empujé con cuidado y la puerta cedió.

Vi el fondo de la pieza, donde la cama sin estilo desaparecía engullida por el diseño —reproducción de ninfeas— de las cortinas. Entonces surgió el espejo oval a la derecha y los sorprendí en un juego vehemente. Se embestían de rodillas.

Caminé descalzo por la orilla, hundiendo los pies en las algas frías. Caminé bajo otro chubasco entrecortado y tardío, buscando el resplandor mortecino del poniente.

Yo, imperturbable, sabía de las libertades sentimentales que Anna se tomaba, y ella aceptaba las mías con parecido equilibrio. Había sido así desde siempre. Sin embargo, aunque las nuestras no dejaban de ser prerrogativas de cautivante heterogeneidad, nunca habíamos compartido una misma pasión.

Entonces pudo oírse el silbido de las medusas que coreaban en los bordes de la poza. Era un clamor neumático dedicado a los primeros visajes de una tragedia aún en lontananza. Esa noche supe que todo se resolvería en el círculo de fuego de nuestro mutuo furor por quien se perdía en las lejanías calladas del mar.

La antífona de las medusas se detuvo cuando los últimos animales, fronterizos y sabios, dejaron caer sus cuerpos de jalea y se mantuvieron quietos, a la espera de un impulso de agua. Ahora la poza estaba limpia y tranquila, y la idea de renovar nuestras inmersiones volvió a rondarme. Me deshacía entre el deseo de interrogar a Anna acerca de su comercio con el joven, y el propósito de que ella me ofreciera otra vez su cuerpo en el ojo del océano.

Es extraña la sensación del peligro en lo insondable. Y tanto más divertida, creo, cuanto más rápidamente crece el misterio de eso que amenaza desde abajo. Siempre me había parecido excelente la visita de aquella tumba azul en el instante en que el sol la alumbraba desde el cenit. Las aguas quedaban despojadas de maldad y nos zambullíamos temerosos de soltar los bordes, infectados aún por el mucílago transparente que las medusas habían dejado.

Anna entró primero. Me dijo algo en relación con la temperatura y sonrió. Al tocar los bordes retiró con asco la mano. Examiné a mi mujer con detenimiento, esforzándome en encontrar indicios de su inocencia en lo referido a mi vínculo con el muchacho. Por su manera de conducirse juzgué que nada sabía. Imaginé que su carne moría sorbida por la garganta de la poza y que todo iba a enturbiarse cuando los ahogados antiguos empezaran a subir.

La gruta prodigaba una tibieza inusual y me acerqué rozando sus muslos con mi erección. Ella la apresó y se recostó en la negra pared. La poseí largamente, en medio de secreciones tan abundantes que el agua no logró removerlas. Cuando me dio la espalda y vencí su resistencia, pensé en las nalgas apretadas y firmes del joven.

Estas evocaciones sembraban numerosas dudas en mí. La imagen del pescador no me abandonaba ni siquiera cuando Anna y yo renovábamos nuestras entusiasmadas acrobacias. Había enumerado ya, una y otra vez, las opciones que tenía para despedirlo, y habría deseado poder usarlas todas al decirle que se marchara, de modo que mis palabras representaran un ejercicio brutal de autoridad. Porque no había nada de decencia en sus actos, a la larga crueles y desmedidos, aunque tuviera que reconocer, en el examen de mi conducta, que mi cuerpo sentía cosas tremendas al evocar su desnudez ambiciosa y feroz.

Estos pensamientos eran totalmente nuevos y peligrosos. Por las mañanas solía preguntarle al espejo cómo habían llegado ellos a producirse. *Como los gusanos del cuerpo que muere*, contestaba la cara de mi delirio.

El instinto de evitar el contacto con las paredes de la poza, sin explorar aún y colmadas quizás de vegetales y bichos escalofriantes, hacía que me hundiera más y más en el cuerpo de Anna. Me fascinaba sodomizarla sin tomar precauciones en cuanto a una penetración que debía ser mucho más lenta que de costumbre. Había calculado ya sus reacciones y me obstinaba, con goce discreto, en empujarla contra las rocas. De haberlo querido habría ocasionado su muerte. Me bastaba doblarla un poco hacia abajo para que perdiera su apoyo y comenzara el proceso de la asfixia.

Nada de esto, sin embargo, tenía el menor sentido para mí. Lo olvidaba pronto, después de una ignición mediatizada por los temores. Lo olvidaba, es cierto, pero seguía pensando en el hecho de que nadie preguntaría por ella si me veían regresar solo. Nadie vendría a pedirme cuentas. ¿Quién podría reparar en la ausencia de una mujer siempre ausente?

Pero yo la necesitaba ahora. Sobre todo ahora. Yo necesitaba esa imagen, cotidiana y descomunal, de ambos entregándose.

Cuando me retiré, expulsó mi semen casi de inmediato. En el agua, que provoca una condensación súbita, los hilos cortados se asemejan a gusanillos. Causan una impresión rara en quien los ve morir.

Me dijo que le dolía, que mis movimientos habían sido exagerados y que no había tenido una pizca de consideración. Recuerdo que mi respuesta incluyó una referencia vaga al tubo de crema facial y a un enorme frasco de jabón líquido. La vi usarlo una vez y me pareció que lo hacía con gestos hipnóticos y lentos: el frasco hacia abajo, vomitando una papilla nácar que caía blanda sobre su pubis.

Regresamos al hotel y almorzamos en silencio. Ella no levantaba la vista del plato. *Su glande es hermoso, Anna,* le habría dicho, impávido, obligándola a mirarme. Repetía la frase mentalmente, ensayando varios tonos y muecas en una parodia ensimismada. Jugaba a decirle obscenidades a ver si captaba alguna. Alzó los ojos y, sin preámbulos, me dijo que yo le había roto algo adentro. Le contesté que no podía negarme que había sido muy agradable, y que al final su recto se hallaba húmedo y dilatado, lo que sucedía sólo si ella se sentía a gusto. *Es evidente* —repuso con impaciencia— *que no sabes lo que es tenerla metida en el culo.*

Tras la siesta renació aquel deseo extraviado y tumultuoso de contemplar el crepúsculo y el arribo de la noche. El océano hervía con la llovizna, exhalando una niebla pegadiza. El algodón de las nubes batidas permanecía de gris sepia excepto en los lugares, muy escasos, donde la plata del sol emergía para confundir a quien necesitara la sola orientación del firmamento. Ese paisaje, o la idea que teníamos de su conjunto, ¿tendría fuerza bastante para engarzarse en la memoria cuando llegara el momento? La interrogación, a menudo presente en la secuencia que ahora vivíamos, me asedió al ver los colores del verano, fijos sobre la pieza con que Anna asistía al fin de la tarde. Mi quimono pálido no contrastaba con aquellos retazos de vida y supuse que mi mujer se rebelaba contra el infortunio de la estación, ofreciéndose clara y brillante a pesar de todo.

Desde lejos, como un punto inquieto, le vimos sortear las manchas espinosas de los yerbajos, brincando a veces y remojándose los pies. Su figura creció todavía un poco, semiborrada por la bruma. El brazo se agitó en un saludo amplio como si sospechara que no le podíamos ver aún.

Nítido, el cuerpo avanzaba firmemente. El paso de unos cendales informes, provenientes del humo sobre las aguas, nos lo ocultó de momento, pero él se deshizo de aquella especie de sudario que lo había envuelto para que lo viésemos mejor y entonces se presentó revolviéndose el pelo y sonriendo.

Puso en la arena la porción de ramas muy secas que había transportado desde el villorrio e insistió en el hecho de que ardían sin pavesas. Comentó los olorosas que eran cuando se quemaban cerca del mar y enseguida extrajo el contenido de su bolsa. Los dos peces rielaron tenuemente vivos.

Me sentí incómodo a causa de las ramas, pues ya había pensado visitar las frondas del caletal en su compañía. Al haber ramas ya no habría visita, y no se me ocurrió otra cosa que negar, examinándolas con aplomo, que estuviesen bien secas, aduciendo razones próximas al desatino. Mi mujer, provista de una colosal credulidad, asentía en una dubitación algo distraída. Yo sabía que estaba fingiendo. De pronto señaló hacia el cielo casi negro y propuso que fuéramos de inmediato en busca de mejores ramas.

Me acuerdo del dosel de tinieblas, que nos había guarnecido. Al inclinarme y tocar el suelo, porque sólo a tientas hallaría mi quimono, tropecé con sus rodillas inmóviles. Lo sentía respirar esforzadamente.

En realidad no vi sus brazos, que lograron asirme. La voz, en susurros, me urgía a devolverle las caricias.

Entretanto los ojos de Anna viajaban centelleantes rumbo al escondite. Se aposentaron a baja altura como dos luciérnagas de magia en medio del aire repentinamente embravecido. Eran los ojos de una suposición.

Mucho después mis punzadas empezaron a menguar y la luna distribuyó su palidez difunta. Cuando la hoguera estuvo lista y nos disponíamos a asar el mayor de los peces, el joven solicitó permiso para cantar. Pero la melodía, un oratorio con duelos, hechizos y resurrecciones, acabó interrumpida por el confuso aletear del pajarraco que dialogaba con los siluros de la orilla. El aleteo se producía encima de nosotros y no pasó mucho tiempo sin que lo oyéramos graznar. Volaba tan cerca que percibimos alteraciones en el curso del viento. Cuando el joven, procurando ahuyentarlo, se levantó con su farolillo en alto, el pajarraco atacó los vidrios y rompió la protección de la llama. El aire no tardó en apagarla y nos vimos completamente a oscuras. La precaria luz de la luna se había repartido ya miserablemente en los cuatro confines del cielo. Este fenómeno, ante el cual podía uno encogerse de hombros, no constituyó sin embargo un motivo de alarma. Yo, al menos, no me pregunté por qué estábamos rodeados de sombras tan densas si las ascuas despedían aún cierto fulgor. Más bien me gustaba frecuentar el corazón de la noche embriagándome con sus posibilidades.

El pajarraco seguía dando vueltas en derredor y el invitado volvió a levantarse buscando orientación en la procedencia de los graznidos. Entonces, con agilidad pasmosa, alzó los brazos en un salto que fabricaba otra imagen de mi desesperación y mi vigilia y atrapó al intruso. El aleteo, soez, se multiplicó, y tuvo él que andar con cuidado para que la bestezuela, una gaviota enloquecida quién sabe a causa de qué visiones espantosas, no hiriera sus manos. Cuando logró sujetarla bien empezó a retorcerle el cuello con parsimonia hasta que la sangre le humedeció los dedos. Poco después ocurrió la decapitación grosera de la infeliz y él, repentinamente pálido, lanzó el cuerpo sobre aquella pira desgraciada cuyas formas no olvidaríamos jamás.

El humo que entonces se elevó, tan negro que contrastaba con la oscuridad reinante, nos hizo contener el aliento. El animal despedía un aroma fétido. Ese fue el último hecho antes de que el amante, resuelto y procaz, se envolviera en aquellas emanaciones y arrastrara consigo a mi mujer. Quise impedírselo, a tientas en aquel laberinto de negrura, pero cuando lo hallé me habló con violencia. *Si esto es lo que deseas* —dijo—, *¿por qué te opones?* Y desaparecieron tragados por la opacidad. Pero no demoré en encontrarlos. A poca distancia se estrujaban, inseparables, sobre la arena.

Regresé al hotel y antes de entrar percibí el anuncio de la equívoca tristeza que solía embargarme cuando pensaba en la rivalidad y las diferencias. Recordé que no muy lejos, tomando siempre a la derecha, daría con los espacios de la multitud, que eran los de la luz (ida ya) y el estío.

La luna regresaba a sus veleidosas concentraciones y los paseos de cemento emergieron severos igual que los bancos de hierro, cuyo verde semidespintado era una añoranza. Ocupé uno, escuchando con detenimiento el merodear de los lagartos que arrastraban hojas, vasos plásticos y viejas golosinas. Estos ruidos provenían de lo más oscuro y, en ocasiones, por prestarles una excesiva atención, se configuraban en quejas y murmullos.

Recorrí otra vez los quioscos de las obleas anisadas apoyándome en el respaldar de los sillones en fila, enterrados en la arena sucia. Poco a poco iban perdiendo altura. Hacia el final distinguí la fuente de loza, con su pez desconocido y seco, la fuente donde los niños solían jugar. Detrás de la pared, en la pileta curva, oí gemidos. Enseguida pensé en el tentador y en mi mujer, pero descubrí al asomarme que se trataba de dos muchachas de por allí. La escena me turbó, ya que podía adelantarme e intervenir en ella, pero era muy tarde y hacía frío, aunque las dos se arrullaban desnudas encima de una balsa crujiente de humedad. De vez en cuando interrumpían el encuentro y se hablaban en una jerga indescifrable antes de besarse otra vez profundamente.

Anna dormía cuando llegué, agitado, a la habitación. Tenía ganas de masturbarme, pero no estaba de humor. Me habría masturbado hasta correrme en su boca, pero mi humor se hallaba malogrado. En el pasillo aéreo, durante el trayecto, una de las estatuas me había requerido con voz de marica, una voz retozona y promisoria. Yo me negué a responder. Habría sido como confirmar mi pacto con el corazón tenebroso del mundo.

El joven ya no estaba en la habitación. Me acerqué a Anna y la olí. Era su olor, pero mezclado con el del amante. Ahora las cosas empezarían a ocurrir de otra manera y ella, como siempre, quedaría ajena a la realidad de mis contactos con el orbe espectral de aquella fisura que puntualmente se abría bajo mis pies.

Demasiado temprano llamó alguien a la puerta. Esperé que Anna se decidiera a abrir, y cuando por fin se levantó, me hice el dormido. El joven entró al recibidor y los sentí murmurar. No era la primera vez que los sorprendía en aquellos intercambios. Se daban cita en algún lugar de la costa.

Ella se vistió en silencio y salió tras él rápidamente. Después me aposenté en el bar, frente a mi vaso de brandy con hielo, el vaso de siempre. ¿Por qué todo allí, en un islote de demonios, un peñasco para el extravío de la fruición? ¿Por qué todo allí, ¡todo!, con aquel Orfeo de joyas abstractas y atroces, cuyo corazón era como un trozo de seda envolviendo una espina de muérdago? Yo no había practicado ningún engaño, ni falsificado las medidas, ni robado nada a las representaciones de los dioses, ni quitado las vendas de lino de los cadáveres, ni falsificado los sellos de las sortijas, ni disminuido el peso de las balanzas, ni molestado a las gacelas en sus viviendas, ni tratado de apoderarme de las aves divinas, ni perseguido los rebaños sagrados, y era puro, muy puro, porque tampoco había deseado el falo de cuarzo de Osiris, ni amado en silencio los muslos oscuros de Isis, ni venerado en sueños el rizo de otra mujer, ni paladeado el sabor vertiginoso del semen de Aquiles, ni tocado, Dios mío, los nenúfares resplandecientes que crecían sobre el pecho del otro.

Hacia el mediodía, como dos artificios, los vi dibujarse entre las ramazones. Venían separados y parecía que conversaban animadamente. Salí al descubierto, me detuve para que me vieran y fui hacia ellos con el propósito de despedir al amante. Volví a pensar en las frases más apropiadas, entre la dureza y la cortesía. Pero enmudecí cuando me enfrenté a él.

Habían visitado el villorrio otra vez. Anna comentó que ella y la madre del joven eran casi como hermanas. Lo decía con un asombro indudablemente sincero y me pregunté hasta dónde sería capaz de llegar con su enojosa e impura inocencia.

Nos sentamos en el bar. Anna se dio cuenta de que me hallaba lejos, entregado al ensueño, y me tomó ambas manos con una delicada expresión. Apreté las suyas, tibias a pesar del frío, y el joven bebió su naranjada a grandes tragos, perturbado a causa de una repentina intimidad que lo excluía. Con las manos de Anna aún entre las mías le pregunté si le sucedía algo. Contestó que no. Se sentía cansado. Nada más que cansado. Y poco después se retiró.

Ya era una figurilla borrosa cuando me levanté y corrí a alcanzarlo. Se detuvo a unos metros al sentir mi carrera y dio media vuelta. Caminé hasta encontrarme con su aliento, que mucho me recordaba el sabor a desierto de su boca. Me examinaba extrañado, pero no dejó de dar aquel paso que le permitía rozarme y mi tensión disminuyó.

Yo experimentaba deseos mientras mis dedos tocaban un muslo harto próximo, y sin embargo mis preguntas se constituían en términos muy absurdos. En el aire había un temor irracional y quedó el eco de un miedo sucio e infamante. Pero pensé, ignoro la razón, que él no podría escuchar mis palabras. Para mi sorpresa aclaró que iba a contestarme. Y habló de aquel miedo sucio y la inmortalidad, precisamente porque no creía que fuera a emplear interrogaciones violentas y dolorosas. *¿Por qué no dormimos los tres juntos?*, dijo al final. Era una pregunta simple con una respuesta simple.

Esa frugalidad en el hablar (un hablar inspirado y en fragmentos) lo hacía más codiciable. Su excitación ya era evidente y se sentó para esconderla. Me arrodillé junto a él, pensando en mi órgano tieso y depravado. Sin embargo, suavemente, casi sin dolor, rechazó el asalto, pues yo había iniciado una conversación sombría y puesto en marcha esas expresiones difíciles tras las cuales algo se rompe sin remedio. Fue entonces cuando se levantó y me miró como si hubiera descubierto que mis ligerezas eran demasiadas. Se despidió en silencio, lleno de una triste irritación.

Recorrí la playa en mediodía. Cerca de la poza tornaba a escuchar el clamor de palinodia irónica que las medusas exhalaban. Nunca estuve seguro de haber oído claramente una frase, pero me parecía que la revelación se hallaba muy cerca de ocurrir. Me acercaba cauteloso al ojo del mar, vigilando el desfile de aquellos animales taciturnos. Esperaba verlos trepar en hilera al encuentro de su único adorador.

Transcurrieron días imprecisos y como frenados por un cansancio interior. El joven había desaparecido y no acababa de presentarse otra vez. Me habría dado la oportunidad de decirle que estaba dispuesto a que se metiera en nuestra cama, si seguía ambicionando hacerlo.

Anna hacía correr su tiempo entregándose a hartazgos de matrona impúdica. Yo hacía correr el mío revisando las páginas de una historia compuesta en Tánger. Tenía mis dudas en cuanto a incluir las fuentes al final del texto, y para evitar la pobreza de esta reflexión me daba al perfeccionamiento del estilo, retocando las palabras sin importarme la ligera alteración que imprimía a los hechos. Anna, que a veces se interesaba en leer aquel informe novelesco, escribía al margen simpáticos mensajes de amor y notas absurdas. Este juego nos distanciaba de manera amistosa, como si hubiéramos olvidado el vínculo que nos mantenía juntos y regresáramos a aquel coqueteo abierto, lleno de franqueza acerca de tantas actitudes y preferencias.

En medio de ese estado de verdadera civilidad le pregunté directamente si accedería a participar alguna vez. Se quedó boquiabierta, sin entender. Insistí, empleando otros rodeos, y, lejos de darse cuenta de mis alusiones, su perplejidad creció. Llegué a suponer que estaba burlándose de mi timidez y permanecí en silencio unos minutos. De pronto sonrió. *Pregúntame mejor si tengo ganas de acostarme con él y contigo al mismo tiempo, no hace falta que lo enredes todo de esa forma,* dijo pausadamente. Me observaba tranquila, desde el fondo de una belleza casi suntuosa.

Se levantó y me pidió que la acompañara al mar. Le manifesté mi asombro, que se debía precisamente a la aversión que le causaba el océano en aquellos días. *Vamos* —dijo en el tono de quien describe un misterio—, *tengo la impresión de que hoy el agua no es tan gris.*

Pero el mar de invierno es siempre gris, aunque el ánimo se vista de azul celeste y huela a orquídeas cartaginesas. El rumor de la poza se escuchaba, incluso, por encima del soplo tormentoso del aire, y las nubes de plata manchada obstruían la tarde. Anna se quedó inmóvil de repente. Después habló, en una concentrada murmuración, de los incendios del alba y las asperezas de la felicidad.

Esa noche, por primera vez en largo tiempo, volvimos a amarnos como al principio. Se entregaba limpiamente y me cuidé de interrogarla acerca de sus sensaciones, ya que me resultaba difícil oír confidencias cercanas a una deslealtad que yo sabía inexistente, pero que igual me atormentaría hasta la tristeza.

Una mañana, después de muchos días de ausencia, el invitado se presentó. Anna y yo estábamos muy cerca de la orilla y escuchamos, sobresaltados, el ruido de un auto. Nos extrañó la incursión de aquel vehículo blanco que avanzaba por la arena hacia nosotros como si fuera a embestirnos con su brillantez solar. Lo conducía él. La mirada, baja, tenía un toque distinto, elaborado quizás por el cambio de ropas, una combinación que no por deportiva y sencilla dejaba de ser elegante. El motor (se trataba de un Ferrari impoluto) ronroneó todavía un poco hasta que se apagó. Entonces la mirada baja, de la que manaba una sorda inquisición, comenzó a perder su tensa estructura de fotografía y el joven se desmontó. *Es que a veces uno cambia un poco,* dijo al sentir el peso de nuestro desconcierto. Se quitó la gorra marinera. Su gesto, al hacerlo, tan delicado, no careció, sin embargo, de firmeza. El cabello resplandecía, había usado gel. *Pero te ves bien así,* dijo Anna. Procuraba disolver aquella incómoda pausa. El joven se adelantó. Yo era el único que no había perdido la seriedad. *Demos un paseo en el auto, ¿quieres?,* me dijo. Y agregó, llevándome del brazo hasta el Ferrari: *cabemos los tres.*

Recorrimos toda la playa. El mar quedaba siempre a la izquierda. Vimos desde lejos el villorrio y el embarcadero, cuajado de redes y hombres, de velas y pilotes. El suelo iba alzándose y la ascensión terminó en una meseta de lajas de basalto, a doscientos pies encima del rompiente. Aunque el paisaje constituía un atractivo eficaz contra la monótona imagen de la playa frente al hotel, la pregunta que yo quería hacerle me quemaba el corazón. Mi mujer sucumbía a la vista del océano en la altura y me acerqué a él. Anna no podía oírnos. A pocos centímetros de sus pies la roca se precipitaba hacia la sima. El peligro la embellecía como a una elegida en los sacramentos de la muerte.

¿De dónde sacaste el Ferrari? Es un auto caro, le reproché sin ambages. *Es mío, me lo ha regalado Said,* contestó. *¿Qué Said?,* le pregunté. *Un extranjero como tú; el dueño, Said es el dueño ahora, ¿no sabías?,* dijo. *¿Y acaso es también tu dueño?,* dije. *No, sólo me protege,* respondió. Parecía azorado; hablaba mediante imprecisiones. *Tú no eres tú mismo,* concluí penosamente. *Antes era mendigo y ahora soy casi príncipe,* declaró con impertinencia. Lo peor de estos hechos es que son fundamentalmente justos.

Tenía dinero, era joven y bello, era libre.

Mis animadversiones se conformaron en un odio que no excluía mis deseos por él, por su carne maldita que me devastaba. Lo habría lanzado al suelo después de morderle la boca altanera, zarandeándolo hasta deshacer aquellas formas de *playboy* iluminado. Pero sólo le dije: *ya veo, ya veo* y me alejé. Supongo que mi semblante debía de estar muy descompuesto, pues mi mujer me miró con alarma. Le pregunté al amante si podíamos irnos ya.

Iba de pronto a anochecer y recuerdo que yo mismo preparé y serví un refrigerio. Hubo roces por debajo de la mesa, esos roces que nos llevan a cualquier sitio. Ambos devoraban grandes cantidades de frutas. *¿Has visto a Said últimamente?*, interrogué al joven. Me crispaba su ausencia de expresión. *Te lo pregunto porque quisiéramos irnos lo antes posible,* añadí. Masticó un poco más todavía. *Dentro de una semana saldrá una avioneta. Los llevo al aeropuerto, si quieren.* Lo de la avioneta era, sin embargo, improbable. La temporada reducía virtualmente a cero la frecuencia de vuelos y supuse que íbamos a preferir un yate, aunque no estaba seguro. *Nos llevarás de regreso, claro está,* intervino mi mujer. E hizo un mohín de fastidio. Después bostezó con refinamiento. *Me voy a dormir un poco ahora,* dijo.

Ahora mismo, pensé. Estábamos solos él y yo y le pude contar. No ocultó su satisfacción y me apretó la mano, mi mano abandonada y fría, la que recibía sangre del costado negro de mi cuerpo. Y me lo preguntó así: *¿por qué está tan fría?* Pero no contesté. No supe qué contestar.

Subí con él.

El Ferrari se alejó y regresó muchas veces con idéntico propósito, y en la repetición se fomentó un sentimiento de libre caída hacia lo crepuscular. Yo, que había deseado su presencia ígnea entre nosotros, empezaba a repudiarla y arreglaba ya mis citas por separado, como al inicio. Pero él, sin dejar de acceder a mis solicitudes, atendía más las que Anna le hacía. Y no porque yo le resultara desagradable, creo, sino porque ella lo atraía hacia algo que yo no le podía brindar. Esta conclusión era tan cierta que, en ocasiones, me sorprendía a mí mismo sumergido en largos delirios, ocupado en atormentarlo con invectivas.

Pudo verse así, en aquellas jornadas epilogales y difusas, la modificación del aire claro, que derivaba al gris de la tempestad formando remolinos de hojas que se oían semejantes a silbidos. Y se pudo sentir el descendimiento de las nubes parceladas en flecos, los residuos del hielo que se espolvoreaba en la altura sin precipitarse jamás. Ellos, que se veían en la habitación abandonada ahora por mí, renunciaron a sus tranquilas paredes. Habían preferido poco a poco la irradiación salvaje de la costa, donde los efluvios se derramaban y el cuerpo se hacía uno solo. Entonces ya mis encuentros con Anna se celebraban (esta palabra es excesiva) en el hotel. Y en el espanto de perderla, de perder su mente y los trenzados de su imaginación, cedía con regularidad, para mayor énfasis de su hastío, a la tentación de preguntarle por sus intercambios con el otro. Y mientras más le preguntaba, más fuerte se hacía el costado negro de mi cuerpo.

En el caletal las cosas me fueron siempre bien, porque yo era no el más fuerte, sino el más perverso. Él libraba sus combates dándose tan sólo a la fluencia autónoma de sus deseos, y por este motivo podía verme sin dificultades para humillarlo, entre la ternura falaz del silencio y mi pobre odio por la devoción. Y se marchaba asolado, con los ojos llenos de un temeroso abatimiento.

No era bueno acercarse demasiado a las inmediaciones de la poza ya que (por causas que se me descubrieron después) el clamor se había intensificado en una algazara tremenda y las antiguas voces, aquellas que sobresalían por su timbre y claridad, estaban ahora mezcladas en un fondo balbuciente como si todas las gargantas del miedo hubieran elegido articularse en un código ciego y necio para modular intensidades que se referían siempre a un estado del alma, un estado inefable y comprometido sin embargo con la irrisión y el misterio.

Pero me acerqué al ojo muerto y avancé hacia el ruido en pos de la música. Un siseo de agua hirviente derrotaba las murmuraciones del aire. Recuerdo que otra vez eran las doce, o algo así, y que por encima de los bordes caía un brazo que parecía acariciar la superficie quieta. Abajo, sumergida, la cabeza enseñaba su torsión de vértigo en calma, como si hubiera mirado largamente al azul de la hondura olvidándose de respirar.

Me quedé observando el cuerpo, tan desnudo allí y tan iluminado. Mientras, escuchaba el clamor de las medusas. Ellas, pensé, lo harían descender semejante a una estatua de carne petrificada por el ardor, el caos y los sueños, pero más bien iban adhiriéndose a su piel de realeza (su piel de vellocino entre amarantos) y se estacionaban dormidas.

Muy pronto, cuando estuvo cubierto del todo, el cuerpo al fin bajó, temblando. Lo vi desaparecer en los tintes de aquella sepultura y a poco el silencio brotó del paisaje en derredor.

Al volverme, con intenciones de regresar al hotel, vi que Anna estaba detrás de mí, observándome con tristeza satisfecha. La besé en el rostro y le dije que la amaba, que no había dejado de amarla, que la amaría hasta la muerte. Las palabras salían del centro de mis huesos con una libertad desconocida. Ella también me besó. Recuerdo que se apretaba contra mí y me decía que no importaba. Habíamos hecho bien y todo cambiaría ahora para siempre.

VINCENT VAN LEZAMA

Rogelio Riverón

1no

En L'isola del giorno prima *Umberto Eco deja una frase para mí,* piensa el enano, bellamente egocéntrico. *Digo para mí, el protagonista, no el autor de este cuento, prepotente como todos. La frase es ésta:* era como tratar de oca a un cisne *y simboliza como ninguna el menosprecio que padecemos algunos artistas.*

No sé si hayan prestado atención a este detalle, explica después a un auditorio imaginario, soñando con la conferencia de prensa que ofrecerá cuando llegue a famoso: *casi todos los enanos que se ven son adultos. Salvo en la literatura, donde aparecen como proféticos y circunspectos, los enanos damos la impresión de haber venido al mundo ya hechos. Dios nos prescribe una adultez casi mística y una fama de soberbios, igual que a los cojos. Nadie estima, sin embargo, nuestra pericia intelectual, porque para pelearnos un sitio nos falta el arresto, digamos, de los homosexuales.*

Días después, entre el bullicio fatigoso de una feria del libro, el enano descubre una edición alemana de *Paradiso.* No puede sustraerse a la tentación de tomar el hermoso ejemplar, abrirlo y, como ignora la tersura de aquella lengua, olerlo al menos. Después lo separa de sí, para mejor admirarlo, y casi recita: *Si Lezama lo supiera...* El encuentro con la novela más llevada y traída de toda Cuba lo obliga a una melancolía vaporosa, a un repentino lamentarse, pensando en que Lezama a fin de cuentas pudo burlarse de censuras y traspiés y que, si bien obró su coronación indiscutible desde la muerte, el triunfo de sus libros le otorga otro tipo de vida, una tregua mayor en ese barranco que es el olvido. El enano, en cambio, no ha sido publicado más que en una ocasión, y censurado, jamás. Se sabe —exagerando poco— un gran artista. Tiene para nombrarse una frase que de vez en vez le cede en préstamo a su amigo Roberto Zurbano. Es, asegura, un proletario de la imagen. Claro que ya sabe sobre el atractivo de la censura. Prohibir una obra es en realidad una forma expedita de hacerle propaganda, pero a él, no lo olviden, nadie piensa en censurarlo.

do2

Su mujer —opina el enano— tiene un cuerpo renacentista, un olor a lluvia sobre piel de guayaba y la costumbre de que le hagan el amor al mediodía. Le place acomodarse sobre las piernas del marido y tomar su miembro (ella le dice *el lanzallamas*) como si fuera la porra de un policía. Después lo manipula fingiendo que comenzará a golpear con él a izquierdas y derechas. A veces lo observa a la distancia, igual que hizo el enano con la novela de Lezama. Permanece silenciosa y se pregunta qué fórmula o qué genética les ha dado a los enanos ese poder en la entrepierna. Tras la venturosa contemplación, el enano invariablemente le pide que se acerque al lanzallamas y le hable, que lo muerda y le demuestre que es tan hembra como para intentar tragárselo. Ella le recuerda que es mujer y más, que sabe rugir, curvarse como nadie para recibir la inspección del lanzallamas que repta por todo su cuerpo, se mete entre los senos donde el enano amenaza con dejar el primer semen, pero al rato sale y pasea por los sobacos, por la cara de ella que saca la lengua y lo pincha, le habla en efecto como a un totem, como al brujo que sabe curarle las ganas, y comienza a engullirlo con los ojos cerrados y una expresión de niña mustia, de niña de Guatemala.

Esa vez, durante el primer respiro, el enano le confiesa a su donna lo que ha visto en la feria del libro. *Era* Paradiso —se emociona— *una edición deliciosa, con una cubierta incandescente, como recién sacada del horno.* Después prende un fósforo y traslada el fuego al pico de su cigarrillo. Se coloca bocarriba y la mujer posa la cabeza en su pecho.

—No me acuerdo de ese libro —admite.

—Cómo no —explica el enano— si hace poco te leí una parte, el capítulo ocho.

—Ah —recuerda ella— aquel que, según tú, extirparon de alguna edición.

—Sí —el enano conviene—, ese.

—A mí no me gustó. Al final resulta que lo más importante son los maricones —declara la donna y acaricia los pies del enano. Después corre la mano hacia arriba y tropieza con el lanzallamas. *Parece que tuviera tres piernas,* piensa regocijada.

Tras geométrica pausa, habla el enano:

—¿Te das cuenta de cuál es el alcance de la censura? Tú misma condenas al Maestro porque te parece indecente, pero ignoras el misterio que ese capítulo, tras haber sido confinado, ofrece a su novela.

—No sé —dice ella—, pero si ese maestro tuyo tratara a los enanos como a las gansas, no estarías tan orgulloso de él.

Hay una grandeza en burlarse de uno mismo, susurra el enano y permanece tranquilo, en la evocación de Lezama. Mientras la donna prueba a despertar las resonancias de su animal aletargado, él repasa con esperanzada comezón una lista de escritores alguna vez súbditos de la censura. Su mente los menciona y él les entrega el homenaje de su envidia, convencido de que, si le prestaran esa dicha, también llegaría a famoso. Juega la mujer con la estatuilla perezosa y él sale de Lezama para entrar en Piñera, en Bruno, en Cyrano, en Rabelais, en Marx, en el Vargas Llosa de *La ciudad y los perros,* en Orwell, en Kafka, en Solzhenitzin, en Lin Yu Tang, en Rushdie, en Bulgakov, en Arthur Miller. *Tengo que lograr que me vigilen, que prohíban mis libros, que los mutilen por lo menos,* piensa emocionado y desemboca, por una lógica del resguardo poético, en la imagen de Van Gogh muerto de hambre y de locura sólo para que sus torrenciales girasoles y sus autorretratos dementes comiencen a venderse como si fueran oro. El enano confía en la trascendencia y admitiría ser su hidalgo a posteriori. Se conformaría, para ser exacto, con acechar a los clásicos, no a los omnipresentes, sino tan sólo a los de su país. Añora una obra que les dé el alerta, una novela de inapresables vestigios, operática, con palabras como claves para los infidentes. Allí, en ese disfraz de la desnudez, en esa sencillez ecuacional, prende con facilidad el equívoco. Con suerte, la obra se vuelve sospecha, evidencia, comidilla en las actualidades de la farándula. *Clásicos nacionales,* dice para sí, *en guardia. Vivos o muertos, deberán hacerme un lugarcito.*

tr3s

Si, tal como busca el enano, un ceñudo *voyeur* político hubiera estado pendiente de su puerta, lo habría visto partir, pasada la plenitud del mediodía, a encontrarse con su discípulo. Pero sale en el anonimato de costumbre y se detiene un segundo frente al balcón donde la mujer rezonga porque él se negó a azuzarla otra vez con el lanzallamas. *Adiós,* le dice, *no demoro.* La donna arrecia en la protesta y le hace saber que sospecha de ese discípulo al que nunca ha visto. *Boba,* le dice él, *si vive ahí mismo, debes habértelo tropezado más de una vez,* y se bambolea rumbo a la calzada. Por los portales avinagrados, entre la gente y los ruidos, se pone a mirar las columnas y comprende que, para comulgar con el júbilo habanero de Alejo Carpentier, hubiera debido andar la acera y observar más bien las columnas de enfrente. El acicalamiento de aquellos pilares otrora gallardos, piensa, tiene una intención anterior, invita a fiesta sólo a quien mira las fachadas. *La Habana de Lezama es, por lo tanto, más esencial,* deduce, *siendo menos descriptiva, nos coloca de plano en un ambiente del que resulta difícil recuperarse.* Anda todavía con aquellos retozos impresionistas, cuando escucha su nombre y se detiene. Entonces reconoce al discípulo.

—Qué tal, maestro.

—Casualidad precisa —responde el enano— voy camino a tu casa.

—Venga, venga —lo anima el pupilo—, salí a conseguir algún té para solemnizar la sesión de hoy.

—¿No será que olvidaste la cita? —reprocha el enano—. Mira que hoy hablaremos sobre el más allá del Arte.

—Perfecto, maestro —exclama el adolescente abriendo la puerta—, pase usted.

El enano penetra en la casa y, rumbo al sillón que le reserva el discípulo, ataca:

—¿Qué es para ti un clásico?

El joven se queda pensando. Después se acerca al librero y toma un libro pequeño, de portada roja. Dice:

—Esto me ha hecho pensar en todo ese problema de la trascendencia.

El enano, que no acaba de reconocer el libro, salta del sillón y se acerca.

—¿Qué es eso? —inquiere.

—Una noveleta —explica el adolescente— ochenta páginas apenas y me ha dejado intrigado.

El enano coge el libro. *Mujer, Mujer,* lee y hace un gesto de desaprobación. Seguidamente aconseja:

—No se puede leer todo lo que aparece. Yo, por ejemplo, uso a mi mujer como otros a un gato para saber si es tóxico lo que piensan comer. Libro del que no me fío, lo lee ella primero y, aunque no le tengo gran confianza, decido por sus impresiones si debo emprenderla con él.

—Pues mire —confiesa el pupilo— que a mí *Mujer, Mujer* me ha servido de mucho. Será porque a mi edad se lee sin prejuicios.

Prejuicios, mierda, piensa el enano, quien está convencido de que una generación literaria debe ponerse en guardia contra su descendencia. *Sospechar de los que te suceden: no leerlos sino para criticarlos,* añade. Seguidamente mira al alumno desde su autoridad y le advierte:

—Aún no tengo tu definición de clásico.

El adolescente se le acerca y, con una venia, lo despoja de la noveleta. Diserta:

—Este libro me ha puesto a dudar de todo lo imperecedero. Dice, entre otras verdades, que eso de la trascendencia es apenas un aplazamiento. Desde que lo leí he comenzado a preguntarme cuánto dura la posteridad (El enano regresa al sillón, trepa y se acomoda). Más atinado parece conceder a cada época sus plazas para clásicos, aunque siempre ha de haber más pretensiosos que tipos que satisfagan todos los requisitos (Sonríe el enano, mira al pupilo, burlón). La cuestión estaría en saber si, por ejemplo, Cervantes es ya un paradigma para siempre jamás (El enano está serio, se rasca la frente). ¿No vendrá un tiempo arrasador en que nadie se acuerde de Grecia? —concluye el adolescente y el maestro se tira del sillón, lo persigue con ojos de verdugo y lo llama fanfarrón, soberbio, analfabeto.

Pasa unos diez minutos explicándole que quien sea capaz de tocar a las puertas de la historia del arte está inmunizado contra los olvidos. Por más dados a las revalorizaciones que sean algunos, su nombre será imborrable. Incluso si ya nadie la leyera (como parece ser) *La Eneida* sigue ahí, como una sombra que apuntala, asevera y, sin escuchar la riposta del muchacho que estima que su visión es demasiado estática, pues confunde lo establecido con lo eterno, vuelve a mencionar a Van Gogh. El enano no es ambicioso. Mejor dicho: ambiciona ser inmortal, no millonario. Por eso lo fascina el desorejado y se le perfila como sucesor, aunque desde las letras. Si alguien pudiera asegurarle un poco de brillo póstumo, estaría satisfecho. Es más, sueña dejar, como Van Gogh y Lezama, una obra que haga palidecer a los enemigos y relamerse a los admiradores. Y lo que a otros se les dio casualmente, puntualiza, él lo pondrá en práctica con todo propósito: pronto ha de ser censurado.

Se asombra el pupilo. *¿Censurado?*, pregunta y argumenta que, si no ha entendido mal, la censura es todo lo contrario de la fama. *A primera vista*, sonríe el maestro, *a primera vista. Si eres ducho en maniobrar con tu censura, la oralidad te tenderá una mano. Cuando Cuba —con algún riesgo de tu parte, también la Hispanidad— sepa que se han abalanzado contra tu libro, comenzará a correr un humor subterráneo muy pernicioso para los ambientes oficiales y enseguida vendrán a proponerte una revisión, un entendimiento. Esa es una de las puertas de la historia, hijo mío; a la edición cubana, que se agotará en unos días, sucederán las de Lumen, Planeta, Simon & Schuster.*

El pupilo se ha quedado pensando, después suspira y le cuenta al maestro que hace poco tuvo líos con un cuento. El enano se le acerca, se interesa en detalles y él especifica: días atrás leyó en la Casa de Cultura y algunos asintieron, elogiaron, pero un desconocido habló de implicaciones, y estaba muy serio. El maestro calla, con la sonrisa que esboza después irrumpe muy a su disgusto un poco de admiración por el adolescente. Le pide ver el cuento, pero el pupilo se disculpa: aún quisiera retocarlo, de todo lo que se dijo en la lectura ha decidido acatar dos o tres ideas. *Pero aquí está, a mano para leérselo pronto*, asevera y deposita el pliego sobre la mesa de escribir.

—Pues vendré pasado mañana para que me lo leas —dice el enano.

El alumno lo mira, riposta apenado:

—Pasado mañana no, maestro, que tengo visita.

—¿Alguna sabrosa ninfa?

Sonríe el discípulo, graciosamente envanecido.

cu4tro

La donna ruge, tiene los ojos cerrados, las piernas abiertas y tiembla. El enano aferra el lanzallamas con ambas manos y se coloca en posición. La donna abre los ojos y se afirma en la delicia de reconstruir algo que todavía no ha pasado, pero que ella sabe de memoria. El enano se acerca, imprime un movimiento oscilatorio al animal y la donna desespera. *Fuego, fuego*, pide y el enano embiste, la ensarta y mientras saborea sus quejidos comprende que es la decisión que ha tomado lo que lo enerva a tal extremo. El vaivén del émbolo hace que la mujer pierda totalmente los estribos y se muerda los labios y lo insulte halagadoramente. *Fuego, fuego,* insiste ahora, ya sin voz, y el enano se desboca, suelta la andanada y se va quedando quieto.

Satisfecha, la donna insiste en conocer qué bicho lo ha picado hoy, por qué le ha hecho el amor como si fuera la primera vez, con la potencia de un equino. *Nada,* desestima él, *es que me siento bien.*

La donna se levanta, asperje su desnudez por el cuarto, va al baño y orina con la puerta abierta, no se seca, prefiere sacudirse con una contorsión de las caderas, como una blasfemia incitadora. El enano la ve, sonríe, disimula. Cuando la tiene otra vez al lado se pone a hablar del futuro. Evoca su único libro publicado, se detiene en algunos méritos puntuales de esa obra que inicia en la literatura cubana otro modo de tratar su contexto, pondera una gacetilla que a su vez lo pondera en la mejor revista del país, y no comprende por qué la donna permanece apocada, a punto de trasponer el sí mismo del aburrimiento. ¿Le confesará el secreto, la intención, la necesidad de aparecerse en casa del pupilo y tomar el cuento que puede impulsarlo hacia la fama, por esa virtual condición censurable? *Ella no está preparada para comprender estas cosas,* se dice y opta por advertirle vagamente sobre su triunfo cercano.

—Voy a publicar un cuento que será un escándalo —anuncia.

La mujer lo mira. Contradice:

—Hace años que ensayas para cuando tengas que hacer de consagrado.

—Pues ya está al levantarse el telón —ríe el enano—, esta vez me censurarán sin falta. Los propios verdugos bruñendo mi corona...

—Si es tan escandaloso como anuncias, dudo que alguien se atreva a aceptar ese cuento.

—La cosa está en eso —explica el enano. Si lo rechazan por blasfemo, no por malo, se sabrá enseguida. Entonces quedará como un fantasma danzando en el sueño de los funcionarios, como bailó *La novela teatral,* de Bulgakov, en la conciencia de Stalin.

—Total, si no lo publican nadie sabrá de qué se trata —afirma la donna.

—Lo prohibido es curioso —sentencia el enano. ¿Dudas que todo el mundo conozca, por ejemplo *Locus solus* o *El retrato de Dorian Gray?*

—No sabía que hubiera algo con ese título.

—Ya lo saben —dice el enano—, tú y el que nos esté leyendo. Apuesto a que ahora tratarán de averiguar en qué consiste ese cuento.

—¿Con el tuyo pasará igual?

—Igual —afirma él—. Además, puedo mandarlo a un concurso. Los jurados tienen más arrojo que los editores. Dan el premio y ya. Nadie les pide cuentas. El que acepta un jurado acepta de antemano una opinión que no es la suya.

La mujer se incorpora, comienza a vestirse. Razona:

—Todo eso está bien, pero yo creo que exageras. No me parece que haya tanta censura por ahí.

—No es que haya, es que está —dice el enano— aunque no actúe. Es una rara forma del equilibrio, un componente del sistema literario, pasivo o no. A veces, por supuesto, se desboca, sale de revoluciones y entonces, mientras unos se lamentan, otros lo celebramos. Esa es mi táctica, lo del río revuelto. Pero la censura siempre está a punto de activarse, como los sensores térmicos. Este propio cuento, tan real, tan plano, sobre enanos y artistas, pudiera ser vetado, su autor llamado incisivo, tramposo, aunque reconozco que él tiene esa potestad. El que escribe puede ser demagógico, el que es escrito no.

Ironiza la donna:

—¿Cuál es tu caso?

—El mío es dual —plantea el enano—, cuando me escriben soy manso como un preso, porque la cacareada autonomía del personaje literario depende de la lucidez de quien lo traza. Eso de que éste obra a su antojo es una justificación para la falta de previsión al concebirlo. Hay demasiados escritores indecisos que leen mal las posibilidades de sus personajes y dicen después que los han engañado. Como creador, en cambio, sé que soy omnipotente. Mi pluma es el barro iniciático, la costilla adánica. Lo curioso es que los censores también lo saben y tratan de oponérseme. Para ellos, cualquier cosa puede ser un exceso, un mal ejemplo. De eso pretendo valerme para llegar a clásico.

5inco

Como la donna no piensa emocionarse con su coronación inminente, el enano decide estimularla. Estimularse ambos, debiera escribirse, pues lo que hace es buscar un billete de veinte y pedirle que vaya por una botella de ron. Protesta ella, *no deseo ir a la calle,* pero se va dejando convencer. El enano la acaricia, impulsa la mano del ombligo a los senos y se dice que, tras un buen ronazo, bien pudiera volver a someterla al fuego de su lanzallamas. La donna adivina lo que piensa el marido, pero ahora ya no quiere guerra. *Mejor aprovecho el aire de allá afuera,* decide y abre la puerta, se alegra con el bullicio que la recibe, se deja sobar las nalgas de mala gana, apretar los muslos por el enano que la despide, poético: *Vaya mi pájaro preso/ a buscarme arena fina.*

—Qué fastidio —dice ella y sale.

El enano va a tirarse a la cama. Se queda mirando al techo y hace rodar por la madera encalada exquisitas escenas de su triunfo cercano. *Soy un proletario de la imagen,* pronuncia y se ríe, convencido de que hurtar el cuento del pupilo es un acto de justicia consigo mismo. *Al fin y al cabo, ¿cuánto de mis enseñanzas no habrá en él?,* agrega y se felicita por lo que pronto ejecutará.

Al rato se da cuenta de que la donna no ha vuelto. El ron lo venden a dos cuadras, así que no se explica la tardanza. Se levanta y sale al balcón, sube a un pedestal de ladrillos que se hizo para sobrepasar el borde de la barandilla, y otea el horizonte cruzado por voces y latigazos de polvo. Como no descubre a la mujer, decide bajar. Llega hasta la tienda y pregunta: hace días que no tienen bebida.

El enano supone que la donna trata de conseguir el ron en otra parte. Sigue hasta la calzada, pensando en llegarse hasta la tienda más cercana, donde posiblemente la encuentre. Va despacio, mirando a las mujeres que se le cruzan e imaginando que vienen desnudas, cuando se da cuenta de que está frente a la puerta de su pupilo. Entonces se le ocurre llamar, quizás si el adolescente se descuida pueda llevarse el cuento. La mujer que espere: después de tanto demorarse con el ron, ha perdido el deseo de emborracharse. Antes de golpear la puerta, quiere mirar por la ventana: *una inspección al terreno nunca está de sobra,* sentencia.

Mete un pie en el hueco de la reja y se empina. La sala está vacía, pero hacia el fondo de la casa trepida una voz. Al momento se ve al pupilo venir rumbo a la sala, gesticulando molesto. El enano se deja caer y toca a la puerta. Aparece el joven, *qué tal, maestro, no lo esperaba,* y le hace camino de mal grado. Con mirada traviesa, el enano trepa a su sillón y le pregunta:

—¿Tienes visita?

—No —responde el pupilo—, estoy solo.

El maestro ha decidido divertirse. Comprende que el joven mantiene oculta una ninfa y se promete que no se irá sin conocerla.

—A tu edad yo nunca estaba solo —le dice malicioso.

El otro no sabe ripostar. Tampoco disimula el malestar que lo hace ir de un lado a otro, hasta quedar anclado frente a la ventana. El enano quiere ser más agresivo, encuentra no sabe qué placer en el engorro de su alumno y busca tensar el dramatismo de la situación.

—Necesito ir al baño —declara y salta al suelo.

El pupilo se alarma, abre la boca, pero él lo ataja:

—No te preocupes, ya conozco esta casa.

Sin darle tiempo a moverse, enfila el pasillo, pasa frente al baño y sigue hasta el cuarto, imaginando que, si a la suerte se le antoja, incluso podrá encontrar a la ninfa desnuda, ahora en la realidad y no en su mente, como las mujeres de la calzada. No está desnuda, pero en cambio le tiene una sorpresa: es la donna.

El enano se ha quedado sin voz. Después se va recuperando poco a poco, mientras la mujer lo mira, resignada y valiente. *Con que así es la cosa*, murmura y da inicio a una cadena de insultos de la que, curiosamente, se hace objeto a sí mismo. *Eso me pasa por creer en hetairas*, bufa y se le encima, pero la mujer ha levantado un madero. *Si te acercas te mato, maricón*, asegura. El enano desestima la tabla y salta hacia ella, la toma por el cuello y la acorrala en un rincón. La donna aúlla, le pide al pupilo que acabe de aparecer, que la defienda, pero el enano se ríe, la golpea, declara que se caga en el pupilo y que para puticas ya tiene con ella. Se dispone a golpearla nuevamente cuando llega el pupilo, la mujer lo insulta, *cobarde, por tu culpa me están matando*, llora y logra zafarse del enano, se lanza hacia la tabla que ha ido a parar al otro extremo del cuarto, logra apoderarse de ella y se la pasa al pupilo.

—Despíngalo, despíngalo —clama la donna.

Enana sucia, dice el enano, *sinvergüenza*, y se encara con el joven, que levanta la tabla, pero no se atreve a golpear. La enana entonces grita, se sube a la cama y salta hacia el marido que la ve, la espera y, de un puñetazo, la deja tendida. Después va rumbo al pupilo que se deja caer al suelo y se cubre la cabeza con los brazos. *Puercos de porra*, dice el enano y sale del cuarto, se va por el pasillo, llega a la puerta y, a punto de salir, recuerda algo, regresa, escarba en los papeles del alumno y toma el cuento.

—No digo yo si me hago famoso —masculla.

LA PUERCA

Ángel Santiesteban

Chepe se mantiene acostado en la litera con los ojos cerrados mientras se soba los huevos; a su lado, en el piso, hay un recluso que recién entró en la última cordillera, dice que es su esclavo y lo apodó Victrola. Canta imitando la voz de Julio Iglesias. Lo pasó por las camas de los que considera de su confianza y hasta lo alquiló por unas cajas de cigarros. Apenas lo deja bañarse y tiene el pelo sucio y se rasca los granos, la punta de los dedos se le mancha de sangre y pus. La canción que más gusta es *La vida sigue igual,* y cuando la interpreta nadie hace chistes, sólo un aparente silencio, con un murmullo de fondo en sordina. No lo dejan descansar y ha perdido la voz. Han tenido que golpearlo dos o tres veces porque no quiere seguir cantando, estoy cansado, dice, y vuelve a recibir golpes; Chepe grita que no le maltraten la mercancía y que allí el único que apalea es él, y se mete la mano dentro del pantalón y exhibe su rabo negro y sonríe con cinismo porque todos voltean la cara evitando la escena; pero nadie se atreve a quejarse, saben que el mandante no está de buenas.

Chepe está de mal humor por culpa del gordito tímido que también entró a la galera en la última cordillera. Lo quiere para él. No se perdona haber sido tan lento. Desde que entró a la compañía y le llamó la atención debió acomodarlo en su territorio; pero confiado, por ser el mandante, esperó a que llegara la noche para poseerlo; y el Llanero Solitario, más precavido, se olió sus intenciones y dio el zarpazo primero, lo ubicó en su pasillo prometiéndole protección; y el muy gordito, que se moría de miedo a ser devorado por tantos salvajes en esa jungla, aceptó entregarse a aquel King Kong, critica Chepe, olvidándose de que él es tan negro como el otro. Desde entonces, pasa constantemente por delante de sus camas, vigila que el negrón del Llanero no lo mire, para sacarle la lengua al gordito que rehuye la mirada y se ruboriza, y Chepe se excita más, se chupa los labios, se los muerde. No se ha decidido a aplicar sus mañas porque el Llanero no es fácil, es un presidiario viejo. Lo conoce desde que comenzaron en la cárcel de menores, y sabe que no se dejará arrebatar el faisán. No le da mucha gracia tener un enemigo tan peligroso dentro de la galera, eso le puede traer muchas molestias, además de las horas de sueño que le quitaría. Bastante tiene con el Kimbo que lo azoca, se ha pasado el día mirando para el interior de la compañía, seguramente buscando su cama para planificar algún ataque, uno más de los tantos que se han hecho a lo largo de sus condenas en diferentes prisiones: son enemigos irreconciliables, y Chepe se pasa la mano por la cicatriz del rostro y recuerda que en la última pelea dejó al Kimbo tirado en el suelo pensando que lo había matado porque era imposible que un preso pudiera tener más sangre que la que corría por las losas.

Chepe mira desde su cama al gordito que pone los ojos en blanco cuando ríe, y al Llanero que se queda extasiado cada vez que lo hace; han pasado todo el tiempo conversando, un cuéntame tu vida apresurado, ni que mañana fueran a salir en libertad, dice, y se mete el dedo en la nariz, hurga incesantemente, y extrae lo que le molestaba, hasta parece que están de luna de miel, gruñe. Con la yema de los dedos comienza a hacer una bolita que trata de tirar, pero se le queda en la uña, repite el gesto varias veces, se incomoda y la pega en la cama del Albino que se desentiende, y aunque quiera protestar prefiere mirar hacia otro lugar porque sabe que el mandante, cuando está molesto, siempre busca un pretexto para golpear.

Chepe observa los gestos delicados del gordito, la gracia del rostro, sus labios carnosos, su piel lisa, lampiña; desesperado, llama al Albino: ve y dile a ese negro que venga acá urgente, no quiero cometer una locura, y el otro mueve la cabeza asintiendo, ha puesto los ojos de susto y se limpia las manos que han comenzado a sudarle, conoce bien al mandante y sabe que pronto no podrá controlarse, ve y díselo, a ver si te entiende y acepta y se aparta de mi camino, que no rompa las costumbres establecidas, esto no lo inventé yo, desde que la cárcel es cárcel las cosas han sido así: el mandante es el que reparte, repíteselo varias veces, anda, demuéstrame que me sirves para algo y que si te he perdonado el culo no ha sido por gusto, ve a ver si tienes suerte y ese negro te entiende y quiere negociar.

El Albino, receloso, va a la cama del Llanero, se le acerca sonriente y sumiso, se mantiene inmóvil, esperando que él termine de mover los ojos desconfiados hacia todas partes como un animal en acecho, después vuelve a mirar al Albino que permanece en el sitio con cara compungida, el Llanero hace un gesto para que se acerque y el otro finalmente respira y entra al pasillo, están un rato conversando. Albino insiste en que recapacite, valore la oportunidad que le dan; pero el Llanero se niega, no acepta tratos, mira a su protegido con una leve sonrisa para que no se asuste, y el Albino no quiere terminar la gestión sin lograr algo, le parece sentir los ojos del mandante pegados a su espalda, conoce al Chepe y teme que su rabia se vuelva contra él como si fuera el culpable, le reprochará que no supo explicarse, que se ha puesto viejo y pendejo, por eso tenía esa piel incolora, igual que los guayabitos recién nacidos. Entonces invita al negrón a que se entienda personalmente con el Chepe, a lo mejor lo haces desistir de su capricho cuando le expliques que no es nada personal. Albino se da cuenta de que el negrón niega no muy convencido y él insiste, quizás un poco desesperado, hasta que el Llanero lo mira fríamente, y Albino piensa que se le ha ido la mano y que el otro puede molestarse con él y darle una paliza, y entonces va a decirle que ha terminado, que no volverá a llevarle la contraria, pero sorpresivamente el Llanero asiente, no desea problemas, le explicará que no es un capricho, es algo especial, no soportaría una celda ahora que intenta ser feliz, le pasa la mano por el pelo a su protegido y le promete volver lo antes posible; recorren la galera sumida en un silencio total hasta la cama del mandante que está subido sobre la litera con las piernas entrecruzadas como un faraón. Albino se aparta.

El Llanero le explica, pero Chepe insiste, dice que primero el mandante, por pura disciplina, por tradición y respeto; después lo devuelve, así es como ha sido siempre y lo sabes muy bien; Llanero sonríe, está seguro de que miente, sabes que si lo pruebas una noche no querrás devolvérmelo. Chepe sonríe, no puede ocultar que miente y lo sabe, insiste en que cumplirá su palabra; pero el negrón repite que no, esta vez no, Chepe, aquí me juego la vida y te pido que no lo tomes a mal, nunca me he esforzado tanto porque alguien me entienda, verdaderamente nunca me importó. El mandante, impaciente, se pasa la mano por la cara, le propone cambiárselo por Victrola y el negrón tampoco acepta, la música no es mi fuerte; el jefe respira con fuerza, dice que no entiende ni va a entender que se haga de otra forma que no sea como dicen las reglas, después los demás querrán hacer lo mismo y entonces el problema será doble, el mal se corta por lo sano, ¿comprendes, Llanero, que me estás obligando a algo que no deseo hacer? Piensa si vale la pena enfrentarme. En la galera hay más, te doy el que tú quieras, si es tu deseo escoges dos; te prometo que en la próxima cordillera te doy el que me pidas; pero acaba de razonar que no me dejas otra alternativa que destruirte, porque es preferible enfrentarte a ti ahora, que después a la galera completa; cuando quieran imitarte, se pondrán a repetir lo que dicen los reeducadores: que tenemos los mismos derechos, ¿has oído cosa más loca? Aquí los derechos se ganan individualmente, ¿verdad, Llanero? Ahora, ¿qué me dices? Antes de responder, el Llanero mira al techo, lo recorre pacientemente: si no hay otra opción, entonces, mátame, dice y espera con la mayor naturalidad, con una mirada que no es agresiva y por eso asusta más. Chepe se altera, levanta la voz y el resto de la galera hace silencio en espera de que algo ocurra, le grita que no sea bruto, está jugando con candela y segurito que te vas a quemar, eso te lo juro, y besa la cruz que hace con los dedos, tanto lío por el gordito, total, parece una puerca en celo, y el Llanero, que sabe que se encuentra en territorio ajeno, regresa a su pasillo sin contestar a las humillaciones, porque eso es lo que es, una puerca, ¿oíste?

La compañía ríe y Chepe sube a la litera y grita que le parte el culo al que se ría, pedazos de puta, y un profundo silencio se instala nuevamente en el lugar, los rostros pálidos y sudorosos. De repente, lo ven tirarse de la cama y correr hacia el baño con un pote en la mano, y tiemblan, tarda unos segundos y regresa, lanza al aire un líquido que cae como una llovizna sobre los cuerpos y las camas, y el olor les avisa que es orina; entra a buscar más, los reclusos se cubren con toallas y sábanas sin abandonar sus pasillos, saben que si violan ese mandato después el Chepe podría ser más desagradable, porque todavía no es lo peor que puede sucederles, queda la posibilidad de que les tire mierda. El mandante continúa arrojando orina mientras ofende y provoca a los reclusos para que se le enfrenten; se molesta aún más al ver al gorila hablándole al oído a la Puerca, sonrientes, sin importarles que los mojen con desperdicios, y corre desequilibrado hacia el fondo de la galera, busca su cama, rastrea debajo del colchón y regresa, casi frenético, hasta la litera del Llanero: sal para fuera, a ver tu coraje, dice, y tiene los ojos rojos y grandes como si se hubiera fumado una mariguana. El negrón levanta la vista lentamente, permanecen calándose, reconociendo el terreno, por fin se decide a salir con mucha lentitud, sonríe, camina sin miedo, normal, como siempre, se detiene frente al Chepe que juguetea con una cuchilla mohosa en la mano, la hace bailar entre los dedos como un mago, y el Llanero la mira fijamente, todavía seguro de que nada va a ocurrir, aunque Chepe lo esté amenazando, amaga haciendo círculos con los brazos, estudiando para sorprenderlo en el primer movimiento en falso, buscando una oportunidad para embestir, y el negrón permanece inmutable, desconcertante, persiguiendo la cuchilla con los ojos, hasta que levanta los brazos y se cubre con un estilo de boxeo antiguo, los puños hacia arriba, acechando detrás de sus brazos fornidos que hacen de parapeto, una muralla africana que recibe los primeros cortes sobre otras cicatrices, pequeñas incisiones por donde brota la sangre y que el Llanero apenas percibe, como si no fueran sus brazos. Los secuaces de la mandancia, Albino, Jábico y Calabaza, junto a otros, aunque tienen miedo, esperan una señal del jefe para agredir al contrario. El mandante sigue moviendo la cuchilla con gestos de samurai, como si jugara, quizá tratando de marear al Llanero, lo que no logra porque éste atiende a los giros y cambios de mano que realiza Chepe con el metal. Pasan un rato marcándose a la defensiva, Chepe no vuelve a intentar cortarlo. Entonces Calabaza dice que dejen eso, van a ir a parar a la celda por una Puerca, que no lo vale, sabemos que al mandante realmente no le interesa; Chepe y el Llanero detienen los movimientos, pero continúan mirándose fijamente. Calabaza aprovecha, avanza lento, se va interponiendo entre los dos que no pierden concentración, se vigilan: ya el negrón tuvo su merecido, dice; seguramente el Llanero o cualquier otro se medirá antes de tomar una decisión que afecte al mandante; y al unísono, sin darse la espalda, se van alejando hacia sus camas. Llanero se sienta sobre la litera sin advertir la sangre que corre por sus brazos, y le sonríe al gordito que lo espera nervioso, y continúan conversando apaciblemente como si nunca los hubiesen interrumpido.

Chepe sale por el pasillo todavía con la mirada de loco, le grita a Calabaza que no vuelva a hacerlo, estuvo a punto de cortarlo, por eso le va a retirar la consideración que le tiene. Dice que no quiere a nadie fuera de su pasillo, ni siquiera después del recuento.

Durante el resto de la noche se respiran tensiones, muchos deciden no dormir por temor a ser sorprendidos en medio de otra pelea entre el Chepe y el Llanero; el primero se mantiene en el fondo de la compañía para no tener que pasar por delante de la cama de su enemigo.

Kimbo vuelve a rondar por la reja, finge acompañar al enfermero que reparte las pastillas. Mira en silencio a los reclusos, pide un fósforo y enciende un tabaco. Se esparce la humareda por la galera. Los hombres aliados de la mandancia permanecen atentos a sus movimientos, con quiénes habla, y si entrega o recibe algún papel, para poder interceptarlo.

Se escucha la voz de Victrola, está como siempre a los pies del Chepe, que sólo abre la boca para pedir que repita la canción. Cuando dan el silencio, el mandante hace traer a Matías, la Maga, famosa por hacer desaparecer la carne dentro de su cuerpo. Le dice al jefe que pensaba que no la iba a ir a buscar esta noche, como ahora estás con la majomía de la Puerca, creía no tener espacio dentro de tus deseos. Chepe la empuja, y la Maga dice suave, papito, yo soy igual que el mar, me desplazo lentamente, abrazo y me apodero de la situación, tú verás cómo se te pasa ese malestar, y el mandante vuelve a mirarlo malgenioso. La Maga decide callarse y le besa las piernas flacas y lampiñas, se introduce en la boca sus dedos largos y suaves como los de todo preso viejo, después le besa el sexo, que comienza a ponerse erecto, esa Puerca no sabe lo que se está perdiendo, dice, y Chepe la manda a callar, concéntrate que hoy tengo el día malo; la Maga lo recorre con la lengua, y de soslayo mira a Victrola que hace una mueca de asco, la Maga sonríe y lo llama, ven para que pruebes, y el otro se niega y evita mirar; la Maga le pregunta al mandante si no quiere sentir dos lenguas recorriéndolo; Chepe lo piensa y el miembro se le endurece más, la Maga vuelve a llamar al cantante, y como el otro no le responde mira al jefe para que lo haga él; ven, dice Chepe, y Victrola sigue negando, eso no le gusta, te dije que vinieras, no si te gusta; se acerca temeroso, repite que eso no le gusta, el mandante lo amenaza, si se molesta va a ser peor: nada más es pasarme la lengua, no me hace falta otro culo, si eso es lo que te asusta, con el de él me basta, y señala a la Maga que sonríe; Victrola permanece en silencio, la Maga le pregunta si le gusta la galletica de dulce, y él responde tímido con un movimiento de hombros, entonces con gestos amanerados, la Maga busca en el jolongo del jefe, saca tres galleticas, las parte en cuatro y pone un pedacito sobre el glande; ven, dice el Chepe, come, no me gusta que me desprecien lo que brindo de buena fe. Victrola quiere negarse pero el mandante hace un gesto de impaciencia y saca la cuchilla mohosa, se la enseña, Victrola se acerca temeroso, la Maga, sonriente, le empuja la cabeza y él cede y coge la galletica con rapidez y regresa a la posición anterior; la Maga pregunta si le gusta y vuelve a depositar otro pedacito, hasta que en la tercera o cuarta vez le dan un último empujoncito que le hace resbalar los labios y sentir el pedazo de carne latiendo en su boca.

Transcurren los días, y el Llanero tampoco va al final de la galera, salvo a buscar el desayuno, y trae también el del gordito, que apenas sale de su pasillo, sólo para lavarse la boca y bañarse, siempre protegido por el negrón. La mayor parte del tiempo la pasan conversando, al Llanero le salieron postillas en las heridas que se revientan, su acompañante lo limpia y cura con delicadeza. Por las noches utilizan de parabán frazadas que ponen a los lados de la litera; por momentos la cama vibra, se detiene, y deja escapar un vaho, un calor sofocante que avisa que allí hay sexo. Los que duermen a su alrededor se excitan, y van al baño a masturbarse.

Victrola ha decidido no continuar cantando y siempre anda triste y asustado. Chepe ya no lo golpea por temor a dejarle alguna marca en el rostro y eso le cueste una celda de castigo.

Aunque el Kimbo sea el jefe de patio nunca rondó la galera con tanta insistencia como ahora. Y desde que lo vio buscando un pretexto para entrar a la compañía, Chepe arrancó varios pedazos de angulares que sostienen las patas de la litera y los está afilando con la pared, dice que no lo van a madrugar. Ha dejado de sentarse en la puerta por miedo a que el Kimbo le tire mierda o quiera pincharlo a través de las rejas. Por eso puso en un puesto de observación al Albino para que vigile los movimientos del Llanero y el Kimbo, no vaya a ser que se pongan de acuerdo y me jodan. Abre bien los ojos, Albino, si me sucede algo y vuelvo a pararme, vas a perder el ojo del culo. Y el otro mueve la cabeza negando insistentemente, descuida Chepe, te consta que por el olfato soy un perro, nada más que piensen joderte, vengo y te aviso. Y el tiempo pasa y no hay aviso. Chepe le hace una seña al Albino para que vaya hasta su cama, lo hala por la camisa, le pregunta si está esperando que lo madruguen para avisar. Este mueve la cabeza, no sabe nada. Entre el Kimbo y el Llanero no ha visto ninguna intriga. A lo mejor hasta eres cómplice de ellos, pendejo, lo insulta el Chepe, y el otro continúa negando con movimientos rápidos de cabeza. Entonces ve y averíguame qué traman esos negros. Albino acepta con gestos obedientes.

Hace rato tocaron la campana del silencio y el penal aparenta dormir. Aunque se mantenga la luz encendida día y noche dentro de la galera, no permiten leer ni escribir cartas ni conversar después del silencio. De repente, abren la puerta violentamente y varios presos entran corriendo con el rostro cubierto con tela, hay confusión, y Chepe se tira a coger el hierro, pensando que vienen hacia él, Calabaza se man-

tiene indeciso ante la mirada de súplica del mandante para que lo prote-
ja, el Albino se hace el dormido hasta que el jefe lo empuja con el pie;
los reclusos van directamente a la cama del Llanero, lo sorprenden abrazado a la Puerca, lo sujetan y halan a su acompañante, lo tiran de la
cama, lo arrastran pataleando por el pasillo, el negrón forcejea inútilmente, entre dos tipos han subido al gordito a los hombros y se lo
llevan al patio que se mantiene oscuro; entonces sueltan al Llanero y
corren buscando la salida, rápidamente cierran la puerta, y el negrón
desesperado llega a la reja, saca el brazo y agarra por el cuello al que
pone el candado, lo inmoviliza, otro lo muerde, el Llanero grita, soporta, continúa apretando su mano, quiere que le devuelvan a su amigo,
vuelve a gritar de dolor y no puede resistir más, suelta al hombre que
cae al piso sin fuerzas y el otro lo recoge y arrastra mientras escupe
sangre y carne.

El Llanero llora, llama a los guardias, que lo ayuden, por favor, ni
siquiera se ha mirado el brazo que sangra por la herida. Se deja caer sin
fuerzas delante de la puerta, golpea el piso, se golpea, vuelve a clamar
por los sargentos, le han robado, grita, desde otra compañía se burlan,
piden que se calle y no joda más, seguro que después se lo devuelven,
no olvides ponerle fomentos, y ríen. El Llanero los ignora, sigue exi-
giendo la presencia de los guardias, que vengan rápido, hasta que le
responden: ya va, gritón, pareces una vaca parida. Se acercan los soldados de la guarnición, el negrón pregunta por los sargentos, le responden
que hoy no hay sargentos, están ellos que son generales, sonríen; Llanero
quiere explicarles, no lo dejan terminar, le dicen que se acueste, resolve-
rán ese problemita, pero él no entiende, se les queda mirando fijamente,
le repiten que vaya para su cama, y no quiere entenderlos. Sin moverse,
pide que se lo traigan ahora, abren la puerta y lo empujan, ve para tu
cama, cumple el consejo, es por tu propio bien, lo siguen empujando,
retrocede y da un paso adelante, lo agarran por los brazos y las piernas
y lo alzan sin que se revire, seguro pensando que lo llevarán con el otro,
lo sacan, cierran la puerta y se alejan hasta perderse en la oscuridad del
patio. Pasa un rato y se escuchan sus gritos que vienen de la oficina de
Orden Interior rompiendo la quietud de la noche en el penal, grita pinga,
cojones, se caga en sus madres, se oyen unos ruidos secos, que tampoco lo hacen callar, le insisten en que haga silencio, pero ya no hay quien
le cierre la boca, hasta que los soldados, previendo que no cesará de
gritar, se miran impotentes, lo amordazan, lo arrastran por el patio, lo

llevan para la galera, y lo tiran en su cama; Llanero se saca el trapo de la boca y continúa llamando a los sargentos hasta que la voz comienza a fallarle, y los guardias deciden ignorarlo, y se van.

Al amanecer todavía llora, desde su cama mira constantemente la puerta, que de repente abren, lanzan a la Puerca que se golpea con el piso, y la vuelven a cerrar. El Llanero corre a ayudarlo, pero él lo esquiva, se levanta solo, con los ojos llorosos y el rostro húmedo, mira al fondo de la compañía, el negrón se arrodilla y le besa los pies, le dice que no sucederá más, le jura que no dormirá, se mantendrá atento por si lo intentan nuevamente, el gordito no lo escucha, sigue mirando hacia el final de la galera, su cuerpo tiembla, a veces las piernas le fallan y parece que va a caer, pero vuelve a reponerse, el Llanero le pide perdón, que no lo ignore. Con dificultad, la Puerca avanza con pasos cortos, se aleja de él que llora irremediablemente, lo persigue arrodillado, pidiendo que lo perdone; se asusta cuando lo ve rebasar la litera y continúa caminando, piensa que está mareado y le avisa que es aquí y le señala su cama, trata de tomarlo por la mano que con un gesto rechaza. La Puerca va hacia el fondo sin mover el cuerpo, rígido, como una recién parida. Llanero no sobrepasa la litera, lo llama, le pide que regrese, coño; pero no lo escucha.

Llega a la cama del Chepe que con rapidez sacude y estira la sábana. La Puerca se acuesta boca abajo, tiene el pantalón manchado de sangre. Chepe le limpia las lágrimas con la mano, duerme, no tengas miedo, yo vigilo, le dice, mientras le acaricia el pelo y lo mira con ternura.

El viejo, el asesino y yo

Ena Lucía Portela

> *Espero que no tenga usted nada que decir en contra de la maldad, mi querido ingeniero. En mi opinión, es el arma más resplandeciente de la razón contra las potencias de las tinieblas y de la fealdad.*
>
> T. Mann, *La montaña mágica*

Es la noche y el viejo balconea. El aire golpea suavemente su rostro, que alguna vez fue hermoso. Todavía lo es, aunque las huellas del tiempo en su piel no sean las que suele dejar una existencia feliz. Está solo. Tanto, que al asomarse a la calle parece el hombre más solo del mundo.

Me deslizo hasta él sin hacer ruido. Me deslizo como una serpiente. Se percata. Me mira con el rabillo del ojo, procurando tal vez que no me aproxime demasiado, que no penetre en su aura. Lo mejor que se puede hacer con una serpiente es mantenerla a distancia, lo comprendo.

Aunque quizás no le importe. Suele afirmar que a su edad casi nada importa, conocer o desconocer, tomar champán o visitar a los amigos, nada. Le da muchas vueltas a eso de la edad, por momentos parece obsesionado, se burla de sí mismo. Que La Habana no es la de antes, los carros, los bares, los olores, la forma de vestir —el amor en La Habana tampoco es el de antes—, que ya no quiere hacer otra cosa demasiado distinta a mecerse en un sillón. Que los verdaderos amigos están muertos.

Nadie como él para instalarse en el pasado: justo donde no puedo alcanzarlo, donde él puede reinar y yo no existo. Cierro los ojos y extiendo las manos en busca del pasado, no puedo. Tu generación, mi generación, dice. Creo que se burla de sí mismo a manera de ejercicio retórico o quizás para evitar que alguien se le adelante. Un ceremonial apotropaico, un conjuro. Dice lo que imagina que otros podrían decir acerca de él, exagera y no queda más remedio que citarlo.

Me acerco más. El balcón es chico, la manga de su camisa me roza el hombro desnudo. Es más alto que yo, es un hombre alto que, aun sin llevarlo, parece haber nacido con un traje. Siempre me han gustado los hombres de traje: estadistas, financieros, escritores famosos. Patriarcas, próceres, fundadores de algo. Cuando se reúnen varios de ellos me parece asistir a un lugar de decisiones importantes, a una especie de asamblea constituyente.

El aire mueve diminutos fragmentos entre él y yo. Su espacio huele a lavanda, a lejanía, a país extranjero donde cada año cae nieve y los árboles se deshojan; huele a oscuridad cerrada y de elevado puntal, a mil novecientos cincuenta y tantos. Mediados de un siglo que no es el mío. Porque su época, según él, es la anterior a la caída del muro de Berlín; la mía es la siguiente. Todo cuanto escriba yo antes del XXI será una obra de juventud. Después, ya se verá. Creo que es una manera elegante de decir que estamos separados por un muro.

—¿En tu casa hay balcón?

No, pero sí una terraza con muchísimos cactos, cada uno en su maceta de barro o porcelana con dibujitos. Para el caso es lo mismo. No adoro los cactos, pero se dan fáciles. Proliferan entre el abandono y la tierra seca, arenosa, en mi versión reducida del desierto de Oklahoma. Algunos tienen flores, otros parecen cubiertos por una fina pelusa, pero hincan igual. Son las plantas más persistentes que conozco: aprendo de ellos.

—No, pero sí una terraza —si me pongo a hablarle de mis cactos, capaz que se vaya y me deje con la palabra en la boca.

Nunca lo ha hecho, Dios lo libre. Pero sé que puede hacerlo. Mejor dicho, que le gustaría poder hacerlo. No es grosero (fue educado en un colegio religioso y todavía se le nota, además, es cobarde), pero admira la grosería, la brutalidad deliberada como una forma de independencia de no sé cuántas ataduras, convenciones o algo así. Y no me imagino a mí misma sujetándolo por la manga de la camisa. Al menos por el momento...

Así son las cosas. Temo aburrirlo. De hecho, tengo la impresión de que lo aburro. ¿Qué podría contarle yo, que apenas he salido del cascarón? "Una joven promesa de la literatura cubana", es ridículo. ¡Él ha visto tanto! ¡Me lleva tantos años! ¡Lo repite tan a menudo! Un caballero medieval bien enfundado en su armadura, en su antigüedad. Temo al malentendido. Temo que escape justo en el momento de haber alcanzado su definición mejor... temo. Cada vez que lo veo me lleno de temores (y temblores) y aun así no puedo dejar de acercarme a él. No me lo explico. Es absurdo, soy absurda. Revoloteo alrededor del viejo como una mariposilla veleidosa.

Como de costumbre, hay mucha gente en la casa. Ruedan de un lado a otro, comentan, murmuran, toman ron. Parece una escena bajo el mar, dentro de una pecera, en cámara lenta. Moluscos.

Otras tardes y otras noches resultan más animadas que ésta: discuten de literatura, hablan de la gente que no está en la casa, se interrumpen unos a otros, se apasionan. El viejo ironiza, grita, se queda ronco, le dan palpitaciones y luego es el insomnio, el techo blanco. Se promete a sí mismo no volver a acalorarse y reincide. (Uno no escribe con teorías —me ha dicho hoy y no estoy de acuerdo, pienso que nada es desechable, que uno escribe con cualquier cosa, pero en fin.) No he estado presente en esos barullos que horripilan a los editores extranjeros. (No se pelean, es su forma de conversar, son cubanos —le ha dicho un mexicano a otro.) Alguien me los describe. Siempre hay alguien para contarme punto por punto lo que ocurre. Menos mal, pienso.

Porque delante de mí sólo dicen banalidades, sin alzar la voz apenas, como articulando muy a propósito unos diálogos más insípidos que los del *nouveau roman* o el cine de Antonioni. La asepsia verbal, la sentencia descolorida, la incomunicación. El gran aburrimiento. El viejo se pone elegíaco y cuenta de sus viajes lo mismo que podría contar un turista cualquiera. Le ha dado la vuelta al mundo más de una vez, para cerciorarse, al parecer, de que todo lo que hay por ahí es muy tedioso. Habla de los epitafios que ha visto y planea el suyo. Confunde los detalles adrede. (Eso de que Esquilo participó en la batalla de Queronea no se lo cree ni él.) Cualquier originalidad, incluso la que resulte de una vasta erudición, podría resultar comprometedora a largo plazo y quizás antes. No se oyen nombres propios, ni siquiera los nombres de los muertos (sólo Esquilo, Byron, Lawrence de Arabia y gente así), ninguno suelta prenda. Se repliegan. Cierran filas. Actúan como conspiradores. En ocasiones, por provocar, hablo mal de alguien, de algún conocido en el mundo de los vivos, y entonces todos se apresuran a defender-lo. "Es una impresión errónea", me dicen. O se callan todavía más. No hay manera. Como en un retrato de grupo, todos quieren quedar bien.

Sucede que tengo mala reputación. Yo, la peor de todas, en principio asumo el comportamiento de un analista o un padre confesor. Me aprovecho de las crisis existenciales, de las depresiones, de los arrebatos de cólera. De todo lo que generalmente las personas no pueden controlar, al menos en nuestro clima tan fogoso. Ofrezco confianza, complicidad, discreción, nunca advierto a mi interlocutor que cualquier palabra que pronuncie puede ser utilizada en su contra; regalo alguna de mis propias intimidades, la cual se trivializa en mi boca y al instante deja de serlo. De ese modo, dicho sea de paso, he llegado a tener muy pocas intimidades (lo que no quiero que se sepa no se lo digo a *nadie* y hasta procuro olvidarlo), mi techo no es de vidrio.

Insisto: a ver, cuéntame de tu infancia, ¿tu padre era tiránico, opresivo? ¿Te pegaba? ¿Era cruel, verdad? ¿Cómo lo hacía? Vamos, cuéntame todos tus pecados, ¿a quién quisieras matar? ¿A quién matas cada noche antes de dormir? ¿Y en sueños? ¿Cómo lo haces? Y las personas hablan, claro que sí. Les encanta hablar de sí mismas. Se desahogan, descargan, delegan sus culpas en mí. Entonces los absuelvo, les digo que no son malos, los reconcilio consigo mismos, los ayudo a recuperar la paz.

Como es de suponer, en realidad no adelantan nada. Qué van a adelantar. Simplemente se vuelven adictos a mí, a mi inefable tolerancia. Conmigo, qué suerte, se puede hablar de cualquier cosa. Sé escuchar. No interrumpo, no condeno. La atención es una droga. Olvidan que en verdad no soy analista ni padre confesor. Peligrosa amnesia que procuro cultivar. Ellos se proyectan en mí, discurren cada vez con mayor soltura hasta que sale a relucir algún material significativo. Mientras más profundo es el sitio de donde proviene, más notable, más escalofriante es la revelación.

He ahí el momento: con ese material significativo —y algunos otros elementos tan secretos como el contenido preciso de una *nganga*— escribo mis libros. Cuentos, relatos, novelas, siempre ficción. (Tal vez me gustaría escribir teatro, pero no sé por qué desconfío de los autores que incursionan a la vez en géneros distintos y hasta opuestos. Me he habituado a narrar.) Trabajo mucho, reviso y reviso cada frase, cada palabra. Reinvento, juego, asumo otras voces, muevo las sombras de un lado a otro como en un teatro de siluetas donde veinte manos delante de una vela pueden figurar un gallo, desdibujo algunos contornos, cambio nombres y fechas, pero, desde luego, los modelos siempre reconocen, en mis personajes y sus peripecias, sus propias imágenes. Que son sagradas, claro está. Qué falta de respeto.

Su ingenuidad resulta curiosa. No se percatan de que, al darse por enterados y poner el grito en el cielo, aportan a mis libros la imprescindible credibilidad que algunos lectores exigen y, de paso, me hacen tremenda propaganda —no hay nada como los trapos sucios para llamar la atención—. Gratis. Tampoco entienden que dentro de cien años nadie que me lea, si aún me leen (ojalá), los va a reconocer. Y si los reconocen, será porque de un modo u otro han accedido por lo menos a un trocito de gloria. No digo que debieran estar agradecidos; no digo que los rostros de los Médicis son aquellos que les inventó Miguel Ángel y no otros, porque la verdad es que suena demasiado soberbio, justo el tipo de cosa que se me ocurre no debo decirle a *nadie*.

Los lectores ajenos a los círculos literarios —son esos los que más me gustan— se asombran de mi desbordante y pervertida imaginación: ¿cómo es posible crear tantos y tales monstruos? ¿De dónde salen? Si supieran... Creo que algunos ya andan investigando por ahí.

Los escandalitos van y vienen; me acusan a la vez de oficialista y de disidente de un montón de causas; como tienden a hacer de todo una cuestión política, según las filias y las fobias de cada uno, me ponen lo mismo en la extrema izquierda que en la extrema derecha. Lo que sea, ¿acaso el dominico Fra Angélico no pintó a los franciscanos en el infierno? Bien pudo ser al revés. Me atribuyen unas ideas sobre el ser humano y eso, que ni siquiera comprendo muy bien, pues no acostumbro a pensar en términos de semejante envergadura —más que la especie, me interesan los individuos y, sobre todo, los individuos que me rodean—. Me acusan de falta de creatividad, de resentida y envidiosa; intentan bloquear mis relaciones de negocios —de vez en cuando lo logran: un simple comentario delante de eso que llamo "el lector poderoso" puede resultar demoledor—; recibo amenazas por teléfono, a mi oficina en la editorial llegan constantemente anónimos plagados de injurias firmados por "La Espátula" y "La Mano Que Coge"; me echan brujerías de todo tipo, en fin, lo de siempre.

A pesar de que en las "entrevistas" nunca uso grabadora (mi memoria para estos asuntos es excelente, puedo recordar durante años un dato al parecer insignificante), ninguno de mis modelos ha intentado hasta el momento desmentirme por escrito. No importaría si lo hicieran: mis versiones son más dignas de crédito en virtud del aforismo maquiavélico que dice "piensa mal y acertarás". Lo esencial es que nadie se atreve a demandarme, porque las zonas más truculentas de esas historias, las zonas más envenenadas y denigrantes, no las escribo, no les doy curso. Me las reservo como garantía, como la última bala en el tambor. Eso se llama chantaje y es eficaz.

Sé que un día me van a asesinar y a veces me pregunto quién, cuál el último rostro que me será dado ver.

Pero esta noche es especial. No persigo los crímenes recónditos ni los alucinantes fraudes o las traiciones o los pequeños actos mezquinos que pueblan la historia universal de la infamia. No provoco. Descanso. La inquietante proximidad del viejo de alguna manera me hace feliz. Siento la mirada fija de su amante clavada en mi espalda y eso me complace más. Me impide soñar que las cosas son diferentes. Ese muchacho no podrá concentrarse hoy en el vaso de ron ni en la conversación deshilachada que sostienen los demás ahí dentro. No podrá.

—Después de la segunda botella te pones insoportable —ha sentenciado el viejo.

Desde el balcón se divisa una callejuela tranquila. Estrecha, sucia hasta en la oscuridad, con el pavimento roto y charcos y fanguizales por todas partes. Como si se hubiese decretado un toque de queda, hoy ni los vecinos quieren alborotar. Del fondo de la casa llegan los boleros de siempre y un ligero ruido ambiental de cristales que chocan, fósforos que se encienden y crepitan, susurros similares al del océano que habita en los caracoles, risitas fúnebres. El gato se frota contra el viejo, se enreda a sus pies en un ovillo peludo. El viejo baja la vista, advierte que es sólo un gato y lo deja hacer.

El fresco nocturno me rescata un poco de los furores de nuestro septiembre ardiente, mientras el ron, incitante y áspero, me acaricia por dentro. Pienso en Amelia. Los viernes, de cinco a siete, en la habitación de los altos de su taller. Divina. Ella no habla casi porque hablar —afirma— le provoca dolor de cabeza y porque de todos modos —sonríe lánguida— no tiene mucho que decir. Al menos no con palabras. Pienso que la amo.

Por allá dentro flota una voz apagada, casi anónima entre las otras voces: *Recuerdas tú, aquella tarde gris /en el balcón aquel, donde te conocí...* Puede ser el bolero que ya pasó o el que está por venir. El mismo que oigo, a retazos, durante toda la noche.

El muchacho, lo presiento, trata de llamar la atención como si tuviera que recobrar algo, como si hubiese algo por recobrar. Sube el volumen. Está loco, febrilmente loco por el viejo y eso se entiende. Aunque podría hacerlo, no se acerca a nosotros.

—Él dice que tú le coqueteas —me ha advertido con el entrecejo fruncido como si dudara entre la risa y el enojo. Ten cuidado.

—¿Y qué piensa? —he preguntado supongo que ansiosa—. ¿Le gusta? ¿Le gusto?

—No sé —de pronto ha gritado—. ¡No sé!

—¿Qué crees tú? —he insistido casi con ternura—. Tú lo conoces mucho mejor que yo. Bueno, en realidad yo no lo conozco nada. ¿Qué crees tú?

—Yo no creo nada —su voz ha sonado tensa, cargada de lúgubres premoniciones—. Tú te volviste loca. Loca de remate. Vas a sufrir...

—¿Igual que tú?

Ha vuelto a mirarme fijo y sus ojos grises parecen dos punzones de acero. Susurra:

—Yo te mato, ¿entiendes? Yo te mato.

He acariciado su mejilla hirsuta resbalando desde la sien hasta el mentón (tiene un hoyito, como Kirk Douglas) y allí mis dedos se han detenido en una imitación casi natural de las figuras de cierta cerámica griega muy antigua. En la vasija original, tan auténtica como la página de un libro, aparecían dos muchachas. Fondo rojizo, siluetas negras. Una acariciaba la mejilla de la otra de esa misma manera y el pie de grabado aseguraba que se trataba de un gesto típicamente homosexual. Mira, mira...

He tocado su frente y no ha hecho nada por impedirlo. Ni siquiera se ha movido. Arde en fiebre.

—Eres una puta.

Es interesante que me considere un rival, pienso, aunque sólo sea por instantes y después se diga que no, que no hay peligro. El mundo pertenece a los hombres y todavía más a ciertos hombres, ya lo dijo Platón. ¿Una mujer? Bah.

Pienso en Amelia mientras observo el rostro del viejo, quien todo este tiempo ha estado divagando despacioso y algo frívolo sobre la importancia de los balcones y las terrazas en la vida de la gente. *Recuerdas tú, la luna se asomó /para mirar feliz nuestra escena de amor...* Ambas imágenes se yuxtaponen, el viejo y Amelia. Se cruzan. Parecen fundidas sin sutura, como las mitades de Bibi Andersson y Liv Ullman en el famoso primer plano de *Persona*. Quizás el deseo pone en entredicho las identidades, porque el viejo y Amelia se integran en una sola cara y no es el ron ni el aire de la noche.

Como aquella vez que lo vi desde mi oficina. Él estaba de pie en el pasillo, diciéndole malevolencias a alguien, como siempre, tirando piedras. (Afirma que eso de atacar al prójimo no luce bien a su edad; supongo, pues, que no puede resistir la tentación de ejercitar el ingenio a costa de los demás: no debe ser fácil renunciar a un hábito tan añejo. Muchos le temen y eso lo divierte.) En aquel tiempo él aún no tenía noticias de mí. Nada, una muchacha ahí, una muchacha cualquiera. Pero yo, desde mucho antes, llevaba siempre en mi cartera una foto suya recortada de una revista. Una foto de archivo, treinta años atrás, un joven bellísimo frente a una máquina de escribir. Amelia lo encuentra vulgar, de lo más corriente, pero ella no sabe nada de hombres.

Ese día lo detallé desde la sombra, sin moverme de mi asiento, para descubrir al fin la rara discrepancia entre sus rasgos y sus pretensiones. Nariz corta, respingadita, graciosa. Labios llenos, sensuales, voluntariosos. Ojos soñadores, pestañas largas, abundante pelo blanco. ¿Es esa la cara de un viejo cínico que no cree —ni descree— en nada ni en nadie? En el siglo XIX se creía que el rostro era el espejo del alma...

El viejo se aparta del balcón, donde ha permanecido quizás el tiempo necesario —y suficiente— para convencer no sé a quién de la soberana indiferencia que le inspiro. Como si yo fuera el mismísimo fresco de la noche, algo que pasa. A mí, por ejemplo, ni siquiera hay que decirme que después de la segunda botella me pongo insoportable: da lo mismo y, además, lo cierto es que no necesito alcohol para ponerme insoportable en cualquier momento: es mi oficio. El muchacho, en cambio, cuando no bebe es bastante simpático.

La espectacular indiferencia del viejo me convence a ratos (y lo que es peor, me pone triste), sobre todo cuando olvido que no mirar es mirar, que la persona que te ignora puede hacerlo porque sabe justamente dónde estás a cada instante. Supongo que sea así, pues en realidad no guardo memoria de haber ignorado jamás a nadie. ¿Cómo pretender que no existe lo que a todas luces sí existe? ¿Solipsismo? ¿Pensamiento mágico? No sé, pero tampoco ahora puedo dejar de seguir al viejo hasta el sillón donde se deja caer.

La mirada del muchacho —¿sorpresa?, ¿interés?, ¿miedo?— tampoco puede dejar de seguirme a mí. Todo lo contrario de la indiferencia, su intensidad es tal que en ella se pierden los matices. Me envuelve, me quema, me atraviesa. Es una mirada que conozco al menos en su incertidumbre: he buscado en ella a mi asesino y no lo he encontrado. Qué bueno. Pero de todas maneras podría ser él, pues los asesinos, ya se sabe, no tienen necesariamente que tener miradas de asesinos. Muchos ni siquiera saben que lo serán, que ya lo son. Al igual que la víctima, se enteran a última hora. Cuando las emociones se precipitan y se escurren entre los dedos.

El viejo se mece en el sillón de lo más contento. La casa es del muchacho, pero los sillones los ha comprado el viejo (he ahí la clase de detalles, domésticos si se quiere, que siempre alguien me cuenta) porque viene de visita casi todas las tardes y le encanta mecerse. "¿Qué otra cosa se puede hacer a mi edad?", es lo que dice. Y sonríe igual que Amelia cuando se describe a sí misma como una tímida cosita que pinta tímidas naturalezas, vivas y muertas.

Me siento en una butaca frente a él. No dejo de observarlo. Por variar, mi insistencia no lo sobresalta. No me mira como se mira a las personas empalagosas y demostrativas. Incluso me asombra no advertir en él la más mínima inquietud. Sonríe otra vez. No sé, en lo absurdo también debería quedar un rincón para la coherencia...

Ambos hemos leído recientemente esas páginas chismosas de *A Common Life* (Simon & Schuster, 1994) donde David Laskin se extiende y se regodea en el amor desolado que durante largo tiempo profesó Carson McCullers, la maliciosa chiquita del cazador solitario, el ojo dorado y el café triste, a Katherine Anne Porter. Una pasión a primera vista que de manera perversa fue derivando hacia un asedio compulsivo, abierto, irresistible, maniático. Tal vez Carson también aprendía de los cactos. Sus torturadas demandas inexorablemente fueron retribuidas con patadas y más patadas, desprecios y desplantes de todo tipo, con un odio que se me antoja inexplicable. Tan inexplicable y profundo como el amor (la diferencia) que lo había suscitado.

—Nada de inexplicable —me dijo el viejo—. McCullers la perseguía, la molestaba y nadie tiene por qué aguantar eso.

Sí, claro, sobre todo si estás en los calores de la menopausia y los hombres no te quieren y las deudas te llegan al cuello y tus libros no tienen el éxito de los de tu perseguidora. Si, encima, te asustan las lesbianas, tú sabrás por qué.

Yo pensaba sentada en el suelo (él, por supuesto, en el sillón) y anoté que al viejo le disgustaba la vehemencia, el homenaje abrumador, la exuberancia intempestiva y desbordada de quien se lanza en pos de sus fantasías sin contar para nada con el protagonista de éstas. Un escritor no quiere ser descrito tan sólo como el objeto del deseo (admiración, ambición) de otro escritor. Un deseo furioso puede llegar a ser anulador (Katherine Anne: la deplorable mujercita que rechazó a Carson), un escritor aspira a existir por sí mismo. Qué cosa.

Desde el suelo me preguntaba si el fuerte atractivo que el viejo ejercía sobre mí podría arrastrarme alguna vez a los extremos de Carson. Aparecérmele en todas partes con cara de sufrimiento, de perro apaleado. Llamarlo todos los días por teléfono —lo he llamado tres o cuatro veces y nunca reconozco su voz en el primer momento, la plenitud de su voz, el registro grave, me recuerda más bien al joven de la foto en mi cartera, siempre me dice "gracias por llamarme"—, llamarlo no para preguntar por un conocido, por una fecha, no para hablar del tiempo, las yagrumas o nuestras inclinaciones aristo-cratizantes: a ambos nos gustaría poseer un título de nobleza, somos así. No, llamarlo para decirle que no hago más que pensar en él. Que me voy a suicidar y suya será la culpa. Acercar el auricular al tocadiscos: *Yo te miré / y en un beso febril / que nos dimos tú y yo / sellamos nuestro amor...* Obligarlo a cambiar su número, pesquisar el nuevo número. Volver a llamarlo. Mandarle cartas. Insistir, insistir hasta el vértigo. Perseguirlo hasta su casa, gemir, dar golpes enloquecidos en la puerta como en una habitación de la torre de Yaddo: "Katherine Anne, te quiero, déjame entrar." Permanecer tirada en el quicio toda la noche hasta que él salga y pase por encima de mi cuerpo... No me importaría hacerlo, pensaba. ¿Y a él? ¿Le importaría a él que yo lo hiciera? Quién sabe.

Todavía no he llegado a ese punto.

Por lo pronto me dejo llevar, no hago el menor esfuerzo por ahogar el impulso de seguirlo, mirarlo, permanecer junto a él: encantador de serpientes. Sublime encantador que mueve las manos mientras habla —de su árbol preferido: la yagruma, se cubre de metáforas como si dirigiera una orquesta sinfónica. El mismo gesto demorado que le he visto hacer en la televisión, donde lo creí un truco de cámara. (Conozco a la directora del programa, he estado pensando en ir a pedirle, de un modo muy confidencial, que me permita sacar una copia del video. Lo peor que puede suceder es que diga no.)

Mi atención no le molesta. Ahora lo sé. Más bien creo saberlo. ¿Cómo le va a molestar a un encantador la atención de una serpiente?

Soy discreta, no hago locuras. Soy discreta de una manera pública: todos a nuestro alrededor ya van advirtiendo lo que ocurre. No hay que ser demasiado perspicaz para darse cuenta de que el viejo, a menudo ríspido, agresivo, negador —cuando se empeña en demoler a alguien, ya lo dije, lo que sale por su boca es vitriolo—, se comporta esta noche como un *gentleman*. Exquisito, elegante, sereno. Cuando abre y cierra el abanico, su enorme abanico oscuro, una dama de sangre azul, la marquesa de las amistades peligrosas. Y ese personaje, el de los chistes blancos y la sonrisa fácil, el que acomoda mi silla y me cede el paso, el que ha servido los postres con envidiable soltura (en la mesa siempre nos sentamos frente a frente y casi no puedo comer), le va de maravilla. Algo tan evidente no debe ser importante, este viejo es un hipócrita de siete suelas, un jesuita que sabe más que el diablo y se protege de los zarpazos de la bandidita, es lo que leo en las demás caras y me complace.

"No hago locuras" quiere decir que no convierto mi ansiedad en secreto. No podría hacerlo aunque quisiera, pero basta con exhibirla para dar la impresión de ser una persona muy segura de mí misma, una persona sobre quien resbalan las opiniones, los comentarios ajenos. De cierta forma es verdad: mi imagen pública difícilmente podría ser peor de lo que ya es. Hoy sólo me preocupa el reconocimiento, la aprobación del viejo.

El calor es suficiente para desabrochar un primer botón, sacarme el pelo de la cara, cruzar las piernas y la falda sube. Estoy sentada frente al viejo y vuelvo a pensar en Amelia, quien se marcha muy pronto a París con una beca por dos años de la *École de Beaux-Arts*. Naturalezas vivas, espléndidas, regias naturalezas. La falda es roja, breve sin incomodar. (En momentos así es cuando pienso que yo nunca sabría llevar un título nobiliario como un personaje de Proust le recomienda a otro: igual que *lady* Hamilton, tengo alma de cabaretera.) La blusa es gris como esos ojos que me vigilan entre fascinados y sombríos. Fascinados no conmigo, sino con el conjunto. El viejo y yo.

Cómo me gusta decirlo: el viejo y yo.

—¿Tú quieres algo con él y conmigo —me ha preguntado el muchacho, conciliador.

—No —le he respondido suavemente—. Sólo con él.

—Eso no va a ocurrir nunca —me ha dicho irritado—. Y si quieres te digo por qué...

—¿Tienes muchas ganas de decirme por qué?

—Yo... este... No, mejor no.

El viejo y yo conversamos. Es decir, parece que conversamos. Le pregunto algo sobre uno de sus libros. La biografía de un amigo muerto, uno de los verdaderos, un lindo libro donde el viejo se ha mostrado particularmente eficiente a la hora de escamotear detalles. ¿Buen tono? ¿Temor? ¿Censura? Me gustaría interrogarlo en el estilo de un *paparazzo* o un fiscal, en el estilo de Sócrates, enredarlo con su propia cuerda, hacerlo caer en contradicciones. Me gustaría verlo evadirse, sortear todos los obstáculos y pasar a la ofensiva. Me gustaría contradecirme yo y tocar su pelo blanco, apoyar un pie descalzo en su rodilla, todo a la vez y sé que no es el momento. Nunca será el momento, ¿no es eso lo que me han dicho? En medio de una charla de salón me seduce la imposibilidad.

—Nadie es como era él —afirma el viejo con una tristeza que no le conocía—. Nadie.

Y no es la amistad entre escritores ni la cita de Montaigne. Es el pasado. Su reino.

La madre del muchacho nos trae café en unas tacitas de porcelana azul con sus respectivos platicos también azules. Todo de lo más tierno, como jugando a ser una familia. Me sonríe. Le sonrío. El viejo coge la tacita en un gesto maquinal, ensimismado. Quizás piensa todavía en el muerto, un muerto que le sirve para descalificar al resto de la humanidad conocida y por conocer. Empezando por mí, desde luego, que no soy como era él. Para nada. Es lógico, pero me incomoda.

Pienso en la madre del muchacho, Normita. Una excelente cocinera que tiende a apurarnos cuando el muchacho y yo nos demoramos ochenta años en pelar las papas o escoger el arroz, una excelente señora en sentido general. Es viuda y vive en un pueblo del interior, sola en una casa muy amplia. Ahora está de visita por un par de semanas o algo así —para el muchacho su presencia constituye un alivio, imagino por qué, la llama Normita en lugar de mamá—, pero se irá pronto, pues no soporta vivir lejos de su casa y su tranquilidad en este manicomio que es La Habana.

Hemos descubierto (o construido) entre nosotras una afinidad peculiar. Me cuenta deliciosas anécdotas sobre la infancia de su hijo para horror de él. Se ríe. "Ponme en una de tus novelas", me dice y vuelve a reírse. "Así no vale, Normita", le digo. Es Escorpión, igual que yo, y dice que la gente tiene muchos prejuicios con los escorpiones, que en el fondo somos buenas personas. Si de verdad ella piensa que soy una buena persona, cosa que me resisto a creer, no sé qué prejuicio en esta vida puede quedarle a Normita. Pero siempre es reconfortante tener a alguien que le diga eso a uno. ¡Si lo sabré yo!

Me ha invitado a irme con ella cuando regrese a su casa. O después si lo prefiero. Necesito respirar aire puro, ya que, en su opinión, estoy medio chiflada. Probablemente aceptaré. Quizás me resulte lacerante pasar por la calle de Amelia los viernes de cinco a siete y ver el taller cerrado a cal y canto. No estoy segura, pero es muy posible. Habrá que esperar a ver. Porque han sido años, casi desde que éramos adolescentes; Amelia conoce mi cuerpo como nadie... y de pronto, ¡zas! Sí, yo también me iré. Dentro de poco hago así y cobro los derechos del último libro, pido vacaciones en la editorial (los anónimos que vayan llegando me los pueden guardar, a veces son utilizables), le doy todo el dinero a Normita y me instalo por tiempo indefinido en un pueblo del interior. Mis cactos y mis modelos pueden sobrevivir sin mí. No creo que me necesiten demasiado ni yo a ellos. ¿Podría escribir un libro enteramente de ficción? ¿Acaso puede existir semejante libro? No lo sé. Tal vez sería la mejor solución para todos, no lo sé.

El viejo y yo hemos estado hablando del placer que produce acostarse boca arriba en la cama en el silencio en una tarde apacible y divagar. Deshacer los lazos que nos atan al mundo, dejarnos fluir en la soledad que de algún modo ya hemos aceptado.

El muchacho se acerca a nosotros con el sempiterno vaso de ron en la mano. El viejo desaprueba con los ojos. El muchacho lo enfrenta retador. Pienso que el muchacho podría hacer algo desesperado en cualquier momento. Algo tan desesperado como el silencio que se empeña en mantener o la ferocidad de sus réplicas aisladas y no muy pertinentes...

Divagar. Las imágenes se suceden unas a otras, se interponen, se entrelazan. Imágenes visuales, auditivas, aromáticas. Procedentes lo mismo de los libros, el cine o la música, que de ese *eidos* con límites borrosos (esfumados como el *background* de Monna Lisa) que por convención suele llamarse "la vida real". Una vida, a veces no tan cierta, que no sólo incluye los viajes, el momento indescriptible en que se descubre desde el avión cómo se alza vertiginosa Manhattan entre un mar de neblina, o el ronroneo sobrecogedor del primer vuelo sobre el Atlántico o las blancas cimas de los Andes. Una vida que también abarca, como *miss* Liberty o el Cristo de Río, la cotidianidad en apariencia más intrascendente, con sus afectos y desprecios, con sus pasiones anónimas de pronto tan, pero tan, inmersas en lo ficticio, en la fábula.

Porque mi mundo interior es impuro e inmediato, casi palpable, quienes me odian dicen que no lo tengo, pienso.

Pero no menciono eso último por no perturbar al viejo, quien comprende y acepta y hasta participa de mi misma noción de divagar. Después de todo, quienes me odian son sus amigos. Con ellos comparte complicidades, credos estéticos, historias vividas; con ellos tiene compromisos. Esos mismos que le impidieron hacer la presentación de mi primera novela, donde me río un poquito de ellos (más de lo que sus egos hipersensibles pueden soportar, qué horrendo delito, ja), les saco la lengua y les guiño el ojo. Sé que ellos no significan para el viejo ni remotamente lo que significó el muerto. Porque nadie es como era él, nadie. ¿No es así como decía? Sé que el viejo está solo, que no lo olvida y siente miedo. Que los compromisos son los compromisos. Por esa razón, y no por aquella otra que con aire freudiano insinuaba el muchacho, entre el viejo y yo no puede suceder nada. He llegado demasiado tarde. Hay un muro.

No quiero introducir asuntos espinosos ahora que nuestra divagación sobre la divagación, más allá de rencillas y despropósitos, fluye tan armoniosa.

—Ustedes, ya que son tan cínicos, tan lengüinos, deberían discutir... ¿Por qué no se enfrentan? —sugiere el muchacho y el viejo se hace el sordo.

—Estamos discutiendo, lo que pasa es que tú no te das cuenta —comento y el viejo sonríe.

¡Ay viejo! Querría decirte que a mí también me gusta tu muerto (quizás menos que a ti: prefiero el teatro de O'Neill, su largo viaje del día hacia la noche es único, es genial, es incomparable desde cualquier punto de vista y tu muerto debió saberlo, no debió rechazar aquel desmesurado elogio desde la soberbia, lo siento, viejo, cada cual se inclina sólo ante sus propios altares), querría decirte que me gusta sobre todo la relación que hubo, que hay, entre ustedes, un viejo y un muerto, que me fascina tal y como la describes en tu libro, que los envidio a los dos porque yo nunca tuve amigos así...

Voy a hablar y el muchacho me interrumpe en el primer aliento para decir que la divagación no es lo que creemos nosotros, sino un concepto muy diferente, relacionado con el sexo o algo por el estilo. No lo entiendo bien. Habla como si no pudiera evitarlo, como si las palabras salieran por su boca en un chorro a presión. Es un hombre desmesurado, violento, pienso no sé por qué. El viejo hace un gesto de impaciencia:

—Sigue tú con tus divagaciones y déjanos a nosotros con las nuestras —dice en voz baja.

¿Las nuestras? ¿Las nuestras ha dicho? ¿Existe entonces algo que el viejo y yo podemos designar como "nuestro", aunque no sea más que la imposible suma de dos soledades? Tal vez lo ha dicho para mortificar a su amante. Alguien tan entrometido probablemente se merece que lo aparten de vez en cuando, al menos un par de milímetros. Ellos, pienso, deben estar acostumbrados el uno al otro (como Amelia y yo) con sus necesarios, vitales, imprescindibles conflictos; eso se les ve. El viejo me utiliza. Pero no me importa: que haga lo que quiera, lo que pueda.

Porque me han contado que en una tarde bien tranquila, de esas que invitan a la siesta y a la divagación, el viejo se apareció en esta misma casa, todo agitado, con un ejemplar de mi primera novela en la mano. Se la tendió al muchacho y le dijo: busca la página tal y lee, lee en voz alta. Y el muchacho le dijo ¿no quieres té?, ¿por qué no te sientas? Y el viejo le dijo lee, vamos, lee, como quien dice pellízcame a ver si no estoy soñando. Y el muchacho leyó. Unas diez páginas, en voz alta.

Me han contado que el viejo, iracundo y alegre, caminaba de un lado a otro, se alteraba, se reía, se ahogaba, volvía a reírse, a carcajadas, se tocaba el pecho, pedía agua. Un desorden de emociones, el nacimiento de una nueva ambivalencia. ¿Tú has visto qué mujer más mala? No, no es buena. Lo peor es que todo esto (el muchacho señalaba el libro abierto como un pájaro con las alas desplegadas, como el diablo de Akutagawa) es verdad. Malintencionado sí, pero falso no es... ¡Un poco más y pone hasta los nombres de la gente con segundo apellido y todo! No, lo peor no es eso (el viejo hablaba despacio, saboreando las palabras). ¿Qué es lo peor? Lo peor es que ese librejo infame está bien escrito. Mira tú qué clase de oxímoron. Lo peor es que me gusta y que esta mujer perversa hasta me cae simpática... (Me seduce imaginar al viejo, con su voz tan envolvente, susurrándome al oído muchas veces la frase "mujer perversa, mujer perversa, mujer perversa". Yo me erizo.) Sí, a mí también, pero te juro que no quisiera verme en el lugar de esta gente. ¿Cómo se habrá enterado ella de cosas tan íntimas, eh?

Ignoro si la escena transcurrió exactamente de ese modo. Lo anterior es un esbozo tentativo, más o menos tragicómico. Pero en esencia fue así y así la concibo tomando en cuenta los hechos posteriores: a partir de entonces mis relaciones con el viejo, que antes apenas existían, se convirtieron en una diplomática sucesión de espacios vacíos, en una fila versallesca de puertas cerradas o entreabiertas, con celosías y el año pasado en Marienbad.

Ahora, cuando dice "nuestras" y me envuelve en ese plural excluyente, de alguna manera me acerca. No sé. No es fácil interpretar al viejo —mi próximo libro, el que escribiré en casa de Normita, podría llamarse *El viejo. An Introduction,* como los manuales anglosajones, y se lo enseño cuando aún esté en planas y podamos negociar con los detalles, no vaya a ser que al pobrecito le dé un infarto ante tal muestra de amor—, sólo siento que me acerca. Mejor aún, que ya estoy cerca aunque él no lo diga. ¿Qué puede importarme si de paso me utiliza para fastidiar un poco al muchacho?

Permanecemos los tres en silencio. Normita y los otros conversan, toman café y fuman como si no estuviera ocurriendo nada. Quizás no está ocurriendo nada y sólo existe una persona, yo, colocada ahí para discurrir, suponer, para inventar historias sobre la gente y cada día buscarse un enemigo más. Una enredadora profesional.

Miro al viejo, él me mira. Le sonrío, me sonríe. Cualquiera diría que somos un par de idiotas. Como si hubiese escuchado mis pensamientos, él se levanta y, en el tono más natural que ha podido encontrar, dice que se va. En mi cara algo debe haber de súplica (esa expresión no la necesito para mi trabajo, pero también la he ensayado frente al espejo, por si acaso se presentaba alguna coyuntura imprevista y aquí está), pues me explica, como a un niño chiquito, que ya es muy tarde, que ha permanecido incluso más tiempo que de costumbre. Que él es una persona mayor (un viejo) y no debe trasnochar, a su edad los excesos son peligrosos.

¡A mí con esas! Pienso que le gusta aparecer y desaparecer, darse poco, a pedacitos, escurrirse entre las bambalinas y el humo de la ambientación, detrás de su enorme abanico oscuro como la diva más seductora. No tiene apuro y yo, que soy joven, tampoco debería tenerlo. Pero la edad no constituye ninguna garantía acerca de quién va a morir primero. Lo inesperado acecha y nos hace mortales de repente, nunca lo olvido. Como la gente abanderada del sesenta y ocho, quiero el mundo y lo quiero ahora...

No sé de qué forma lo miro, porque sus ojos brillan y vuelven a soñar a pesar del cansancio, de nuevo se transforma en el joven de la foto en mi cartera cuando se aproxima, y él (el joven, el viejo, él), que nunca me ha tocado ni con el pétalo de una flor, ni con la púa de un cacto —lo de la púa va y le gusta, quizás hasta sueña, mal bicho, con arañarme la cara—, él, que se inquieta y hace muecas de pájaro incómodo cuando penetro en su aura, se inclina y me besa en la boca. Bueno, más bien en la comisura, pero pudo ser un error de cálculo, un levísimo desencuentro. Me besa como alguien que se despide y quiere dejar un sello. O como alguien que flirtea sin comprometerse, que juega a alimentar una pasión no correspondida. O como alguien que simplemente se siente bien. Como Peter Pan y Wendy, el último de los cuentos de hadas.

Es sabia la idea de perderse ahora, pienso.

No sé si el muchacho ha notado el gesto, es igual. Ellos intercambian algunas palabras que no alcanzo a oír y que tampoco me importan. Me he quedado petrificada, hecha una estatua de sal por asomarme a un pasado que no me pertenece, y sólo atino a levantarme de la butaca cuando el viejo ya se ha ido. Corro, pues, al balcón para verlo salir. Demora un poco en bajar la escalera (que es muy empinada y con escalones de diverso tamaño, la locura) y cuando al fin descubro su cabeza blanca, justo debajo del balcón, ya no sé si llamarlo, si gritar su nombre, si dejar caer sobre él la tacita de porcelana azul que aún conservo en la mano. *Tú volverás, me dice el corazón, /porque te espero yo, temblando de ansiedad...* No hago nada. Quizás porque he vuelto a sentir una mirada gris, más agresiva que nunca, clavada en mi espalda. Pero no es necesario: al llegar a la esquina el viejo se vuelve bajo la luz amarillenta de un farol callejero con algo de *spot light*. Es la estrella, no hay duda. Me saluda con la mano, de nuevo dirige una orquesta sinfónica. Rachmáninov empecinado, dramático. Rapsodia sobre un tema de Paganini. No distingo bien su rostro, se pierde entre la luz y la sombra, sigue siendo el joven de la foto. No sé si se despide o si me llama. Prefiero creer que me llama. Si es así, me esperará. Entro, pongo la tacita sobre la mesa, recojo mi cartera, un chao Normita —besos no, ahora nadie puede tocarme la cara—, chao gente, la puerta y salgo.

El muchacho sale detrás de mí. Escucho sus pasos, su respiración anhelante. Me alcanza en el primer descanso de la escalera. Me agarra por el brazo.

—Déjalo tranquilo —creo que dice, no lo entiendo bien.

—Quítame las manos de encima —trato de soltarme, él es más fuerte que yo.

—No —aprieta más—. Hoy tú te quedas a dormir aquí.

—Te dije que me quitaras las manos de encima.

Es raro, ninguno de los dos grita. Todo transcurre a media voz, en la penumbra de un bombillo incandescente sobre una escalera de pesadilla. Al parecer no es algo público, se trata de un asunto a resolver entre nosotros.

—¿Pero qué te has creído, puta?

Me sacude. Forcejeo. No consigo deshacerme de él. No sé por qué no grito. Alguien tendría que venir. Vivimos en un mundo civilizado, ¿no? No se puede retener a las personas contra su voluntad. ¿Y si gritara? Arriba están Normita y los demás. Los boleros. En la esquina me espera el viejo. *Y me darás...* Tengo que sacarme a este loco de arriba, como sea. Pero no grito. ¿Será verdad que vivimos en un mundo civilizado? El viejo está en la esquina... *tu amor igual que ayer...* Con la mano libre le doy una bofetada. Parpadea, por un segundo el estupor asoma a los ojos grises. Después aparece la cólera y hay un instante donde me arrepiento... *y en el balcón aquel...* ¿Por qué nos obligamos a esto? Me suelta para propinarme la bofetada más grande, si mal no recuerdo la única, que haya recibido en mi vida. Tanto es así que pierdo el equilibrio. Con la última frase mis dedos resbalan por el pasamanos. Mármol frío. No hay nada bajo mis pies. Él trata de sujetarme y hay un instante donde se arrepiente. Al menos eso me parece, pues grita mi nombre y, en lugar de "puta", oigo un "Dios mío". Su voz resuena, se multiplica, se fragmenta, viene de muy lejos. Golpes, muchos, incontables, astillan y quiebran. Por todas partes. En la espalda. Y algo se congela. En la cabeza y cómo es posible tanto dolor y de repente nada. Se acabó, final del juego. ¿Era tan fácil? A partir del segundo descanso no soy yo quien rueda por la escalera, es sólo mi cuerpo. Dejo de oír. Me siento flotar, algo se hace lento. Hay un abismo, un resplandor. Pienso en Amelia.

MÉXICO

LA GENERACIÓN DEL UMBRAL

Mauricio Carrera

A María Regina

El hecho es evidente: la actual narrativa mexicana, es decir, la de los escritores nacidos entre 1955 y 1969, comienza a ocupar un sitio relevante en la historia de nuestra república de las letras. Se trata de una generación muy heterogénea, diversa en sus propuestas y rica en su calidad, que ha traspasado fronteras y ha sido avalada con importantes premios tanto nacionales como internacionales. Dispersa en individualidades más que en grupos, no es fácil advertir sus diferencias y puntos de contacto. Una primera aproximación permitiría observar cómo México se ausenta y se hace presente en sus obras. Lo mismo hay textos que ahondan en diversos aspectos de lo mexicano (Enrique Serna y *El seductor de la patria*, David Toscana y *Río Tula*, Fernando Rivera Flores y *En torno de una mesa de cantina*, Víctor Ronquillo y *Lesbia se va de casa*) que narraciones en donde lo único que remite a nuestro país es la nacionalidad de sus creadores (Jorge Volpi y *En busca de Klingsor*, Pablo Soler Frost y *Malebolge*, Ignacio Padilla y *Amphitryon*, Mario Bellatin y *El jardín de la señora Murakami*). Otra aproximación la constituye una tendencia cada vez más creciente a ingresar a los dominios de lo fantástico como medio para contar una historia. No que desaparezca una noción de realidad, sino que ésta se ve afectada por la irrupción de lo insólito, lo inverosímil, lo extraño, lo fabuloso, lo metafísico, lo liminal. La ciencia-ficción y la literatura de horror, por su parte, han sido revitalizadas en términos nunca antes vistos. La novela gótica de vampiros hizo una notable aparición con *La sed,* de Adriana Díaz Enciso. La literatura escrita por mujeres, si bien no ha alcanzado los grandes premios ni las grandes editoriales, da muestras aquí y allá de una creciente presencia —más en el relato corto que en la novela—, en donde lo mismo se exploran variantes de la narración de género que una visión feminista menos furibunda o rosa, no exenta de sana autocrítica y de necesario cuestionamiento a la autoridad patriarcal.

Es la generación del umbral, entendida lo mismo como principio que como transición y cambio. Sus exponentes se formaron sentimental y literariamente en medio de décadas perdidas de crisis económica, lo que acaso explique su rechazo a escribir sobre un México marcado por la frustración y la decepción, así como su huida hacia otros territorios marcados por lo extranjero y lo fantástico. Su ritmo de producción es vertiginoso; sin embargo, no se puede hablar de prisa o improvisación: son autores, la mayoría, con una sólida formación lectora y una disciplina que los aleja de la bohemia estéril. Al cobijo de becas y otros estímulos del ogro filantrópico, ingresaron temprano en la escena literaria. Combinan el talento con las relaciones públicas. Marcan su distancia con las generaciones que les antecedieron. Publican en España como espaldarazo definitivo. Son un umbral. Un comienzo, un puente. Una narrativa en un México diferente, esperanzado en su rechazo democrático a la corrupción e ineptitud dinosáurica y desilusionado por los pobres resultados del embate neoliberal. Un rompimiento con la narrativa de antaño —que ni el mismo Fuentes pudo al final renovar— o un espacio que une con esmero postmodernista nuestra innegable tradición en torno a la palabra escrita y la promesa siempre incierta de la literatura por venir.

En esta antología se reúnen siete escritores representativos de esta generación del umbral. Ahorremos las justificaciones que cada antologador repite hasta el cansancio, en términos de la arbitrariedad y límites de lo seleccionado. Baste decir que se ha privilegiado a autores que practican el cuento con exclusividad, o, si no es el caso, con entusiasmo igual al de sus incursiones en la novela. Son una muestra del quehacer cuentístico mexicano y por supuesto no agotan la riqueza y diversidad de la ya no tan joven narrativa actual. Con excepción de dos casos —el de Mario González Suárez y Ana García Bergua— se ha preferido incluir narradores que no fueron analizados en *El minotauro y la sirena* (Lectorum, 2001, en coautoría con Betina Keizman), el primer estudio verdaderamente serio en torno a esta generación, en virtud de estar convencido de que la labor del crítico es la de contribuir a ampliar el conocimiento sobre diferentes propuestas individuales y literarias. Sirvan algunos nombres como ejemplo no de la ausencia de estos escritores en la presente antología sino como asignatura pendiente (en otra ocasión será) de sus proyectos narrativos: Pedro Ángel Palou, Luis Humberto Crosthwaite, Javier García-Galiano, Angélica Aguilera, Marcial Fernández, Leo Eduardo Mendoza, Fabio Morábito, Adriana Díaz Enciso, Noé Cárdenas, Alberto Chimal, Héctor de Mauleón, Susana Pagano, Carlos Miranda, Celso Santajuliana, Juan José de Giovannini, Norma Lazo, Juan José Rodríguez, Claudia Guillén, Francesca Gargallo, Roberto Ransom, Jaime Muñoz Vargas, Irving Ramírez, Verónica Murguía, entre otros.

Para el lector cubano y mexicano, esta antología es un punto de encuentro, proposición de tendencias narrativas, descubrimiento de autores, abrazo de literaturas finalmente hermanadas por el idioma y la imaginación creativa.

Señalo a continuación algunas notas sobre las características que conforman el universo narrativo de los autores antologados.

Mario González Suárez (1964) aúna audacia y fuerza imaginativa. Sus narraciones, si bien ancladas en la realidad, están pobladas de situaciones extrañas, atípicas, fantasmales, metafísicas, a igual distancia de lo cómico y lo trágico. Sus personajes están sometidos a pruebas fantásticas o terrenas, que los enfrentan —sin salir muy bien librados— a sus creencias y pasiones. Es un escritor, más que de lo onírico, del insomnio, de la vigilia. Se ha interesado en el estudio y difusión de autores mexicanos marcados por su estadía en el limbo de las rarezas o extravagancias temáticas y estilísticas. No le gusta la literatura inspirada en los libros de historia oficial ni la de índole realista: "Hoy resulta por lo menos cómico que muchos narradores mexicanos insistan en mirar al mundo, que por supuesto se reduce a México, con los ojos de los muralistas prosoviéticos." O si no esta otra lindeza: "No soy de los que admiran a un literato porque exponga con precisión algebraica la forma en que (sus personajes) suelen llevarse un pitillo a la boca o introducirse un supositorio en el ano." Algunas de sus mejores narraciones se encuentran en *Nostalgia de la luz* (1996), donde González Suárez se vale del discurso hermético y dogmático de las grandes religiones occidentales para crear sus propios reinos de este mundo en relatos no exentos de desesperanza, horror, castigos, desilusión y dudas metafísicas. No hay redención sino opresión. En sus cuentos y novelas predominan los ambientes sombríos, cargados de lluvia o de neblina. Resulta paradójico el nombre de Puerto Solar, la ciudad inventada por este escritor y convertida en el escenario casi total de su literatura. El cuento elegido para esta antología, "Crónica desde un cuarto oscuro o cómo dejar el tabaco", se sitúa precisamente en esa *polis* que algo debe a la Santa María onettiana o al Yoknapatawpha faulkneriano. Aparece en 1999 en *El libro de las pasiones*. Se encuentran aquí muchas de sus atmósferas y preocupaciones. El tema de lo criminal, por ejemplo. El submundo del hampa, la apuesta, el fraude, el engaño, el asesinato, el robo, que rodea a *De la infancia* (1998), *La enana* (1994) y narraciones como "Días de asueto". El autor utiliza convencionalismos del género negro para modificar hábilmente sus códigos y llevarnos al terreno de lo extraño, lo fantástico. Comparte, junto con algunos escritores de su generación (Pablo Soler Frost y el *Crack,* por ejemplo), un interés por el tema del mal. No se trata de una preocupación de orden moral. Antes bien, el mal le atrae por su capacidad de alterar el orden de las cosas, el sueño, nuestra comprensión del mundo. De ahí la existencia de figuras inquietantes y monstruosas, fantasmales, ominosas, metafísicas, que aparecen a todo lo largo de su obra. Dios mismo es un ser hostil al que hay que combatir, como en su cuento "Conflagraciones". Cree en el terror como una forma de mantenernos insomnes y atentos a las miserias y derrotas de la condición humana. Cree, asimismo, en las bondades de una buena prosa: "Siempre me impresionó la idea de ser juzgado por una falta de ortografía o de redacción". Su más reciente incursión en la novela comprueba su voluntad de riesgo. El título lo dice todo: *Marcianos leninistas* (2002). No es broma: en una conjura burguesa intergaláctica, Lenin es abducido por extraterrestres. A pesar del riesgo, es un escritor que ha planeado paso a paso su destino en las letras. Lo imagino como un Balzac a la manera de Rodin. Por su ambición literaria y el mundo que ha logrado dar forma con su computadora, González Suárez remite a la imagen borgiana de los escritores como pequeños dioses malogrados.

Escritor fronterizo, tal es Eduardo Antonio Parra (1965). No sólo por la connotación obvia, la de ese espacio geográfico caracterizado por una relación desproporcionada, la de México y Estados Unidos, sino más bien por otros límites igual de liminales pero más simbólicos y menos oficiales. Fronteras que tienen que ver con los de la vida frente a la muerte, los del día ante la noche, los de una realidad por lo regular empobrecida ante el encuentro con los sueños, lo irreal, la brujería, lo fantástico. Se piensa mal al ubicar a este escritor como realista. Heredero, acaso el mejor, de Rulfo, en su obra convive a un tiempo Luvina que la Media Luna. Sus personajes, al borde siempre de la ruina, del deshacerse, del desaparecer, del desmoronarse, del no haber sido nunca escritos para el cuento y sí para la nota roja o las estadísticas de la marginalidad ("seres humanos a punto de extinguirse"), son como fantasmas de carne y hueso alimentados por la impotencia del no-ser. Si el hombre, como afirma Mario González Suárez, es un umbral, en las narraciones de Eduardo Antonio Parra esa sentencia se cumple con magnífica fuerza. Hay en sus narraciones un puente que lo mismo se tiende entre Ciudad Juárez y El Paso —es decir entre la frustración y la esperanza—, que entre la necesidad de huir o de quedarse. Sus personajes oscilan entre la luz y la sombra, entre la vida que se goza y que se escapa, entre la decisión de cruzar o no hacia un Otro Lado que excede los límites de una demarcación nacional y política para convertirse en promesa de una vida acaso no mejor pero sí distinta. Hay una lucha por ser otra cosa, por irse, por cambiar, porque la vida real no puede ser eso, como lo comprende Soto, el periodista, quien en uno de los mejores cuentos de Eduardo Antonio Parra se cansa de la violencia gratuita y de la derrota del amor. "Que se vayan todos al carajo", es el grito de desprecio con que pasa de un capítulo a otro en su vida. Esta idea del partir está presente en "Los últimos", donde a punto de enfrentarse a los horrores de una noche cargada de demonios (perros o almas en pena) la pequeña Socorro pregunta: "Todos se fueron ya, papá. ¿Por qué nosotros nos quedamos, pues?" Es el mismo caso de Celia en "Viento invernal", otra narración apocalípticamente real o fragmento de una pesadilla nunca entendida, en la que la mujer al borde de la locura pare a solas debido a la ausencia de sus hombres, que se han ido al otro lado. Hay quien, como en "El escaparate de los sueños", ansía cruzar a los Estados Unidos, y quien, como en "Traveler hotel", pasa de la juventud a la vejez en ese otro país y se queja: "Nunca debimos de haber venido." Los títulos de sus libros ejemplifican ese umbral: *Los límites de la noche* (1996) y *Tierra de nadie* (1999). En 2000 recibió el premio Juan Rulfo de París. En Monterrey, junto con escritores como Hugo Valdés y David Toscana, creó "El Panteón", que lo mismo funcionaba como tertulia que como taller literario. El nombre fue escogido lúdica y altaneramente por dos razones: debido a su acepción original, por ser el lugar de los dioses, y como sinónimo de cementerio, pues ahí se encargarían con sus obras de enterrar a la narrativa mexicana escrita antes de ellos. Al lado de Daniel Sada, Ricardo Elizondo, Luis Humberto Crosthwaite, el desaparecido

Jesús Gardea, Élmer Mendoza, el ya mencionado David Toscana, entre muchos otros, Eduardo Antonio Parra pertenece a un singular grupo de escritores que desde los estados fronterizos del norte ha contribuido a hacer que la literatura de esa parte del país sea hoy una de las más vitales e importantes. Dueño de una prosa y una temática que ha dado resultados, acaso desearíamos —una pequeña sugerencia— que este autor se alejara de la maquila, el Río Bravo, el desierto, Ciudad Juárez y El Paso, la atmósfera norteña, regiomontana, Rulfo, y nos ofreciera con su fuerza narrativa textos que exploraran umbrales, fronteras y límites en otros contextos y geografías. Actualmente, Eduardo Antonio Parra da un salto necesario: el del cuento a la novela.

Mauricio Montiel Figueiras (1968) es autor de un estupendo relato —casi una noveleta— titulado "Fronteras". Aparece aquí el desierto, ubicado no en una geografía precisa sino como una metáfora de la nada, y también, de la página en blanco. "¿Habrá una escritura capaz de colonizar el desierto?", se pregunta el aburrido vigía-escritor instalado en su tarea de inspeccionar y cuidar el vacío. Es el texto inicial de *La penumbra inconveniente* (2001), su cuarto libro de cuentos. Antes había publicado *Donde la piel es un tibio silencio* (1991), *Páginas para una siesta húmeda* (1991) e *Insomnios del otro lado* (1996). En su literatura hay un afán experimental que tiene su origen en un hartazgo de dimensiones culturales. Un vacío de símbolos a los cuales asirse. Su obra, aunque cargada de un sinnúmero de referencias cinematográficas, literarias y musicales, parece surgir como una respuesta al agotamiento que observa de sus formas tradicionales de expresión y significación. ¿Cómo contar algo, que es lo mismo, de manera diferente? La multiplicación masiva de las fórmulas y productos culturales ha provocado la devaluación del signo. "¿Qué significa que algo signifique algo? ¿Por qué las palabras ya no son más que vestigios de significados en los muros mentales?", como pregunta Hércules Poirot en un cuento donde se muestra al detective viejo y cansado, torpe, incapaz de ubicarse en la realidad y recordar si en efecto se ha cometido un crimen o si una escritora llamada Agatha Christie lo ha matado en un libro ("uno de esos libros policiacos que suelen divertir a los viajeros en el tren y que él hojea no sin cierta aprensión"). Montiel Figueiras recurre a clichés del género (el mayordomo "que nunca puede ni debe faltar", el "otoño que declina de un modo muy inglés", el veneno "con la consabida efigie de la calavera cruzada por dos tibias") para mostrar lo que sucede con lo que se utiliza hasta el agotamiento. Tal es lo que inspira "Detective", el cuento incluido en esta antología, ejemplo notable de originalidad con la materia de lo ya demasiado visto y desgastado. Referencias parodiadas o trastocadas del cine o la literatura, es lo que encontramos en la mayoría de sus relatos. Voyeurista, Montiel Figueiras toca, huele, oye, siente, con la mirada. "Madreselva en negligé" o "Fotografías desde el letargo" son claros ejemplos. En *La penumbra inconveniente*, los relatos se hermanan por las imágenes desoladas que ofrece un cuadro de Edward Hopper: un túnel de tren o de metro, edificios como ausentes de inquilinos, "su desamparo en tonos pastel". El escritor, siguiendo a Walter Benjamin, desmenuza a través de sus cuentos el significado de un cuadro que en apariencia no dice nada y encierra toda la angustia, la desolación, el destino social y vital de la condición humana. Culto, en él se aúna al narrador, al crítico y al espectador en obras donde lo mismo conviven Baudrillard, Cortázar, Dirk Bogarde, Cy Cooder, Bataille, Bourdieu, Caín y Abel, Raymond Chandler, Susan Sarandon, Bukowsky, Gardel, Robbe-Grillet, Kurt Weill, Coetzee. Su estética, ética, poética, erótica, temática, me atrevería a decir, más que americana es europea. Cierto pesimismo angustiante de lo sin sentido; nunca, por fortuna, esa inocencia y sonrisa de algodón rosado de azúcar. El cuadro de Hopper, titulado *Approaching the City* (1946), le permite hilar sus historias de la nada del desierto a la nada de la ciudad: "el desierto ha cambiado pero la mugre no", como afirma uno de sus personajes, verdadera figura hopperiana. La ciudad multisígnica, repleta de significantes y, sin embargo, tan desgastada de significados. El escritor que como creador, demiurgo, se siente capaz de llenar ese vacío y abre su cuenta de correo electrónico (como en su cuento "Suburbio") "con un seudónimo cuya afectación contrasta con la continencia verbal: Jehová", y el escritor que como amanuense escribe para el desierto, pues sabe que sus palabras se enfrentan "a una inmensidad que no tardará en destruirlas". Es también el escritor como cadáver y detective, el que reconoce la escritura desidiosa que ha asesinado a la imaginación y la palabra. Un escritor poeta.

Ana García Bergua (1960) apuesta por la imaginación y la inteligencia no exenta de humor y de la frase exacta. Su literatura tiene un pie en lo fantástico que se fuga a regiones inauditas lejos del orden establecido y el otro en una realidad que no le gusta pero que reina en su imposibilidad de ser otra cosa que el bostezo de lo cotidiano. En *El umbral: travels and adventures* (1993), su primera novela, tenemos un claro ejemplo. Su protagonista, hastiado de la vida real, se refugia en los libros. Sufre "la enfermedad de la aventura y los viajes" y termina por convertirse en un personaje atrapado en las páginas que han dominado su lectura: el cazador de tigres, el que lucha contra el inmenso caimán, el que posee el don de ser alguien más acorde con lo que quisiera para su vida. Es el héroe romántico que con su sacrificio salva a los demás. Hay magia y encanto sin caer en lo Harry Potter. En *Púrpura* (1999), su segunda novela, esta necesidad de transformarse se expresa en la manera como Artemio González, el personaje principal, abandona la quietud provinciana para ingresar a una vertiginosa capital mexicana que lo recibe con su romántica atmósfera como surgida de alguna película de la época de oro o de las comedias hollywoodenses mudas ("mi estructura narrativa está muy condicionada por el cine"). Escenógrafa de profesión, García Bergua crea en esta obra un México ilusorio y desmontable, que puede crearse o no a capricho de un director de cine o de una escritora con la vitalidad imaginativa de ella. Lo fantástico en su obra se une a la elegancia de una prosa que es de las mejores de su generación, pues sabe que para los lectores sensibles y cultos —como lo diría Julius en *El umbral*— lo sobrenatural no podría creerse si no está "revestido con suntuosidad y con arte". *El imaginador* (1996), su libro inicial de relatos, tiene ya desde el título la esencia de su credo creativo. Hay aquí también ambientes que remiten a lo cinematográfico, en especial a Buñuel. Esa irrupción de lo fantástico que trastoca esa noción de realidad a la que buscamos asirnos. O esa monotonía de domingo (como en su cuento "Hasta nuevo aviso") ante la que no hay mejor defensa que lo prodigioso o la huida. Hay inocencia en sus narraciones, aunque no ausencia de malicia. Hay un escepticismo que es como la lluvia que parece inundar sus relatos: "un muro, una barda de agua que me rodeaba". Hay una nostalgia que es como meterse al cine y ver un filme en blanco y negro. Hay una soledad dominada por la imposibilidad de que los que nos rodean sean capaces de cruzar el umbral que nosotros ya hemos cruzado. Hay una invitación a imaginar cómo uno lo hace. A ver cómo uno lo hace. En *Portales desde el trópico* (1997), libro de no ficción donde García Bergua da cuenta de un viaje a Veracruz, hay una escena que define muy bien la índole de su trabajo literario. Es de noche, viaja en autobús rumbo al puerto, y, a pesar de que le han advertido que mejor cierre la cortina de la ventanilla pues no va a ver nada, ella no hace caso y la mantiene abierta. "Ver la oscuridad no es forzosamente ver nada", afirma, sabedora que, de obedecer, no podría ver "la noche, el exterior; las luces de las casas, las sombras de las montañas y los animales, la respiración acompasada de los que duermen y el chirriar de los grillos".

"Se trata de una de las voces femeninas mexicanas más fuertes de estas últimas generaciones", ha dicho Russel M. Cluff con respecto a Ana Clavel (1961). Es una autora que "ostenta un talento extraordinario para el manejo de la fantasía, la alegoría y el mundo de la imaginación". Publica en 2000 su primera novela: *Los deseos y la sombra,* estupendo relato sobre una mujer que puede cumplir a voluntad el capricho de desaparecer. Sus dos primeros libros de cuentos, *Fuera de escena* (1984) y *Amorosos de atar* (1992), alimentan su más reciente *Paraísos trémulos* (2001). Escritora que no tiene prisa, su obra consta de pocos títulos repartidos en poco menos de veinte años de carrera literaria. Hay, en sus narraciones, una exploración del amor pasión, del amor que no se atreve a decir su nombre, del amor forjado en lo rutinario, del amor a lo Lolita, del amor angelical, del amor por la simulación, del amor por ser otro, del amor por uno mismo. Ella misma ve una constante: "la manera como mis personajes se acercan o se alejan del amor, de una idea de la felicidad". Opino que la verdadera constante tiene que ver con lo liminal: la exploración de identidades que son o desean convertirse en otra cosa. Un ejemplo de lo anterior lo tenemos en "Su verdadero amor", el cuento incluido en esta antología. La tragedia de lo homosexual imposibilitado de salir del clóset en un drama tropical no exento de amor y de crudeza. En otros relatos hay ángeles que no se sabe si son diablos, un marido que sueña con que su esposa sea como la actriz Sean Young, una niña a punto de convertirse en adolescente que no comprende todavía por qué James se encierra con otro hombre y hacen ruidos extraños, una muchacha que lo mismo se llama Ava, Eva o Iva, y un suplantador que se ha encargado de adueñarse de la existencia de su amigo Samuel. Son personajes como descontentos por la vida que les ha tocado ("¿Y yo qué culpa tengo de que la vida se quede tan corta frente a lo que esperamos de ella?"), ya sea por su monotonía o porque están encerrados en un cuerpo o un alma que no les correspondía. Esta misma visión pervive en la novela que Ana Clavel escribe en la actualidad: la historia de Tiresias pero al revés, la de una mujer que se convierte en hombre. Es una de las autoras más valiosas de su generación, lo mismo por sus propuestas temáticas que por su compleja imaginación y elegante escritura que no deja de arriesgarse en interesantes y novedosos usos de la palabra.

Guillermo Vega Zaragoza (1967) es la apuesta obligada en toda antología. No está entre los consagrados, entre los traducidos, entre los que publican en España. Vaya, ni siquiera tiene un libro. Sus narraciones han ido apareciendo aquí y allá en suplementos culturales y revistas marginales de circulación e impacto, por supuesto, mínimos. Hay, sin embargo, una visión interesante que permea sus relatos, una fuerza poco común que rodea algunas de sus frases, una noción de la literatura que acaso necesite unos cuantos, pequeños ajustes, para encauzarse a un mejor y más duradero destino. Sin ser el más joven entre los autores antologados, sí es el que más tardíamente se adhiere a la República mexicana de las letras. Vega Zaragoza escribe mayormente sobre asuntos que tienen que ver con la pareja. Hombres y mujeres en relaciones no exentas de soledad, pasión cercana a la lujuria, incomunicación y violencia. Algo hay del camino abierto años atrás por Guillermo Fadanelli, el practicante entre nosotros de la literatura basura y de lo *underground*. Aquí también tenemos a Bukowski, Fante y otras influencias que acaso se remontan en su versión *lumpenproletariat* nacional a Armando Ramírez y su *Chin chin, el teporocho*. Asimismo a la Onda o lo que queda de ella: la palabra sin las ataduras marcadas por lo canónico o el deber ser. Hablo de cierto lenguaje y situaciones relacionadas con lo juvenil, así como un tono que lo mismo es de desenfado y tramas que buscarían lo que en otra época se hubiera reducido a la expresión *épater le burgois*. Vega Zaragoza, en sus cuentos, busca impactar con anécdotas tremendistas, con el uso de groserías, con la descripción con pelos y señales de encuentros amorosos, con ambientes de cabaret y con la manera cómo una prostituta le hace una felación a un paralítico. Sospecho que estos relatos han constituido una forma de llamar la atención, a la manera de un poeta maldito o de un *enfant terrible*. No es el mejor Vega Zaragoza. El verdadero escritor se encuentra en textos como "Ariadna en el laberinto", recreación moderna del mito con todo y torera incluida, *De fornicare angelorum*, que el lector podrá leer en esta antología, y "Asunto de familia", conjunto de viñetas que logran un cuento cercano a la perfección en cuanto a lo que dice y no dice. Ese es el escritor de la apuesta, el que hace y hará con perspiración y disciplina la verdadera literatura. Poco a poco se convierte en un personaje omnisciente en su labor de promoción de cuentos, novelas, ensayo y poesía de México y el mundo.

Mauricio Carrera (1959). Jugó futbol americano desde ligas infantiles hasta liga mayor. Tiene un hombro y una costilla luxadas. Vivió en Francia y Estados Unidos. En 1987 participó en AMERIGEN 500, expedición en lanchas con motor fuera de borda que lo llevó a recorrer las costas de Panamá, Colombia, Aruba, Curazao, Bonaire y Venezuela. Fue capitán de la *Laurentie*, pequeña embarcación que hoy extraña, en particular cuando llega a la oficina y encuentra su escritorio lleno de trabajo burocrático. Cuando bebe, le da por contar de la vez que le salió un tiburón mientras nadaba cerca de una de las 365 islas que forman el archipiélago de San Blas. O de lo peligroso que fue atravesar el Golfo de los Mosquitos. O de cómo pescó dengue en Barranquilla. O de cómo vio un gigantesco y oxidado buque varado en una playa colombiana que tenía el nombre de *Acapulco*. O de cómo, en papiamento, agua se escribe awa y trece diestrés. O de cómo sobrevivió a las altas olas de Boca de Cenizas, donde desemboca el Magdalena. Le gusta el ron y el tequila y el whisky. También los martinis preparados como se debe. Se ha casado tres veces. Ahora está enamorado de una mujer hermosa que canta boleros y tiene "filin". Visita todos los años a su hijo en Uruguay ("¿te acordás, Diego?"). Es miembro honorario del barrio del Arbolito, en Pachuca. Sabe esquiar en nieve. Cree, como Cioran, que hay que estar siempre del lado de los oprimidos. También escribe.

CRÓNICA DESDE UN CUARTO OSCURO
O CÓMO DEJAR EL TABACO

Mario González Suárez

Viernes 13 de agosto.
No puedes permitir otra vez que el viejo Silvano te hable de esa manera, Enrique, me dije con seriedad mientras encendía un nuevo cigarro; el viejo no paraba de vociferar y le lancé la cerilla aún viva sobre los papeles de su escritorio, lo cual le hizo manotear y rugir con más fuerza. Apaciguada mi rabia por un momento, le di la espalda y salí de su oficina, con la certeza de que abjuraba para siempre de mi infame servidumbre.

Quise ejecutar una mínima venganza: fui a la sección de fotografía, pregunté por Marcelino y, fingiendo distracción, encendí las luces del cuarto oscuro. Marcelino, el joven fotógrafo consentido del director del diario, comenzó a lloriquear, y presa de un extraño tic encendía y apagaba las luces, asegurando que don Silvano le daría una golpiza antes de despedirlo. Le ayudé a fortalecer esa idea, y a modo de alivio, le sugerí que le dejara tirado el trabajo al director, pues bien lo merecía por las infinitas arbitrariedades que nos había hecho padecer, que nosotros...

Pasada la hora del crepúsculo tomamos la carretera hacia Puerto Solar. Llevaba la intención de parar en la casa de una amiga mía en las afueras del puerto, gozar a su lado una temporada y olvidarme de don Silvano y el periódico antes de empezar a preocuparme por lo que haría en los próximos meses de mi vida. Había comprado un par de botellas de whisky, una caja de tabacos selectos y unas cervezas para el camino. Después de las primeras botellas, Marcelino se tranquilizó; cada cierto tiempo esbozaba una sonrisa y repetía, para su propio convencimiento, que mandar al carajo a don Silvano había sido su decisión más importante en los últimos años, que nada le atemorizaba, él era el mejor... Yo sabía que él conseguiría cualquier empleo con ayuda de su madre, para quien había comprado un ramo de flores y un obsequio.

La conversación, la música de la radio y las cervezas, nos derivaron con facilidad a una risa purificadora: casi nos orinamos al imitar los gritos y gestos del viejo Silvano: imaginábamos el terror de los empleados y reporteros del diario cuando el director descubriera las fotografías veladas. Nuestras carcajadas pasaron al rictus al sentir una serie de truenos seguida de una tormenta instantánea. Ya era noche cerrada y me vi obligado a aminorar la marcha. Aunque los otros autos también se movían con lentitud, pensé que sería menos riesgoso detenernos en algún restaurant a disfrutar del calor de un brandy hasta que pasara la lluvia. Marcelino estuvo más que de acuerdo, él mismo iba mirando con atención a izquierda y derecha para descubrir el cálido restaurant. Al momento en que comentaba la marca de brandy que pediría, un auto nos rebasó a gran velocidad sin ninguna precaución, casi choca de frente con un autobús en el carril contrario. Sin hablar, Marcelino y yo nos comunicamos la intuición: "Va huyendo." Lo cual se confirmó al instante, pues, durante un relámpago, otro coche nos pasó con análoga desesperación que el anterior... Pero viajábamos con el orgullo herido a causa de nuestra profesión y no estábamos muy dispuestos a entrometernos en ningún asunto ni a fotografiar muertos o entrevistar testigos. Sin embargo, no dejó de acicatearme un detalle: según mi experiencia, el coche perseguidor debería ser de la policía o ir abordado por varios sujetos dispuestos a matar, lo que no sucedía en este caso: el segundo auto que nos rebasó lo manejaba una mujer joven. Quise pensar que no había visto bien, que el relámpago me había deslumbrado, seguir conduciendo sin premura, soñando con una copa de brandy... La tormenta continuaba con fuerza y no surgía ante nosotros parador alguno. Marcelino creía recordar que unos kilómetros adelante se encontraba una hostería cuya especialidad es la carne de conejo. No pasé por alto que su voz denotaba una inquietud: sí, Marcelino pensaba lo mismo que yo: la tormenta, la noche y la velocidad le pondrían mal fin a aquella extraña persecución. Aceleré sintiendo ya la excitación que nos acompaña cada vez que acudimos al sitio de un accidente o una catástrofe, anticipando el rostro de las víctimas y el olor a sangre.

Como vampiros atravesando las tinieblas llegamos al lugar del percance. Dos cargueros y un automóvil se habían detenido en el acotamiento de la carretera; sus ocupantes, bajo el aguacero, intentaban auxiliar a los posibles heridos de los dos vehículos que habían salido del asfalto. Sin olvidar el paraguas, me apeé para dirigirme hacia la colisión. Me sorprendió que Marcelino se ocupara en preparar su equipo fotográfico.

Según mi observación, el auto acosador había abandonado la carretera al principio de una curva, quedando varios metros adelante del coche que huía, al que evidentemente se le cerró para obligarle a salir de la pista. Por fortuna, aquel paraje no era de barrancos y los vehículos sólo dieron algunos tumbos fuera del asfalto hasta quedar detenidos por la maleza. El accidente no me pareció muy aparatoso. Junto con los otros conductores bajé hacia los autos. En el primero encontré dos mujeres, de alrededor de treinta años de edad; una lloraba desconsoladamente y la que conducía cargaba entre sus brazos a una niña pequeña, como de tres años. Ambas mostraban algunas contusiones y sangre en las manos. La nenita tenía la cara y la ropa bañadas de sangre. No sé por qué tuve la impresión de que ya habían salido del coche y habían vuelto a él. El flash de la cámara de Marcelino me distrajo de esa idea; sus obsesiones fotográficas me produjeron cierta indignación y me encaminé hacia el otro coche, que estaba con las portezuelas abiertas. En él yacía una mujer, la que yo había visto: el cabello revuelto, sangre en el cuello y en el rostro: muerta.

Sábado 14 de agosto, en la madrugada.
A los policías de caminos y a los paramédicos de las ambulancias no les gusta mojarse; pisaron el lugar del siniestro una vez que hubo escampado, como a la una de la mañana. Despidieron sin consideraciones a los camioneros y al automovilista, amén de no haberles tomado declaración. Para evitar que nos echaran, Marcelino y yo faroleamos nuestra identificación de periodistas. Los paramédicos nos miraron con odio y nos pidieron que hiciéramos nuestro trabajo "sin acercarnos a las víctimas", es decir, que no miráramos cómo las despojaban de sus pertenencias. Cuando uno de los policías anotó las matrículas para hacer su reporte, algo le comunicó a su compañero, procurando que no oyéramos. Pero el oído de Marcelino es como de mujer celosa, y alcanzó a atrapar un apellido: Salmón. En el acto pensé en Benito Salmón, un famoso neurólogo de Facio. Me acerqué al oficial que conducía y con un par de preguntas directas al hígado le obligué a confirmar mis conjeturas, aunque hizo mucho más: los dos autos accidentados eran propiedad del doctor Salmón y la muerta era su esposa. Me cayó encima

una tempestad de preguntas, al grado de hacerme vibrar de emoción y de rabia: ¡asistir oportunamente al nacimiento de una noticia explotable, pero estar sin empleo y retirado del periodismo! A pesar de nuestra situación desangelada decidimos perseverar en la senda del reportaje, no por celo profesional sino por concupiscencia.

Los policías no nos permitieron hablar con las mujeres heridas. A ellas y a la pequeña las subieron a la ambulancia y se las llevaron al hospital central de Puerto Solar, aunque era más cercano el de Facio. Otro vehículo transportó a la muerta. Quizá si los policías no se hubieran mostrado tan reacios a darnos información, nos hubiéramos marchado detrás de las ambulancias. No quisieron decirnos siquiera quiénes eran esas dos mujeres ni por qué las enviaban a un hospital lejano, apenas se limitaron a espetar: "son órdenes". Además nos pidieron demorar, por lo menos, la publicación de la noticia, lo que me intrigó aún más, pues en primera instancia era sólo un accidente de tránsito, y así lo habían reportado ellos a su comandancia. Me pregunté si los policías sabían o sospechaban que el accidente había sido el punto culminante de una persecución; mientras trataba de determinarlo, les avisaron por radio que el doctor Salmón iría al lugar del siniestro. El oficial que manejaba contestó por el aparato que "gente de la prensa había arribado al lugar", entonces otra voz le ordenó que nos entretuviera hasta que llegara el doctor Salmón. Marcelino y yo nos miramos, en la inteligencia de que el doctor nos iba a ofrecer dinero por nuestra discreción.

Al amanecer.

Me había metido al auto a dormir un par de horas, lamentando no haber conseguido una noble copa de brandy. Al despertar, instintivamente, encendí un cigarro y me despejé el aliento con un buche de whisky. Marcelino dormía aún en el asiento trasero, abrazado a su equipo fotográfico y al ramo de flores que llevaba para su madre. Mientras el sol iba cobrando fuerza y aparecía el campo revitalizado por la tormenta de anoche, pensé con ansiedad en mi amiga de Puerto Solar. Para no tornarme melancólico, quise estimar la cantidad que nos ofrecería el doctor Salmón, que por cierto tardaba demasiado; en definitiva, sería señal de buena suerte recibir una jugosa suma apenas abandonar un empleo nefasto. Me froté las manos y me decidí a salir del coche y preguntar a los policías cuánto tiempo más esperaríamos al doctor. En eso estaba cuando un auto lujoso se detuvo de forma súbita unos metros adelante, de inmediato se echó en reversa para emparejarse a la patrulla. Bajó un hombre de mediana edad, de los que aún usan sombrero, con abrigo caro, visiblemente nervioso. Los oficiales me hicieron a un lado, se arreglaron la corbata y se calaron el quepí para recibir a Salmón con amabilidad y excesivas atenciones; parecían perros falderos dando vueltas alrededor de su amo, lo que me permitió colegir que esperaban también una rebanada de billetes. El doctor no dejaba hablar a los oficiales, inquiría una y otra vez dónde estaba su hija, la nena, si estaba viva... Desde luego, los canes uniformados sólo habían hecho el reporte del percance sin tomarse la molestia de consignar los detalles sobre el estado de las accidentadas. Observé que era conveniente intervenir: me presenté como el "reportero" Ostos y le informé al doctor que la pequeña se encontraba en el hospital central de Puerto Solar junto con las dos mujeres que la acompañaban. No olvidé indagar la identidad de estas últimas, y le referí que parecían ir en huida. Él se fingió sorprendido, miró a los policías un momento, me tomó del brazo y nos apartamos unos metros. "Son mi ex mujer y su hermana... Es un asunto muy embarazoso, usted comprende... Necesito recuperar a la niña, es la hija que tuve con mi ex mujer; un tribunal me dio la patria potestad cuando me volví a casar... Ella entró a mi casa y se llevó a nuestra hija... Mi segunda esposa la sorprendió..." El pobre doctor balbució unas cuantas palabras, repitiendo con poca coherencia las mismas frases; sus nervios le hacían acomodarse el sombrero continuamente. Sentí un poco de pena por él y guardé silencio, entonces apareció Marcelino y sin pudor nos tomó una fotografía. Con un ademán violento le indiqué a Marcelino que se retirara, mientras los policías, quizá temerosos de no recibir la galleta que esperaban, lo llamaban maricón y amenazaban con decomisar su cámara. La tensión que se había formado la rompió el doctor al extraer su billetera. A Marcelino y a mí nos dio una cantidad mayor, debido, muy probablemente, a la fotografía intempestiva que tomó mi compañero. Antes de irnos, el neurólogo nos encareció varias veces no publicar ninguna palabra o imagen sobre lo sucedido. Al subir al auto me volví hacia los policías famélicos y con una sonrisa burlona me palpé el bolsillo repleto.

De buen humor volvimos a la carretera con rumbo a Puerto Solar, íbamos con la idea de procurarnos un buen desayuno con cerveza en algún parador. A los pocos minutos de camino nos rebasó a gran velocidad el auto del doctor Salmón.

Al anochecer.

Después del medio día entramos a la zona residencial donde vive la madre de Marcelino, lo cual me llenó de alivio porque mi compañero recaía en una de sus crisis ñoñas con lamentos y pucheros, temeroso de que el viejo Silvano lo buscara para darle una paliza, de no conseguir otro empleo y no sé cuántos pavores más. Cuando se pone en ese canal, lo mejor es no verlo, así que apenas llegamos al portón de la casa de su madre, lo bajé del auto y me despedí con premura para evitar sus abrazos efusivos y sentimentales; le prometí que después lo llamaría.

Creo que me gusta conducir y por eso lo hago en verdad despacio; para cualquier automovilista es una extravagancia que alguien tarde tantas horas como yo en ir de la capital a Puerto Solar. Pero sólo a baja velocidad se conoce el camino y se disfruta el viaje; ni siquiera el deseo por mi amiga me hizo acelerar. A la hora del crepúsculo es maravillosa la vista que se tiene del mar desde lo alto de las montañas que rodean el puerto. Recordé que mi amiga vive en un punto privilegiado de ese gran descenso hacia la rada; una extraña alegría me invadió al acariciar la posibilidad de ver con ella los últimos destellos del sol. Salí del coche y subí aprisa los escalones tallados en la roca que llevan hasta su puerta; el cielo estaba rojo. Llamé con insistencia y al cabo de unos minutos abrió un tipo sin camisa, con aspecto de conductor de camiones o mecánico; le pregunté por mi amiga y contestó con rudeza que ya no vivía allí. Sin ocultar mi desconcierto bajé a donde había dejado el auto; me volví hacia la casa entre las rocas y pude distinguir a mi amiga espiando por una ventana, sólo unos instantes. Mi carácter me sugirió gritarle un insulto o regresar a golpear la puerta o... Con el rostro endurecido por la frustración volví a la carretera; aspiré con fuerza el cigarro, buscando que algún dolor me produjera. Mi enojo era tal que olvidé por completo la belleza del paisaje; cuando la recordé y quise mirar hacia la bahía, ya era de noche.

Domingo 15 de agosto.

Amanecí hacia el medio día, con una tremenda sed y las mandíbulas pegadas, tal vez un poco ebrio aún. Me levanté sin abrir los ojos y por teléfono pedí a la administración del hotel un desayuno abundante acompañado de cerveza y café cargado, y dos diarios de la mañana. Mientras me duchaba traté de trazar un plan de movimientos para los próximos días, ver algunas mujeres y amigos para divertirme y quizá hallar una fuente de ingresos. A pesar de la determinación no lograba echar de mis ideas a mi ingrata amiga; pensé en un par de insultos para degradarla y olvidar el fiasco con facilidad. Cuando creaba los epítetos más sucios y graciosos, que son los purificadores, llegó mi pedido. Empecé con un buen trago de cerveza para drenar los malos humores; después un par de bocados y, al final, el café, sin azúcar, con periódico. El estúpido empleado, que me conoce, tuvo el mal tino de enviarme el *Solar News,* como si yo fuera un infecto turista ávido de optimismo; y para rematar, la más infame publicación gobiernista: *Prensa Libre.* Quien haya leído por una sola ocasión este diario, puede estar seguro que todos los días dice lo mismo, apenas cambian paulatinamente los personajes de las notas: en el titular de primera plana va implícita una alabanza al Presidente de la República, y en la cuarta de forros se da cuenta de un hecho sangriento con su respectiva condena moral. Sin embargo, por mórbida curiosidad, me encandilé a abrir *Prensa Libre,* para saber qué había hecho el viejo Silvano sin Marcelino y sin mí.

Una mezcla de disgusto y asombro me causó la principal nota roja de ese día: "En fatal accidente perece la esposa del cirujano Benito Salmón." Me vinieron repentinas ganas de vomitar: el muy hijo de puta de don Silvano había conseguido una nota sobre el suceso que, pensé, era mi exclusiva, pero lo peor de todo era que aparecía firmada con mi nombre. No publicaba ninguna imagen de los automóviles chocados ni de las víctimas, sólo dos fotografías de estudio de los rostros sonrientes del doctor Salmón y su difunta esposa. La nota abundaba en imprecisiones, lo que me permitió suponer que algún reportero de Puerto Solar había revendido la información a *Prensa Libre;* era el informe sumario de un fallecimiento, obtenido en la comandancia de policía. Pero lo que en verdad me creó un vacío en el estómago fue el dato final de la nota, agregado descuidadamente, sin pensar en su importancia: "...el departamento forense determinó que el deceso de la señora Salmón no fue causado por las lesiones sufridas en el percance". Precisé un trago de whisky para pasar la bilis: en primer lugar, la publicación me ponía en una situación de peligro con respecto al neurólogo que había pagado por mi discreción: el tipo era importante, director del Instituto de

Investigaciones sobre la Neurosis, amigo de políticos y gente de poder; en segundo lugar, era negligencia de mi parte no haber sacado al doctor declaraciones suficientes para saber con exactitud por qué deseaba mantener lejos de la prensa su nombre y la muerte de su mujer; en tercer lugar, debía encontrar la forma de enfrentar la venganza del viejo Silvano.

Sin detenerme a renovar mi provisión de cigarros, salí a velocidad paranoica de Puerto Solar, pensando obsesivamente en hallar a Marcelino antes que don Silvano lo intimidara. La familia de Marcelino es ricachona, y éste trabaja sólo por vicio. Yo no conocía a su madre, pero a juzgar por el lugar ostentoso donde vivía, supuse que era una anciana burguesa y convencional. Estacioné el auto frente al portón y apenas toqué me abrió una criada que sin hacer preguntas me invitó a pasar. Un espléndido jardín rodeaba la casa, de arquitectura caprichosa, escalones amplios, ventanas altas y múltiples tejados de dos aguas. Subí por la escalera que me pareció la principal y al pisar el último escalón salió a recibirme una mujer pelirroja, excéntricamente vestida, bien conservada, de alrededor de cuarenta y cinco años, que me atendió con familiaridad:

—¡Ah! Usted debe de ser el famoso señor Ostos... He leído sus notas y Lino me ha mostrado fotos suyas. ¿Cómo le va?

—Muy bien... No crea nada de lo que dice Marcelino, que si alguna fama tengo, no es buena... Disculpe que me presente así, pero necesito ver a Marcelino —no me atreví a decir "su hijo", pues temí que aquella mujer atractiva no fuera su madre—. ¿Sabe?, han surgido algunas complicaciones en el diario, urgentes, y quisiera ponerlo al tanto...

—Él no se encuentra ahora, pero yo estoy enterada de todo, señor Ostos... —pronunció la afirmación con cierta malicia, sin dejar entender a qué se refería—. Además, Lino me confía cada uno de sus problemas. ¿Por qué no se sienta y conversa conmigo en lo que él vuelve?

Su proposición era ineludible y mis preocupaciones se desvanecieron ante el encanto de esta mujer, incluso agradecí que Marcelino no estuviera.

—¿Qué desea beber, señor Ostos?

—¿Es posible un martini? Le voy a pedir que se olvide del "señor Ostos", soy Enrique.

—Como guste, *Henry*... mi nombre es Leonor, pero mis amigos y los amigos de Lino me llaman Leo. Le sugiero que no fume, Henry, es muy malo para la salud...

Logré dar el primer sorbo del martini sin perder el pulso, entonces comencé a recobrar mis facultades y encendí otro cigarro. Miré la decoración de la casa: sobria, con los muebles estrictamente necesarios, de buen gusto, sin monigotes de porcelana ni floreros ni bodegones, sólo un grabado y una pintura originales de dos artistas reconocidos.

Cuando Leonor me ofreció el segundo martini reparé en que ella había bebido ya tres whiskys; en su conducta había algo extraño, insano quizá. La agitación con que irrumpí en su casa me había embotado la percepción y la rapidez para relacionar mis ideas; recordé que, cuando ella se acercó a recibirme, olía a licor, pero tal vez por la imagen que con prejuicios me había formado de ella, no quise ver que estaba ebria.

De pronto, mi anfitriona le ordenó a la criada que trajera otra botella de whisky; comenzó a decir frases locuaces y cada vez la tenía más cerca, hasta que me atenazó en un abrazo. Al cabo de un beso pastoso la despojé de su estrafalario vestido y desnuda anduvo brincando de un lado a otro, haciéndome ir tras ella para finalmente quedar tendidos en la alfombra.

Lunes 16 de agosto.

Me despertó un portazo enérgico que no había venido de la entrada o de alguna habitación, sino de la misma recámara donde dormía con Leonor. El sol de las nueve de la mañana me provocó cierta angustia y me hizo fabricar la sospecha de que me estaba abandonando a las circunstancias. Como si de antemano no supiera quién había azotado la puerta, me levanté a espiar por el pasillo. El despertar de Leo fue difícil y despedía un terrible tufo a alcohol y cosméticos. Nos duchamos en silencio y después le señalé que Marcelino rondaba por la casa y había abierto nuestra habitación... Leonor sollozó unos momentos. "Le prometí que no volvería a suceder", dijo, y de inmediato mostró una sonrisa que nada tenía que ver con la situación. En aparente estado de alegría comenzó a llamar a "Lino". No sé cuánto tiempo pasé mirándome las ojeras en el espejo, sintiendo una estúpida preocupación por Marcelino. Pensé en una cerveza y me decidí a bajar a la cocina, donde encontré a Leonor abrazando a Marcelino casi con la actitud de *La piedad* de Miguel Ángel; ella actuaba muy bien y el otro era un imbécil. Destapé la cerveza y mientras la bebía le pregunté con desenfado dónde había andado el día y la noche anteriores. Se mantuvo en silencio y sin mirarme: en verdad parecía un niño frágil y enfermizo en el regazo de su madre. Repetí la pregunta, y en baja voz, finalmente, respondió: "Tomando fotos."

—¿Viste la *Prensa Libre* de ayer?

—La de hoy es peor, pinche Ostos... —al percibir cierto rencor en su respuesta, me sentí mejor, menos culpable tal vez. Marcelino dejaba de mostrarse débil; su madre también lo notó, quizá por ello consideró que podía suspender los mimos y con paso cándido abandonó la cocina—. Hoy también publicaste una nota, pinche traidor. ¿No que no volverías?

—¿Cuál nota? Mejor dime dónde estuviste ayer, qué fotos tomaste. Vine a buscarte porque nos metimos en un lío...

—Ayer en la mañana don Silvano le dijo a mi madre que tú habías pedido perdón para volver al periódico y que si yo no regresaba me pondría una demanda...

—No seas imbécil, Marcelino, ¿por qué te va a demandar? —pude ver como en un relámpago que, cagado de miedo por las amenazas de don Silvano y empujado por su madre, había entregado a *Prensa Libre* las fotografías del accidente de las señoras Salmón. Lo que no podía entender era la tenacidad de don Silvano para que Marcelino regresara a su inmundo diario—. De seguro el viejo ya te sacó las fotos del choque. ¡Qué pendejo eres! ¡Ya nos pagaron para que nada de eso se publique! El traidor eres tú, maricón.

—Sí, pero tú me traicionaste primero. Lo de Salmón está creciendo... Mira...

Me tendió la *Prensa Libre* del día y leí otra nota firmada con mi nombre: "Continúa la tragedia de la familia Salmón." Figuraban algunas fotos que Marcelino había tomado en el lugar del accidente y otra más del rostro compungido del doctor Benito Salmón en el "precipitado funeral" de su esposa. Sin embargo, esta vez la noticia era el "sensible fallecimiento de la hermana de la ex esposa del doctor Salmón, la señorita Aída del Río". Contra la tendencia de *Prensa Libre*, la nota era muy aséptica, parca, sin detalles grotescos. Pensé que sería conveniente telefonear a Salmón e informarle de nuestra situación, asegurarle que nada teníamos que ver con las publicaciones... Pero eso resultaba increíble y absurdo, sólo lograría avivar su ira. El *copyright* nos ampara contra los plagios pero no tiene efecto alguno para protegernos de los textos que otros publiquen bajo nuestro nombre. Por el lado del cabrón de don

Silvano, sólo podríamos enfrentarlo con una amenaza o un chantaje de su talla. No nos ayudaría el director de ningún diario, todos esos gusanos se cuidan las espaldas entre sí; únicamente nos socorrerían en aquel periódico que sostuviera rivalidades con *Prensa Libre*, nos utilizarían bajo la consigna de "libertad de expresión" y ya cumplida su campaña nos tirarían a la basura. Pero en este momento, *Prensa Libre* era "amiga de todos los niños".

—Si algo pasa, prefiero estar del lado de don Silvano, Ostos. Anoche hablé con mi mamá y supe que estabas aquí; vine a avisarte y a recoger unos negativos y el gran angular —Marcelino parecía seguro pero noté que sus manos temblaban al sacar de la cámara el rollo de película para cambiarlo por uno nuevo—. Mientras piensas enredos yo me voy, mi mamá dice que es lo mejor; adiós.

La infinita pusilanimidad de Marcelino podía más que cualquier razonamiento. Sin embargo, su decisión de abandonarme me obligó a reconocer que actuaba de acuerdo al sentido común; haciendo lo que su "mami" aconsejaba se mantenía a salvo, efectivamente. Caí en la cuenta de que Leonor en realidad sí estaba enterada "de todo". Se había comunicado con don Silvano y con Marcelino sin decírmelo; y yo, como un principiante: briago y retozando con ella.

Por lo menos tenía claro que por nada del mundo volvería a la *Prensa Libre*. Además, si no me urgía conseguir un empleo, lo apropiado era ocultarme por un tiempo, lejos de mi casa; y debo consignar que no consideré mala idea asentarme una temporada con Leonor, a quien, por cierto, no veía desde hacía un par de horas. Apenas la llamé, surgió del cuarto de las provisiones, emanando un vaho alcohólico. Me serví un whisky doble para emparejarme. Luego fuimos a comer a un buen restaurant, ella invitó. Regresamos a mirar una película nocturna por la televisión, y todo hubiera sido una rutina de matrimonio de no ser por la botella de ginebra que amenizó nuestra lucha libre.

Martes 17 de agosto.
Abrí los ojos en la oscuridad y por la fetidez que percibía creí encontrarme en mi tumba, ya en estado de putrefacción. Alargué la mano y palpé a la muerta cálida que yacía junto a mí. Era yo un bebedor aficionado frente a ella. El reloj de la cabecera marcaba las 4 a.m. y me sorprendió que el sueño se me hubiera disipado por completo y que la ginebra no me pusiera

los nervios de vidrio. A pesar de mi buena salud, bajé en calzoncillos a la cocina a buscar una cerveza. Y precisamente por la excelente condición en que me encontraba, di fin a dos botellas en cuestión de segundos; en vez de abrir otra, preferí un whisky en las rocas. Los whiskys de madrugada me gusta liquidarlos a sorbos pequeños mientras camino como animal enjaulado y pienso con fluidez en cualquier cosa. Era natural que cavilara en mi empleo de casi diez años; acepté que, aunque me había librado de él, carcomido por el desengaño, continuaba sintiéndome su esclavo. En uno de mis giros, de pronto descubrí al fondo de la casa una puerta en cuyo dintel había un foco rojo; de inmediato adiviné que allí tenía su cuarto oscuro el hijo de mami. El descubrimiento, bajo las caricias del whisky, me causó gran alegría; me imaginé curioseando y sonriendo ante fotos interesantes en tanto recuperaba el sueño. Antes de encender la luz blanca del cuarto me cercioré de que no hubiera material en proceso. Algunas decenas de fotos pendían de la pared; en casi todas aparecía Marcelino con alguno de sus amantes o acompañado de su madre: a bordo de un yate, en varias playas de Puerto Solar, a la entrada del Pasaje Savoy... Me halagó ver un retrato mío: poso frente a mi máquina de escribir en *Prensa Libre*. No dejó de extrañarme que en medio de esas imágenes hubiese una, a colores, en donde Marcelino, casi adolescente, aparece abrazado por don Silvano, como si fueran padre e hijo. Fui por la botella de whisky y regresé a mirar la infinidad de fotografías que reposaba en las charolas y en las mesas; la mayoría se había publicado en *Prensa Libre*: cadáveres, maleantes, víctimas, autos destrozados, policías, restos de explosiones, edificios caídos en el terremoto. No pude evitar cierta nostalgia por los buenos reportajes que perseguimos juntos. ¡Ah!, los retratos de los sospechosos de ser el Violador Fantasma, incluso hubo algunos cretinos que juraron en vano ser el temido maniático. ¡Qué caso, por Dios! Recuerdo que cuando el Violador llegó a su duodécima víctima, en la edición vespertina se publicaron los rostros vivos y risueños de las jovencitas, y bajo éstos, las fotografías tomadas por Marcelino a la docena de "cuerpos sin vida" de las mismas. ¡Cuántos recuerdos! Casi lloro de emoción al hallar la foto de Bucéfalo. Los directivos del hipódromo acusaron a los dueños del caballo de haberlo "dopado" para un handicap; le hicieron análisis y resultaron negativos. Entonces declararon que no le habían administrado drogas químicas sino "naturales". Finalmente alguien lo mató a balazos. ¡Cuánta envidia! El pobre Bucéfalo ganaba de verdad y puso en peligro la manipulación de las apuestas organizada por el director del hipódromo.

Cada foto me remitía a un recuerdo de trabajo... Comencé a sentir frío pero no me decidía a subir a la recámara de Leonor a ponerme los pantalones y la camisa, preferí fumar un cigarro, servirme un whisky sin hielo y encender el compartimento del secado de las fotografías para calentarme un poco. Al abrir la portezuela me encontré con impresiones defectuosas de las fotografías que Marcelino había tomado del accidente de la señora y la ex señora Salmón. Las miré con detenimiento, sobre todo las del cadáver de la esposa: su rostro lo cruzaba una expresión de terror, había perdido mucha sangre por la inexplicable herida en el cuello. En otras fotografías, la hermana de la ex señora Salmón parecía también asustada. Hallé una, que no había sido publicada, en donde la mirada de la niña Salmón era inquietante, sus ojos brillaban como a punto de llorar, era claro que se sentía absolutamente desamparada. Justo entonces apareció mi anfitriona con cierta agitación y un aliento aterrador:

—¿Qué haces aquí?

Noté disgusto en ella sin poder precisar la causa. Le ofrecí mi vaso para distraerla un poco. Bebió instintivamente, y ya con una expresión serena volvió a preguntar por qué había entrado "sin permiso en el laboratorio de Lino". Atribuí su malestar a simples celos.

—Se me fue el sueño, sólo miro las fotos, Leo... —le alcancé la fotografía en donde aparece la niña Salmón—. Ella es la única inocente en todo este lío.

Observé que Leonor, de forma súbita, arrugaba el semblante y se disponía a llorar; tomó la foto y la estrechó contra su pecho:

—¡Los niños son unos santos! ¡Pobres inocentes! Uno los maltrata y por eso cuando crecen son como nosotros... ¡Lino querido!

Le ofrecí más whisky, que bebió sin remordimientos, y con la misma facilidad con que se había compungido volvió a su ánimo alegre y displicente; enseguida me abrazó y me pidió que observara con atención las fotografías pegadas a la pared, pues "rebosan de detalles", en especial aquellas en donde "figuramos Marcelino y yo". Yo me hallaba un poco embotado y obedecí sin remilgos; entonces Leonor se separó de mí y, creyendo que no la veía, del último cajón del escritorio sacó un paquete de fotografías y lo ocultó debajo de su bata. Cuando me volví, improvisó una amplia sonrisa y me propuso volver a la cama. Fingí no haber notado nada y le contesté que la alcanzaría en un segundo, en cuanto terminara de disfrutar los "magníficos detalles" de las fotos. Me convencí de que Leonor era demasiado astuta y manipuladora, pero no lograba imaginar qué deseaba mantener en secreto; su vida disipada era evidente, y era encantadora. Calculé que a pesar de sus precauciones no pasaría sobria mucho tiempo, y entonces caería en mis manos el paquete en cuestión. De cualquier manera no pude evitar sentirme molesto por su actitud y decidí, como pueril venganza, no subir a su recámara y beber durante un rato más. Fui a la cocina por un par de rocas para el whisky y de regreso al cuarto oscuro descubrí en un sillón, olvidada, la película fotográfica que Marcelino había sacado de su cámara el día anterior. Con la intrepidez que da el alcohol me propuse revelar ese rollo, recordando apenas cómo lo hacía Marcelino. Temiendo que Leonor irrumpiera de nueva cuenta en el "laboratorio de Lino", corrí el picaporte y me apliqué en la elección de químicos para el proceso, regocijándome al quimerizar sobre el contenido del rollo y sin omitir un reconocimiento al talento de Marcelino. Sus trabajos no eran como las burdas imágenes de otros diarios "serios" o sensacionalistas; el ojo de Marcelino siempre inventaba el ángulo revelador de situaciones y personas, cada quien aparecía tal cual era. Los vivos lucían faltos de vida, de naturalidad, invariablemente posaban; en cambio los muertos denotaban ciertos detalles terribles y vitales, surgían los verdaderos rasgos del individuo. Lo confirmaba de modo particular en aquellos casos en que junto a la imagen de una persona en vida se agrega la de su cadáver. Había tomado cientos de fotografías de sujetos muertos, que nunca se verían en la última y más definitiva de sus actitudes. Desde que conocí a Marcelino supe que era un muchacho con talento, con gran sensibilidad para captar cuerpos desnudos, vivos o muertos. Las fotografías de Marcelino me han hecho entender que no es mera vulgaridad o falta de cultura lo que orilla a la gente a comprar publicaciones repugnantes llenas de imágenes de difuntos y mutilados, es la necesidad de una catarsis brutal para contrarrestar lo artificial de la vida.

Empezaba a poseerme una sed alcohólica que me entorpecía cada vez más. Terminé de revelar la película pero el cansancio no me permitía apreciar las imágenes en negativo. Decidí procurarme una cerveza antes de imprimir una hoja de contactos. Cuando abrí la puerta sentí un desfallecimiento, la intensa luz del sol que entraba por las ventanas me produjo náuseas y un castalleteo de mandíbulas; sin embargo, no me detuve y avancé hasta la cocina para conseguir la cerveza ante el estupor de las criadas que veían a un extraño pasear en calzoncillos. La bebida me hizo bien y me dio el temple necesario para continuar con mi obsesión. Sin dificultad me nació la sonrisa al conseguir las primeras imágenes, eran del funeral de la ex cuñada de Salmón; me atrajo una en donde se ve al doctor en el cementerio cargando en hombros a su pequeña hija. Las últimas exposiciones del rollo me ocasionaron una temblorina nerviosa. Al principio creí ver dos cadáveres desnudos, uno al lado del otro; miré con mayor detenimiento y tuve que reconocer nuevamente el talento de Marcelino: antes de azotar la puerta de la recámara de su madre, nos había fotografiado muertos.

Miércoles 18 de agosto.
"Al filo de las veintidós horas de ayer fue encontrado sin vida el cuerpo de la señorita Magali Morfín, quien era la asistente del doctor Benito Salmón. El guardia de la clínica declaró que, a excepción del mismo doctor Salmón, ninguna persona entró al consultorio después de las ocho de la noche, lo que ha dirigido las investigaciones de la policía hacia el famoso cirujano, pues ya suman tres las mujeres muertas en menos de una semana, que mantenían relación estrecha con él. Asimismo, la policía incluyó en la lista de sospechosos a la ex esposa del doctor Salmón, Begoña del Río, que reabrió un pleito judicial contra su ex cónyuge para recuperar la custodia de la hija de ambos.

"Aunque el reconocido galeno posee una coartada con respecto a las otras dos muertes, en el caso de la guapa señorita Magali, todo apunta hacia él. Alguien que pidió no ser identificado, asegura que entre la hoy occisa y el doctor había una relación sentimental. Por su parte, el doctor Salmón no tuvo reparos en lanzar una serie de amenazas contra los periodistas que, a su juicio, lo difaman..."

—Fue el doctor, Henry, estoy segura; mira esa cara de perverso...

—La nota está firmada con mi nombre, Leo...

—No puede ser nadie más, nadie más... ¡Qué casualidad!, conocía a las tres...

—Don Silvano me está utilizando como escudo...

—¡Pobre muchacha, Henry!

—Me van a joder. Iré a buscar a Marcelino. Nos vemos, Leo.

—Lo deberían de matar o encerrar en la cárcel antes que desgracie a otra inocente... ¡Que le quiten a la niña, Henry! ¡Estaría mejor en manos de los *Niñeros!*

—Adiós.

Tomé prestado el auto de Leonor y, olvidando el paisaje, aceleré a fondo con rumbo a la ciudad; apenas hice una parada para cargar combustible y comprar un paquete de cigarros. Deseaba llegar antes del anochecer. A pesar de la autopista logré relajarme e idear una estrategia para enfrentar a don Silvano, la manera de plantearle el chantaje.

Como había previsto, Leonor no aguantó la sobriedad y cayeron en mi poder las fotografías que ocultaba: son imágenes vulgares tomadas por alguien sin talento donde aparecen Leonor, muy joven, y el viejo Silvano, casi tan rancio como ahora, ¡y vaya que desnudo es más feo que vestido!

Entré en la urbe con el esplendor del ocaso. Antes de dirigirme al edificio de *Prensa Libre* decidí dar una vuelta por mi olvidado apartamento y recoger ropa, libros y la tipográfica. Sin sorpresa, encontré forzada la cerradura. Sólo pude rescatar indemnes un diccionario y algunas camisas. Mientras abría la cajuela del coche se acercaron dos tipos, llamándome por mi nombre y en el acto me metieron de nuevo en el apartamento. Me dieron un par de golpes en el estómago; me levantaron del piso y me pusieron un casco de motociclista, bien amarrado, y me sentaron sobre el escritorio. Entonces uno de ellos sacó un bat y con él me propinó un buen porrazo en la cabeza. El otro fumaba, y al tiempo que me lanzaba el humo a la cara, prescribió:

—Dale media docena más, así tendrá motivos para consultar a un neurólogo... el doctor Salmón lo atenderá con gusto, es buen médico.

Jueves 19 de agosto.
No recuperé el equilibrio hasta el principio de la tarde. Marcelino había pasado conmigo la mañana. Al ver mi condición y la del apartamento, sintió miedo y sin dudar aseguró que lo más conveniente para mí era volver al diario de don Silvano. Su actitud no me permitió plantearle la estrategia que había ideado para quitarnos de encima al director de *Prensa Libre*. En realidad, "Lino" no podría ayudarme mucho pero le agradecí su compañía de unas horas y que me trajera los fármacos para el mareo y la cefalea. Hacia la noche, para aliviar un poco mi depresión, me di un baño largo y comí en el mejor restaurant que encontré. Quise encender un cigarro, pero al dar la primera fumada el piso comenzó a girar. Respiré profundamente y salí a caminar con la intención de cansarme y dormir bien. De manera no muy clara, aunque con pesar, vislumbré que, en bre-

ve, el medio y el mundo le borrarían por completo la frescura y la naturalidad a Marcelino. Pensé que todos los hombres nacen inocentes, incluso don Silvano y Salmón, y se mantienen así hasta que su propio sistema los corrompe. Creo que me dormí convencido, como en mis años de universitario, de que la maldad emana de la sociedad hacia el individuo.

Viernes 20 de agosto.
Todavía sin verdadero dominio de mis pensamientos, atemorizado y rabioso, logré entrar en el edificio de *Prensa Libre* y colarme hasta la oficina de don Silvano. Cuando éste me vio le gritó un insulto a su secretaria y me ordenó que cerrara la puerta.

—Tu cabeza dura, Ostos, es la causa de tus problemas, no me culpes a mí. Eres muy torpe para ver cómo funcionan las cosas. Te enojaste conmigo porque no te dejé publicar el estúpido encabezado que le habías puesto a tu reportaje. No tiene ninguna importancia la verdad o lo que pienses, sino lo que hagas creer —rió burlonamente y me ofreció un cigarro—. Espero que hayas entendido que a nadie le conviene enemistarse conmigo...

Apenas fumé, sentí náuseas y un terrible mareo. Apagué el cigarro y me senté de golpe.

—Aguantas poco, Ostos. Ahora quieres volver a mis dominios... Quizá, no eres tan mal reportero...

—Puede meterse sus dominios por el culo, don Silvano; y a ver si le caben estas fotos.

El viejo tomó las fotografías ceñosamente. Un súbito sudor invadió su rostro y pensé que había dado en el blanco. De pronto tranquilizó su respiración, dio la vuelta al escritorio y me pasó el brazo por los hombros:

—Mi querido Ostos, realmente no sé qué es mayor, si tu estupidez o tu orgullo. Permíteme calcular cuál es tu siguiente paso... Quizá irás con mis enemigos a mostrarles las fotografías, o buscarás un periódico amarillista, o suplicarás que alguna institución defienda tus "derechos humanos", pero esto es imposible, porque tú no eres humano, eres un caballo.

La oficina de don Silvano no dejaba de girar y las palabras huían de mis labios.

—Me has conmovido de tal forma que voy a mostrarte una pizca de mi archivo secreto. Ahora verás buenas fotografías...

Abrió la cerradura de un armario para sacar un cajón que puso sobre el escritorio. Vi una fotografía en que figuraban, departiendo, acompañados por sus respectivos guardaespaldas, los comandantes del ejército nacional y los jefes del narcotráfico; en otra, vi a un fiscal federal acariciando a una niña; al cardenal Santini oficiando una de sus misas heterodoxas; vi policías, gobernadores, esposas de políticos, copias de documentos confidenciales... Estaba como arrebatado por visiones en un remolino cuyo centro era mi propia cabeza.

—Apague el cigarro, don Silvano...

—¿Crees que puedes chantajearme con esos cuadros de fotonovela? En tanto la gracia de los dioses no me abandone, si alguien me ataca, el resto de los diarios saldrá en defensa de mi honestidad, dirá que son fotomontajes. Nadie creerá en ti. Si publicas esas imágenes, tendrás que publicar esta otra, mira...

Me alcanzó una pequeña fotografía en blanco y negro en donde Marcelino yacía desnudo entre los brazos de don Silvano.

—Si esas imágenes salen al público, ¿sabes qué les va a suceder a nuestros amigos? Leonor caerá en crisis y se ahogará antes de tiempo. Marcelino, pobre muchacho, es muy débil, conoce las ligerezas de su madre pero no resistirá verlas publicadas. Leonor y yo sabemos que lo más conveniente para su hijo es que trabaje aquí, por eso no molestes a mi fotógrafo.

—Sólo quiero que me deje en paz, don Silvano.

—Pues irrumpir en mi oficina te ha sido contraproducente. Ve cómo te encuentras ahora y en qué riesgo pones a tus amigos. Jamás debiste desafiarme, tu posición no te autorizaba a decidir cómo publicar las noticias. Creo que ahora reconocerás que tenía razón: cada vida es un caso de nota roja, aunque de diferente intensidad, por pensamiento, palabra, obra u omisión —hizo una pausa para encender un nuevo cigarro, y continuó hablando como en broma—. Además, la gente "inocente" está ansiosa de leer aquellas atrocidades que ha soñado cometer, las niñas que no se atreve a violar... Todos esos infelices de allá afuera necesitan que alguien les ordene el mundo, la prensa es su religión, y yo, el sumo sacerdote... Creerán cuanto les diga: que ellos eligen a sus gobernantes, que el hombre ha pisado la luna, que progresan...

Llamaron a la puerta e inmediatamente entró un joven un tanto agitado; antes de que pudiera decir nada, don Silvano levantó una risotada:

—Si hubiera planeado esta aparición no habría sido tan oportuna... ¡Qué bueno que vienes, Farías! Ostos, te presento al joven Farías, él ocupa tu puesto. Pasa, Farías, conózcanse, dense la mano... El joven Farías trabajará a prueba por una temporada, y a manera de agradecimiento por la oportunidad que le he brindado de desarrollarse en este importante diario, aceptó firmar con otro nombre sus primeras colaboraciones...

Farías se mostró muy incómodo y no se atrevió a tenderme la mano, apenas atinó a informar al viejo que el caso Salmón estaba desbordado; habían matado a Begoña del Río, la ex esposa del neurólogo, y a éste lo había arrestado la policía.

—Esto es maravilloso para nosotros, Farías. Parece que no eran tan sólidas las relaciones del doctor Salmón... Continúa en la línea que indiqué, Farías —salió a toda prisa y don Silvano se dirigió de nuevo a mí—. Bueno, Ostos, ha llegado la hora...

—¿De qué?

—De que te vayas a la mierda.

Sábado 21 de agosto.

Deperté con un humor neutro. Temiendo una recaída, decidí subir al auto y marcharme de la ciudad. Sin quitar el pie del acelerador volví a casa de Leo, quien me recibió con un ligero reproche por mi tardanza y un martini en la mano. No hizo preguntas, como si estuviera enterada de lo sucedido o no le importara. Preferí no averiguar. Al cabo de la tercera copa regresó mi ánimo relajado y propuse que cenáramos fuera y amaneciéramos en Puerto Solar.

Después de la cena, Leonor bebió demasiado y comenzó a llorar con tal desconsuelo que creí que a mí también me brotarían las lágrimas. Volvimos a su casa. Esa noche la pasó deambulando en la oscuridad. Yo me emborraché maldiciéndome en silencio, sin poder fumar un cigarro, malaconsejado por la rabia y sintiendo que había sido víctima no de una injusticia, sino de mi propia idiotez.

Domingo 29 de agosto.

Miré el periódico sólo por saber si el "joven Farías" continuaba con su gratitud hacia don Silvano. La intensidad del caso Salmón había disminuido, el espacio sobresaliente ahora lo ocupaba un empresario acusado de fraude fiscal y "nexos" con el narcotráfico. Sin embargo, en las páginas interiores aparecía una nota firmada por mí: detallaba que el doctor Salmón, merced a las "argucias de sus abogados" había logrado la libertad bajo fianza. La nota criticaba "la blandura" del aparato de justicia hacia el famoso neurólogo acusado de "múltiples homicidios"; por otra parte, elogiaba el oficio del tribunal civil, que había retirado al doctor la custodia de su hija para internarla en una institución especial. Salmón argumentaba que, a raíz de la inestabilidad familiar en que vivió con su primera esposa, la muerte de la segunda y las desgracias subsecuentes, su pequeña hija necesitaba de atenciones particulares que sólo él, como padre y como médico, podía darle. Junto al texto se publicaba una fotografía del rostro de la nena.

Quería imaginar qué pasaba por la mente de Leonor cada vez que veía en el periódico mi nombre sobre alguna de las notas. A veces me daba la impresión de que ella era una criatura de naturaleza inocente y frágil, abrumada por la grosería del mundo. Otras, que era una viciosa de astucia infinita agazapada tras su vaho alcohólico, en espera de saltar sobre un hombre, que al final le dejaría más culpas que placer. De cualquier forma, en los últimos días, la bebida no le mejoraba el humor, más bien la ponía agresiva y vulgar. Yo la quería un poco y le guardaba gratitud por permitirme vivir en su casa en estos malos tiempos.

Lunes 27 de septiembre.
Ayer noche, por la televisión, se dio la noticia de que el doctor Salmón se había suicidado alrededor de la una de la mañana. Su recamarera encontró el cuerpo ocho horas después: peinado y vestido correctamente, como dispuesto de antemano para ser colocado en el ataúd, acostado en su cama, con las manos sobre el pecho, aprisionando una hoja de papel. Simplemente se había inyectado una dosis considerable de "un medicamento hipotensor que a los pocos minutos le provocó un paro cardiaco". Por la nota "escueta y dramática" que dejó, la policía "pudo confirmar" que detrás de la muerte violenta de varias mujeres relacionadas con el doctor estaba el mismo doctor, quien con "abigarrada" caligrafía confiesa que se había sentido un "monstruo" cuando comenzó a idear la forma de secuestrar a su hija para matarla. Aclara que su horror a la maldad acabó empujándolo al suicidio.

Así cerraba la televisión el drama Salmón.

Esperé con ansiedad el diario de la mañana para ver qué decía mi nota al respecto. Amén de lo reseñado por la televisión, *Prensa Libre* acusaba de negligencia al procurador por no haber actuado "oportunamente" y permitir que el caso del doctor Salmón tomara "tan trágicas proporciones"; además lo responsabilizaba de la orfandad en que había quedado la pequeña Salmón. Busqué la misma noticia en *El Universal*: omitía los reproches a la procuraduría, pero señalaba que la determinación del doctor Salmón se había visto precipitada por los "feroces y difamatorios ataques lanzados contra su persona por el señor Enrique Ostos y *Prensa Libre*".

Don Silvano presionaba demasiado al procurador de justicia, seguramente en busca de traficar alguna influencia. Mientras tanto, yo iba quedando en una posición peligrosa: si se colmaba la paciencia del procurador, enviaría a sus huestes, no para ofrecerme dinero. No recibiría una mera paliza mercenaria como la de los gorilas del doctor Salmón. Calculé que tal vez ya andarían buscándome y no tardarían en saber dónde encontrarme. Mi mayor imperativo era la paz de Leo; lo mejor sería marcharme de su casa. La llamé, mas no respondió. Había desarrollado un cierto pudor insano que la obligaba a ocultarse por las mañanas para beber los primeros tragos de la jornada. Su depresión no disminuía y conforme pasaban los días aumentaba mi desasosiego a su lado. Desde mi retorno, Marcelino no la había visitado ni una sola vez, y eso le daba motivo para llorar casi a diario. Yo no podía ni quería hacer nada por Leonor. Empaqué mis pocas pertenencias y fui a acomodarlas en mi coche; entonces Leonor surgió de no sé dónde y comenzó a reñirme a viva voz: era yo el peor de los hombres, un infeliz que sólo la había utilizado, mal amigo, mal amante, cobarde, fumador y abyecto. Pude haber arrancado el auto y dejarla gritando, pero ella no lo merecía. Como Leo no reunía facultades para asimilar explicación alguna, le propuse que tomáramos un trago pacífico antes de la despedida. Dimos fin a una botella de whisky que le permitió decir que se sentiría muy sola y que esperaba volver a verme, tuvo un llanto ligero hasta que le brotó una buena sonrisa. Cuando subí al auto lloró de nuevo y pisé el acelerador.

Martes 5 de octubre.
Vivir en Puerto Solar es relativamente más sencillo que en otras ciudades, pero el paisaje suele tornarlo a uno melancólico. Anduve por los muelles, mirando los barcos, fantaseando algún viaje absurdo, apesadumbrado,

sin siquiera la compañía deliciosa del tabaco. A veces descendía a algún bar, mas no conseguía el relajamiento suficiente para una borrachera benéfica. Por lo menos, me mantuve firme en no solicitar empleo en algún diario.

Cuando el dinero se me acabó, lo único valioso que me quedaba era el automóvil y lo llevé a una agencia de autos usados. El gerente empezó por devaluar el vehículo; tantos defectos le señaló que pensé que al final yo debería pagarle para que se lo quedara. Fatigado por sus regateos, casi a punto de aceptar la suma que me ofrecía, aparecieron dos mujeres y distrajeron su atención. La que se acercó primero era una señora mayor, canosa, bien vestida: ningún coche era de su gusto. Advertí que la otra era su hija: no muy guapa, cuello largo, bonito corte de pelo. Ésta caminaba entre los autos mirándolos con detenimiento; al detenerse junto al mío, pensando que era yo un empleado, me preguntó el precio. Apenas pude responder que el auto era de mi propiedad porque reapareció el gerente y de manera atropellada dijo a la mujer que ese coche requería muchas reparaciones, e intentó llevarla hacia el otro extremo de la agencia. Entonces ella llamó a su madre y me propuso, ante la rabia del tipo, que nos encontráramos a la vuelta de la esquina en unos minutos. Así pude vender mi automóvil por una cantidad incluso mayor de la que había estimado.

La transacción en términos legales la cerramos al día siguiente; presenté los documentos del auto y ellas me entregaron un cheque. Después de firmar infinidad de papeles, me pareció correcto invitar a las damas a comer. La madre era distraída y no acababa de entender por qué habían comprado mi auto. En cambio su hija, Claudia, siempre sabía lo que estaba haciendo. En el transcurso de la conversación les revelé que andaba sin empleo y no dudaron en ofrecerme un puesto vacante en su negocio: un laboratorio comercial de fotografía.

Miércoles 7 de abril.
Realmente no supe en qué fecha don Silvano dejó de utilizar mi nombre. A lo largo de los últimos meses me había resistido a mirar siquiera los titulares de los diarios. Además paso tantas horas en un cuarto oscuro, que al salir de él todo me deslumbra, me es casi imposible leer. Por lo menos he recuperado algo de mi gusto por el cigarro. Me entretengo lo suficiente con las fotografías que caen en mis manos; cada

imagen es hija de un maniático empeñado en captar instantes grotescos y cómicos. Muy rara vez entra al laboratorio una fotografía hecha por alguien con talento similar al de Marcelino. Hace algunos meses revelé una película de un cliente cualquiera y me encontré con fotografías de la fiesta anual de periodistas en Puerto Solar; en una de ellas, rodeados por gente del medio, figuraban don Silvano, Marcelino y Farías, haciendo un brindis con premeditadas sonrisas. Por lo demás, no he sabido otra cosa de Marcelino y nada de su madre.

Jueves 13 de mayo.
Hoy por la mañana, al pasar junto al kiosko de periódicos, me sorprendió ver la primera plana de varios de ellos engalanada con el rostro inconfundible de don Silvano; por un instante pensé que el viejo había muerto. Pedí *El Universal* y *El Informador*. Este último publicaba una imagen de don Silvano tras las rejas. La emoción me obligó a sentarme en una banca del malecón, pero no pude permanecer allí porque el viento que precede a la tormenta agitaba las hojas. Logré llegar al laboratorio antes de que el aguacero invadiera el día. Don Silvano había sido masticado por los engranes de su propia maquinaria: sus enemigos políticos y otros diarios importantes lo acusaban de "conspiración y tráfico de influencias" y, para probarlo, mostraban a la "opinión pública" fotos en las cuales figura don Silvano en compañía de jefes del narcotráfico. El "sumo sacerdote" iba a ser juzgado por apostasía, pues los defensores de la libertad de expresión no podían permitir que un sujeto como él "manipule para sus nefastos fines personales la información a que el pueblo tiene derecho". Ahora, un "honorable comunicador", antiguo amigo del Presidente de la República, ocupará la dirección de *Prensa Libre*. Traté de imaginar cuáles serían las consecuencias extremas de la ambición de don Silvano. Extrañamente, no sentí gusto por su caída, quizá hasta un mínimo de compasión me despertó, mas con un rencor incólume murmuré: "Ha llegado la hora, Don Silvano..."

La tormenta amainaba por momentos. Había oscurecido muy temprano, cerré el laboratorio antes de hora y volví a casa; no podía borrarme de los ojos la imagen de don Silvano enjaulado, caído de la "gracia de los dioses". Lleno de excitación, le mostré a Claudia el periódico, pero no manifestó interés. Después de cenar, ya en la cama, repasé la información, no acababa de creer lo sucedido.

Al término de unos minutos me levanté a correr las cortinas, pues los continuos relámpagos inquietaban a Claudia. Me animé a encender un cigarro, pero apenas lo chupé Claudia me ordenó que lo apagara, el embarazo la hacía muy sensible a todos los olores. Como no conseguía dormir, miré de nuevo el periódico. Traté de inducirme el sueño leyendo los anuncios clasificados de *El Universal,* mas en la última página de la sección hallé una nota que me mantendría despierto la noche entera.

En la misma institución donde permanecía internada la hija del neurólogo Salmón, personaje ya olvidado por la prensa, un niño había sido asesinado por "un psicópata". La policía mantenía encarcelado a uno de los jardineros del lugar, como presunto homicida. Al terminar de leer la nota, un terrible trueno cimbró el puerto, causando el corte general de electricidad. Por fortuna, Claudia no despertó.

Sin un cigarro en los labios y en la completa oscuridad del cuarto y de mi vida, comencé a proyectar en el techo las innumerables fotografías, tomadas por Marcelino, de los protagonistas de aquel caso. Entendí por qué al doctor Salmón le preocupaba tanto su hija, sus razones para matarla, a qué se refería con su "horror a la maldad", la causa de su suicidio... Recordé aquella noche, también lluviosa, cuando se accidentaron en la carretera las señoras Salmón. Comprendí el origen de mi impresión de que la ex esposa y su hermana habían salido y vuelto al auto chocado. Vi la fotografía donde los ojos brillosos y desamparados de la pequeña Salmón disimulan su sonrisa sangrienta.

EL ESCAPARATE DE LOS SUEÑOS

Eduardo Antonio Parra

La hilera de coches se extendía a lo largo de seis cuadras por la avenida Juárez. Sin detener su caminata de trancos firmes, Reyes levantó una mano a la altura de los ojos y, ya más o menos libre del resplandor del sol, se puso a contemplar a los automovilistas: mexicanos, gringos güeros y negros, un par de chinos o japoneses, la mayoría se mostraban hartos, con el rostro endurecido a causa del calor y de la media hora, por lo menos, que les llevaría recorrer a vuelta de rueda la distancia hasta las casetas de migración. A pesar de esas expresiones de sufrimiento, sintió envidia: muchos traían aire acondicionado en el auto, en tanto él se conformaba con arrimarse al techo de los *mexican curios* para obtener un poco de sombra, o con aprovechar la salida de clientes de algún bar que derramara su aliento refrigerado hacia la calle.

Unos metros antes del puente se detuvo junto a un tambo de basura y extrajo un sobre del bolsillo del pantalón. Leyó los datos escritos al dorso y enseguida le dio vuelta para examinarlo por el otro lado. Luego se asomó a la boca del tambo, aspiró los efluvios a la vez agrios y dulzones que despiden los alimentos podridos, y su rostro curvó una mueca de asco. Levantó la cabeza en busca de oxígeno, se limpió con el sobre el sudor de la frente y volvió a mirar los desperdicios en el fondo, pensando que acaso era el mejor sitio para confinar su esperanza perdida: en medio de tanto papel inútil, cáscaras fermentadas, envolturas de plástico y restos de comida a punto de agusanarse.

Arrojó el sobre dentro, y con andar desganado se internó en el puente internacional, cuyas veredas peatonales, al contrario de los carriles llenos de vehículos, parecían evaporarse en la soledad de la canícula. Sólo uno que otro peatón se aventuraba a cruzarlo a esa hora, rápido, con el cuerpo encogido, como si en vez del sol huyera de la policía norteamericana. Reyes saludó a los aduanales con un ademán, dejó atrás la zona de revisión y avanzó por la acera tratando de distraerse con los panorámicos que anunciaban ofertas en los centros comerciales de El Paso. No sentía ánimos para trabajar, menos para escuchar los histéricos regaños de las mujeres a quienes ayudaba con sus compras. Ni siquiera para reunirse con el Tintán, que ya lo había visto y lo aguardaba a un lado de la placa divisoria entre los dos países.

—Ese mi Reyes. Llegas tarde, carnal.

—¿Y los compas?

—Ya se fueron porque se acabaron las chiveras. Quedan puras ñoras locales, y ésas nomás traen una méndiga bolsita.

—Ni modo. Ya estaría...

A mitad del puente el sol se dejaba caer de lleno. Sin encontrar obstáculos, rebotaba en el cemento desnudo, en carrocerías y cristales, en las estructuras metálicas, creando un verdadero fuego cruzado que lo mismo lastimaba pupilas y piel. Mientras veía reír a una familia de gringos, encapsulada en el invierno de su Mercedes Benz, Reyes se secó el sudor, ahora con una mano, y supuso que si no traían cara de fastidio como los demás era porque en cuestión de minutos llegarían a su destino. Luego pensó en el sobre y se inclinó por encima del barandal para escupir al río un cuajo de resentimiento. Abajo, el agua transitaba espejeante, tornasolada, absorbiendo sin resistencia los rayos solares que, en ocasiones, la tornaban turbia, semejante al flujo de un gran desagüe industrial. Al ver la lentitud del Bravo se reprochó por enésima ocasión su incapacidad para vencer ese pánico al agua en movimiento que había convertido en fracaso sus impulsos de cruzarlo a nado. Volvió a escupir.

—Se ve bien calmado —dijo el Tintán como si hubiera leído sus pensamientos—, pero no se te olvide que es el río más traicionero del mundo.

—Cuestión de saberle el modo...

—No te creas, compa. Ahí se quedaron muchos que le sabían el modo, como tú dices.

Reyes no contestó. Dio media vuelta hasta quedar de frente a las líneas de autos que, vistas desde ahí, eran semejantes a ferrocarriles de vagones deformes, y después perdió una mirada pensativa entre los edificios más altos de El Paso. Sólo conocía las partes visibles desde el puente, el Chamizal, o la orilla mexicana del Bravo, pero había deseado habitar en esa ciudad durante toda su vida. Por eso cuando empezaba a oscurecer y los compas abandonaban el puente para gastar las monedas del día en algún antro de la calle Mariscal, Reyes permanecía por horas en ese lugar, hipnotizado por el espectáculo de pirotecnia que eran las avenidas rectas bien iluminadas, los tubos de neón en la cumbre de los edificios, la sucesión de faros a gran velocidad que se deslizaban por los altísimos *freeways*. Y, en invierno, podía soportar las temperaturas bajo cero con tal de estar presente cuando la estrella luminosa del cerro fuera encendiendo cada una de sus puntas.

Su padre había trabajado ahí muchos años, en un almacén, y en sus visitas anuales a la familia siempre le aseguró que todo lo bueno del mundo procedía de El Paso. "Algún día te voy a llevar, hijo, nomás déjame conseguir el permiso, para que veas qué ciudad, ni Chihuahua es tan grande y moderna." A través de los relatos del viejo, Reyes la comparaba con su Guadalupe y Calvo natal, y en su mente El Paso lucía como el paraíso prometido, y el pueblo como un desolado caserío sin ningún futuro.

Cada fin de año la pequeña casa familiar se distinguía al llenarse de juguetes, ropa nueva, aparatos electrónicos, adornos de porcelana y latas de conservas que despertaban la envidia de los vecinos. Su madre y hermanos se sentían por una temporada los ricos del pueblo, y Reyes no paraba de imaginar cuántas maravillas más había en ese lugar mágico donde vivía el viejo. Era tanta su obsesión, que si alguien hablaba de los Estados Unidos, él pensaba sólo en El Paso; si mencionaban a los gringos, daba por hecho que se referían a los habitantes de esa ciudad; y al escuchar de pasaporteados, chicanos e ilegales, Reyes suponía que todos vivían ahí, nomás cruzando el puente. Incluso había soñado muchas veces con sus calles, tiendas, estadios deportivos y salones de baile, construyendo en su fantasía una urbe de cristal, armónica, transparente, donde esas cosas como de otro mundo que el viejo llevaba a Guadalupe y Calvo se podían obtener con sólo estirar el brazo.

—Pinches gringos, lo tienen todo —dijo—. En cambio nosotros bien jodidos.

—Así es la vida, mi compa —reflexionó el Tintán—. No nos queda más que seguir camellando pa'vivir, aunque no vivamos bien.

—Deberíamos estar allá...

—No pienses en eso, mejor échate un frajo.

Reyes tomó el Camel de la arrugada cajetilla que le ofrecía su amigo. Sintió la expansión del calor cuando el cerillo tronó cerca de su rostro y cerró los ojos por un instante. El humo le supo picoso, amargo, pero tras la primera chupada su garganta se habituó y siguió fumando mientras observaba al Tintán. Lo encontró flaco, muy viejo para sus treinta, con la piel áspera, enrojecida a causa de las tardes pasadas en el puente, soportando la rabia del sol durante el verano y el hielo y la nieve en el invierno, sin más ocupación que la de esperar el paso de las mujeres para cargarse el lomo como burro con tal de ganar unos centavos. En esos ojos hundidos y mirada carente de destellos, Reyes pudo contemplar su propio futuro sin promesas, sin maravillas, sin nada que arrancarle a la existencia, y no tuvo valor para seguir mirando.

Para borrar la imagen pensó en su padre, a quien había visto en tan pocas ocasiones: siempre contento, satisfecho de hacer feliz a su familia por lo menos una vez al año con su presencia y sus regalos. Nunca pasó más de quince días en Guadalupe y Calvo, pero ese tiempo le bastaba para regresar a El Paso convencido de que el sacrificio de no verlos durante meses valía la pena. Sin embargo, la imagen sonriente del viejo también le recordó su ausencia, y Reyes mordió el filtro del Camel, le arrancó lo que quedaba de tabaco y lo aventó al río, donde se ahogó con un chirrido imperceptible después de dar una serie de piruetas en el aire.

Nadie de la familia supo el paradero del padre desde que, tras celebrar una navidad, les había anunciado que empezando el año nuevo se trasladaría más al norte, donde le habían ofrecido un empleo mejor. "Con lo que gane allá voy a poder llevármelos a todos, y entonces sí van a saber lo que es vivir en el país de los gringos, hijos, y a lo mejor hasta se consiguen una gabacha, digo, para blanquear un poquito la raza, ¿no?" Pero se quedaron esperando las noticias y, como nunca recibieron más dólares, Reyes tuvo que aceptar de mala gana los juguetes viejos de sus hermanos, la ropa heredada y las sobras de comida que la madre obtenía de sus parientes.

—Chale —pensó en voz alta.

—Sí, chale —repitió mecánicamente el Tintán. Luego dijo—: A todo esto, ¿por qué llegaste hasta ahora? ¿Te pegó la cruda por los tragos de anoche, o qué?

—No. Fui al correo.

—¿Noticias de tu jefe?

—Al contrario. Me devolvieron otra vez la carta.

—¿Otra vez? Uta... ¿Cuánto hace ya que no sabes de él?

—Muchos años.

—No pierdas la esperanza, compa. Así pasa con los que se van al otro lado. El día menos pensado aparece, ya verás.

Un claxon retumbó cerca de ellos, del lado americano. Después otro y otro más. Como si todos los automovilistas se hubieran puesto de acuerdo, en cuestión de segundos una variadísima gama de estridencias cimbraba el aire sobre el río Bravo. El cráneo de Reyes vibraba dolorosamente mientras hacía un esfuerzo por entender las palabras del Tintán, quien saltaba de gusto señalando al culpable, en tanto gritaba desgañitándose:

—¡Ese gringo pendejo! ¡Muy chingón tu clima, pero ya quemaste la troca!

Reyes localizó una pick up con el cofre levantado. Su dueño, un enorme gringo de overol, se deshacía en muecas de impotencia y abanicaba con las dos manos el humo que brotaba del motor. Por alguna razón, al principio, Reyes había creído que se trataba de la familia del Mercedes Benz y, al comprobar su error, sintió un extraño alivio. Pero no pudo pensar en ello. Los claxonazos eran como golpes de martillo que parecían desprenderle las placas del cráneo, abriendo brecha para que los rayos del sol se metieran hasta el centro del cerebro. Un incendio dentro de la cabeza. Desesperado, se tapó los oídos con ganas de gritarles a todos que se callaran, que esos ruidos del diablo no ayudaban; que al contrario, volvían el calor más insufrible. Mas no dijo nada y se dejó caer sentado sobre la acera, hecho una concha con brazos y piernas.

No supo cuánto duró el estruendo. Los autos volvieron a circular despacio y en silencio sin que él abandonara su posición a la orilla del puente: Cuando el Tintán lo vio en el suelo, aún con las manos en las orejas, corrió junto a él para ayudarlo a incorporarse. El rostro de Reyes se había puesto pálido y sus ojos miraban fijos al frente sin ver nada, como si hubiera sido víctima de un ataque. Ya de pie, fue presa de un temblor que lo sacudió por un instante y tuvo que sostenerse del barandal para no caer de nuevo.

—Mejor vete, compa. Te ves mal —dijo el Tintán—. Por la feria no te apures, yo te alivio de lo que saque.

—No puedo —contestó Reyes un tanto más sereno.

—Te haría bien dormir, ya ves cómo te pones luego.

—¿Dónde va el Mercedes?

—¿Cuál Mercedes? —preguntó el Tintán desconcertado.

—Olvídalo. No sé lo que estoy diciendo.

Sin hacer caso de la preocupación de su amigo, Reyes siguió con la mirada la dirección de la línea, auto por auto, hasta el área de casetas. Y al no distinguir el vehículo que buscaba pensó que seguramente ya se hallaba en El Paso. Lo imaginó entrando a una colonia residencial, de calles anchas y extensos parques donde jugaban los niños, hasta llegar al garage de una casa pintada con colores pastel. Tal como había creído que su familia viviría cuando acompañaran al viejo a El Paso.

Tras la muerte de la madre los hermanos olvidaron al desaparecido. Sólo Reyes continuaba enviando cartas cada tres o cuatro meses a la última dirección que él les diera en la ciudad de Chicago. Y aunque cada envío devuelto terminaba, sin abrir, en la basura, el escrito nunca variaba en esencia. Después de repasar tantas ocasiones la historia de la familia, agregando detalles de tiempo en tiempo con el fin de ser más preciso, o noticias como el deceso de algún pariente lejano o el nacimiento de un sobrino o sobrina, en dos pliegos de letra irregular, pero siempre apretada, Reyes transcribía los acontecimientos importantes de los últimos años. Narraba la desaparición del mayor de los varones luego de alistarse en el ejército, la muerte de otro de los hermanos en un pleito de cantina. Describía las bodas de sus hermanas; la sequía que por más de un lustro asoló Guadalupe y Calvo, matando lentamente a los animales y malogrando las cosechas al grado de convertirlo en la pobre caricatura de un pueblo fantasma. Pero, sobre todo, centraba su relación en la muerte de la madre, quien había acabado sus días en un parto difícil, cuando daba a luz al décimo de sus hijos, nueve meses después de la última navidad en que estuvo la familia reunida.

Una ráfaga de aire caliente lo sacó de sus pensamientos. Provenía del Bravo y era semejante al eructo de un animal gigantesco. Reyes se estremeció y se asomó al lecho para ver cómo la superficie turbia del agua era barrida por el viento, arrancada igual que una cáscara hasta dejar expuesto el interior del río, transparente y fresco como brote de manantial. Luego vino otra corriente de aire, menos cálida, y Reyes agradeció la larga caricia que por unos instantes le hizo la vida más llevadera. Casi de buen humor, se volvió al extremo del puente. Una anciana acababa de abandonar El Paso y venía caminando por la acera. Cargaba a duras penas tres bolsas de supermercado.

—Órale, mi Tintán —dijo Reyes—. Es toda tuya.

El Tintán reaccionó rápido y la anciana, que sólo había estado esperando un ayudante, de inmediato le echó las bolsas encima. Reyes vio que su amigo hacía malabares con la carga y se ofreció a darle una mano, mas el otro rechazó la ayuda y Reyes permaneció en mitad de la acera con el sol como única compañía. Sus rayos ahora caían de manera oblicua, dando a los coches en línea la apariencia de una serie de espejos guiñando sus destellos al enorme vacío del cielo. Entonces Reyes volvió a mirar los edificios de El Paso: con esa iluminación parecían pintados con tonos distintos de un mismo color, como si el tiempo también transcurriera diferente en esa ciudad, desvaneciendo la pintura tan sólo en la mitad de ellos. Se acercaba el atardecer y los ojos de Reyes seguían una ruta recorrida antes mil veces: se deslizaban en el vértigo de las carreteras aéreas, ascendían la estrecha cumbre del cerro de la estrella, volaban con un helicóptero por encima de la ciudad, se detenían finalmente a descansar en el anuncio panorámico donde una rubia daba la bienvenida a los visitantes.

De pronto, se sintió vigilado. Miró de reojo a los autos cercanos y descubrió que una niña lo contemplaba desde el asiento trasero de un Volvo. Pelirroja, la cara color de rosa muy vivo, tenía las manos sobre el cristal de la ventanilla y sonreía como si lo estuviera saludando. Reyes le devolvió la sonrisa y dio un paso bajo la acera para acercarse, pero se detuvo en seco al contemplar su propio rostro en el reflejo del vidrio: aunque no tan avejentada como la del Tintán, su piel lucía las marcas de una larguísima espera a la intemperie. Los ojos ofrecían un mirar resignado, sin emoción, y la boca, incluso al sonreír, se apretaba en una línea recta de malestar. Le debo dar miedo, pensó. Ya iba a retroceder cuando la niña se movió tras el cristal, y entonces al reflejo de su rostro se sumaron los rasgos de la chiquilla en una confusión espectral cuyo resultado fue la imagen de un Reyes infantil, ajeno a preocupaciones y fracasos. La visión lo hizo sentirse ligero, sin peso sobre los pies, capaz de levantar el vuelo en cualquier momento.

Sin embargo, al tenerlo cerca, los padres de la niña se mostraron inquietos, y tuvo que retroceder al fin, no sin antes darse cuenta de que la madre era rubia y el padre un poco más moreno que él. Gabacha pura la morra, pensó Reyes, y recordó las palabras del viejo acerca de blanquear la raza. Él hubiera querido verme con una mujer y una hija así, se dijo. Y la angustia se le hizo nudo en el estómago al pensar que, de haber podido ir con su padre a El Paso, ahora tendría una familia de niños hermosos y felices, y un Mercedes Benz comprado con su trabajo nomás para pasearla, y viviría en una colonia llena de jardines, en una residencia de tres plantas y paredes claras. Sólo por eso esperaba noticias del desaparecido. Por eso seguía enviando cartas que no tenían respuesta. Por eso pasaba cada día de su vida en ese puente que no era otra cosa que un escaparate para contemplar de cerca los sueños.

—Ya no estés pensativo, compa —el Tintán regresó haciendo sonar en la mano unas monedas—. Mejor vete a descansar.

—No he sacado nada. Voy a esperar de perdida un viaje.

—Te trae jodido lo de tu jefe, ¿verdad? Ya te dije: cuando menos lo esperes lo ves por aquí.

—No quiero que venga. Lo que quiero es irlo a buscar.

—Como andan los gringos ahora, está cabrón. Ya ves a cuántos retachan.

—También hay algunos que se les pelan...

Dos líneas dejaron de avanzar y enseguida tronaron varias cornetas. Ahora no, por favor, suplicó Reyes sintiendo cómo sus sienes comenzaban a palpitar. Antes de que pudiera taparse los oídos, los automovilistas arremetieron con claxonazos cada vez más iracundos. Las piernas perdían firmeza, el esqueleto le vibraba al son de las bocinas, una intensa náusea se abría paso a través de sus entresijos y Reyes tuvo que cerrar los ojos para eludir el acceso de vómito que ascendía por su garganta. Cuando escuchó su nombre en medio del estruendo creyó que se trataba de su imaginación. De cualquier modo entreabrió los párpados y vio que el Tintán le hacía señas:

—¡Ey! ¡Ponte chango! ¡Esa vieja viene bien cargada y es de las que dan buenas propinas!

Una mujer gorda y morena, con el cabello teñido de rubio, acababa de pagar el peaje y venía arrastrando de las correas cuatro maletas enormes. Reyes la vio como entre brumas, un poco a causa del ruido, un poco por la náusea que le distorsionaba la vista, y otro poco porque el sol comenzaba a ocultarse. Seguro es una chivera retrasada, pensó, aquí saco por lo menos un dólar, y dio los primeros pasos sin mucha seguridad, sosteniéndose del pasamanos. Volteó hacia donde el sol iniciaba su caída en las aguas del Bravo, y su resplandor púrpura todavía tuvo fuerza para herirle el fondo de la mirada.

El piterío no cesaba, mas disminuyó un poco conforme Reyes fue avanzando hacia donde un Grand Marquis atravesado entre dos líneas obstruía el tráfico. Ahí, más que claxonazos, se oían gritos. No le fue difícil adivinar lo sucedido: en su impaciencia, el conductor del Grand Marquis intentó ganarle el paso a un viejo Falcon que se retrasaba, y éste lo chocó en su afán de no ceder. Ahora los dos hombres discutían violentamente, y era obvio que no les importaba la histeria de los demás. Como el choque había sido a unos metros de las casetas, varios agentes gringos dejaron su puesto para calmar los ánimos e intentar poner a circular las líneas.

El primer auto tras el accidente era el Volvo. Al ver a Reyes, la niña pelirroja le sonrió de nuevo mientras agitaba una mano para llamar su atención. Él se acercó y, con un movimiento raudo, unió su mano a la de la chiquilla por encima del cristal y continuó su camino antes de que los padres lo advirtieran. De pronto había desaparecido la náusea. Las piernas recuperaron la entereza y, a pesar del ruido, el temblor en las sienes lo abandonó. Levantó la vista hacia la rubia del anuncio de bienvenida, cuyos ojos ahora parecían seguirlo sólo a él, y sintió cómo esa sonrisa perfecta se le derramaba por dentro del cuerpo llenándolo de energía.

Pasó por el sitio del choque y casi tropezó con otros agentes de migración que iban a prestar ayuda. Se acercó a la chivera, quien desde que lo había visto caminar hacia ella dejó de arrastrar las maletas. Tenga cuidado con estas dos porque son muy frágiles, dijo la mujer, pero se quedó pasmada cuando Reyes pasó de largo sin voltear a verla siquiera, hasta internarse en el túnel que conducía a la caseta de peaje.

Adentro, el silencio era increíble, como si los autos y los gritos estuvieran a kilómetros de distancia. No había calor. Ningún agente en la ventanilla de cobros. Nadie entraba al puente del lado gringo en esos momentos. Reyes se apoyó en la pared y, con un salto ligero, pasó por encima del torniquete. Continuó caminando sin más testigo que un vagabundo rubio que lo miró con indiferencia. Llegó a la boca del túnel sin pensar, sin escuchar algo distinto al taconeo de sus zapatos, y siguió sin detenerse hasta la calle abierta impulsado por un ímpetu que nunca había sentido.

La ciudad lo recibió con la semipenumbra del atardecer. Las sienes volvieron a latirle, pero ahora era a causa de la emoción. Dentro del pecho, el corazón le crecía, se hinchaba, oprimiéndole con fuerza las costillas y la espalda. Finalmente estaba en El Paso. Lo supo porque alzó la mirada y ya no encontró a la rubia del anuncio. Porque el laberinto de calles anchas que tenía delante era igual al que había construido en su fantasía. Porque el rumor constante del Bravo, la rabia del sol, el infierno de claxonazos, habían quedado atrás.

Entonces la gritería creció y se añadieron a ella los ladridos de unos perros, el fragor de pisadas firmes sobre el pavimento, gente que corría, órdenes urgentes. Creyó distinguir entre el tumulto la voz del Tintán, acaso animándolo, acaso haciendo escándalo para distraer a los agentes, y sonrió agradecido. No volteó, aunque los gritos y las carreras se oían muy cerca. No supo si venían por él. En la primera esquina dio vuelta y sus ojos se toparon con un paisaje ya conocido de árboles, prados, casas hermosas y niños jugando por la calle. Mientras a su mente acudían vertiginosos los relatos de su padre sobre la ciudad de sus sueños, fue apretando el paso hasta correr con todas sus fuerzas.

DETECTIVE

Mauricio Montiel Figueiras

Mínimo homenaje a R. C.

Quien encuentra el cuerpo de una persona asesinada que se prepare, pues le empezarán a llover los cadáveres.

Roberto Bolaño
citando (tal vez) a Hans Henny Jahn

Así empieza todo: con un cadáver hallado en un rincón urbano una tarde o noche de lluvia pertinaz. Visto en retrospectiva, no importa quién hace el hallazgo: si el niño que yendo a jugar al edificio en construcción prohibido por sus padres tropieza con el antebrazo que surge del suelo como el tocón de un árbol cuyas raíces se funden en un cuerpo descompuesto, o la anciana que al escarbar en los basureros de costumbre se topa con un doble fulgor que al principio parece emanar de cuentas de vidrio y que al cabo cuaja en dos ojos que la miran desde la limpidez de la muerte. Para ser sinceros, el escenario también carece de importancia: el callejón donde una mano ha garabateado con aerosol una leyenda críptica —"Venid a mí todos los que estáis trabajados y cargados, y yo os haré descansar"—, el pasaje bajo el puente que une dos tramos de la faz citadina con presteza quirúrgica, no son más que el papel que el dibujante que hay en todo asesino ha escogido para estrenar su lápiz recién afilado, su mina deletérea. Importante, hay que decirlo, tampoco es el testigo que emerge de la nada y a la nada regresa asegurando haber oído lo que la *vox populi* ha resuelto llamar ruidos extraños: el escape de un automóvil que se extravía en un crepúsculo lento, unos pasos que suben o bajan las escaleras de la madrugada, una tos que puntúa la sombra con nubecillas de vaho —como si auto, pasos y tos fueran sinónimos de extrañeza. Importa, eso sí, la lluvia, la retícula donde comienzan a inscribirse los ejes del crimen —la lluvia y el cadáver, esa capitular con la que debe arrancar todo texto, la mayúscula de mayúsculas, el interruptor del mecanismo narrativo.

Así va perfilándose el detective que se encargará del caso o, lo que es mejor, del relato (porque, ya se sabe, todo caso es un relato que aguarda ser escrito): pausada, misteriosamente, como la silueta que germina en el cuarto oscuro ante el asombro del fotógrafo, como la criatura que se define sola ante la impotencia de su creador. Primero el nombre, extranjero de preferencia, ya que la extranjería es la condición *sine qua non* del detective —ajeno a los demás, ajeno aun a sí mismo, intruso en el núcleo del mundo. Luego las facciones, un universo de variables a elegir: unos ojos donde boga el brillo exhausto de quien ha visto nacer tantas miradas muertas bajo la lluvia vespertina o nocturna, una frente amplia como una página que el tiempo ha llenado con su escritura irregular, una nariz desviada durante una pelea imprecisa, unas mejillas donde el desamparo ha crecido en forma de vello rubio. Después los hombros, los brazos, el tórax, las piernas, los detalles —Dios, o lo que es mejor, el creador, está precisamente en los detalles— que esculpen la personalidad: la brasa de un cigarro que ni el más implacable de los diluvios podrá extinguir, los faldones de una gabardina que huele a bourbon y a encierro o quizá, por qué no, una corbata pulcra, aroma a enjuague dental y a lavanda, citas de diversos autores —"Pero ¿no es cada rincón de nuestras ciudades un lugar del crimen?", por ejemplo— usadas como velas para alumbrar el dédalo mental del asesino. Y entonces, poco a poco, brotando con un chisporroteo de bengalas en la penumbra inconveniente del relato que apenas comienza, los antecedentes, el *background* de rigor: quizá un *affaire* con la mujer de un colega que derivará en un conflicto de intereses; quizá una hija que por seguir los pasos de su padre —cansados al volver cada noche al departamento que ambos comparten desde la muerte de la madre— pondrá en riesgo su vida; quizá un alcoholismo galopante, crisis de *delirium tremens* en las que habrá momentos mediúmnicos, de una dolorosa clarividencia; quizá una clavícula astillada por la bala de un criminal que murió hace un lustro y cuyo *modus operandi* parece repetirse, resucitar en el cadáver hallado en un rincón de la urbe lluviosa. No importa: a fin de cuentas, antecedentes más, antecedentes menos, todos los caminos llevarán siempre a la misma encrucijada donde esperan el detective y la lluvia, el detective y su cadáver impostergable.

Así se inaugura el relato o, lo que es mejor, el caso (porque, ya se sabe, todo relato es un caso que aguarda ser desentrañado): *in medias res,* con un par de elementos —el cadáver, el detective— que antes de entrar a cuadro tenían una existencia autónoma, secreta, de la que los lectores o espectadores no nos enteraremos salvo por alusión o por ráfagas retrospectivas; una existencia, hay que decirlo, a partir de la cual el tiempo se fracciona en parcelas claramente delimitadas: el pasado pertenece al cadáver, el futuro al detective —el presente no es más que el punto de intersección. Y desde esa intersección, desde ese empalme temporal donde pasado y futuro se encuentran, empieza a trenzarse el tejido narrativo. Veámoslo de este modo: enhiesto como aguja, el detective llega a la escena del crimen —edificio abandonado, cúmulo de basureros, callejuela con *graffiti*, pasaje bajo un puente— y de golpe asume que el cadáver es la punta de un hilo oscuro que se enhebrará no sólo en su ojo mental sino en su biografía entera. Ya no hay salida; hay, eso sí, lluvia, y una franja de luz que vibra igual que una gelatina gris en la distancia si es por la tarde o nubes que transforman al cielo en una mucosa violeta si es de noche, y zapatos húmedos, y cuadernos donde se registran datos inútiles —los pies de página de la historia, piensa el detective—, y patrullas que derraman su sangre rojiazul en las paredes, y palabras que se alejan flotando en el aire con una pereza de jeroglíficos blancos, y un temblor de anticipación que florece en la boca del estómago y se expande por todo el cuerpo hasta convertirlo en un árbol convulso, el árbol que dará los frutos del pavor. Hay también cigarros, rostros por los que se pasea lo mismo la fatiga que la indiferencia, radios que escupen borbotones de estática, risas y bromas que giran en espiral alrededor del cadáver —los lugares comunes, piensa el detective mientras se estremece, que han contribuido a banalizar el crimen, a relegar la metafísica del crimen a un segundo plano. Porque, si lo vemos bien, no hay nada en un relato policiaco que no sea metafísico: desde la escena del descubrimiento hasta la epifanía final —si es que hay, claro está, epifanías, ya que el creador moderno parece haberlas erradicado del todo—, desde el humo hasta los dedos sucios de nicotina que juguetean con un lápiz, desde las facciones de un posible sospechoso hasta el taconeo de una mujer a medianoche, desde los diálogos hasta los silencios, desde la lluvia hasta el cadáver empapado. Y el detective, también el detective es metafísico: desde los sueños en que se le verá —una y otra vez— regresando al lugar del crimen, hasta la vigilia durante la que vagará por la urbe igualmente metafísica con la expresión turbia, los ojos llenos de hilo oscuro.

Así va armándose el rompecabezas que es la figura del asesino: pieza por pieza, paso a metafísico paso, cliché tras cliché. En primer término está, por supuesto, la lluvia: telón de fondo, sí, aunque más bien capote ideal que envuelve las andanzas de la nueva sombra que comienza a asolar la ciudad, cortina tras la que acecha el destello del cuchillo o el fogonazo de la pistola. Por eso casi siempre se habla del asesino y la lluvia, el asesino y el agua en sus distintas manifestaciones: corrientes subterráneas, vapor que surge de una alcantarilla, lustre viscoso en calles y aceras, charcos que semejan accesos a otro hemisferio de la realidad, flujo vertical en ventanas y muros, líquida penumbra que dormita en los tinacos, nubarrones a punto de reventar y reiniciar el ciclo del crimen. Luego vienen el detective y su cadáver o viceversa (porque, ya se sabe, el orden de los factores no altera el producto de la ecuación): mitades de una misma pieza que, por ende, comparten un espacio reducido, claustrofóbico, en el que luchan por evitar confusiones; a veces, es cierto, resulta difícil saber si uno no es la extensión del otro, a veces uno no puede decir dónde empieza el cadáver y dónde acaba el detective. En tercer lugar, llega el *modus operandi*, ese segmento del rompecabezas que se descompone en un millón de partículas: ¿clavos y martillo para emular la crucifixión?, ¿un tajo en la garganta, dos en el tórax, tres en los muslos?, ¿símbolos de sangre seca en el dorso de la mano?, ¿un premolar extraído con alicates?, ¿mordaza, soga, ataduras, nudos expertos?, ¿un lápiz en un ojo?, ¿tiro de gracia en la frente?, ¿un trofeo de piel para una colección cutánea?, ¿señales de abuso sexual?, ¿un minúsculo juguete adosado al *rigor mortis*? El detective apenas va a rascarse la nuca cuando la cuarta pieza ya ha caído en su sitio: la autopsia. El cadáver en el ámbito aséptico de la morgue, expuesto a la dura luz fluorescente sobre la plancha de disección, hace pensar en un mapa que será redibujado por las herramientas del forense —es, en efecto, el planisferio que el asesino ha legado para seguir su ruta. Latitudes y longitudes, meridianos, ecuador, trópicos de Cáncer y de Capricornio, círculos polares: en el atlas de la muerte hay cupo para todo, aun para la perplejidad del detective que, a solas frente al cadáver —le ha pedido al forense que salga unos minutos para poder concentrarse—, se devana los sesos tratando de entender a qué se enfrenta. Mientras más pugna por encontrar una explicación a la casualidad o la causalidad (por qué él y no otro, por qué el lugar equivocado en el momento equivocado, etcétera), más fútil se vuelve la búsqueda de esa explicación, más lejana queda no sólo la salida sino también el Minotauro que aguarda en un recodo del laberinto. De pie bajo la luz que da a sus rasgos un tinte lúgubre, el detective cierra los ojos y se imagina remontando la plancha de disección, las paredes sofocantes, el edificio de la morgue, las azoteas, el cielo encima de la ciudad. Desde las alturas logra ver el rompecabezas al que pertenece, tener la distancia objetiva que tanto recomiendan los manuales, pero el panorama es desolador. En vez del rostro del criminal, las piezas del puzzle diseñan un cuadro abstracto donde se adivinan el cadáver y el detective que abre los ojos para recitar en voz alta: "No importa la solución sino el misterio. No importa el mapa sino el perímetro del mapa. No importa el delito sino el *corpus delicti* a merced de la tormenta."

Así van cayendo las pistas, una pequeña lluvia dentro de la lluvia: una bitácora llena de apuntes que se antojan dictados por la fiebre ("Lo único cierto es el desierto que uno debe vigilar", por ejemplo); recortes de periódicos y fotografías de muchedumbres en una vivienda vandalizada; un portafolios en un andén del metro que contiene un bolígrafo, una cajetilla de cigarros, una hoja de rasurar y una libreta en cuya portada bosteza un túnel; un zapato deforme al fondo de un clóset en un departamento en renta; un cenicero con un logotipo borrado a medias por los años; un texto sin título que arranca con una dedicatoria ambigua y un epígrafe; una novela policiaca donde una uña ha subrayado párrafos en un intento por seguir las huellas que conducirán al culpable; un retrato de anuario escolar en cuyas profundidades fulgura un manchón donde se adivinan unos rasgos curiosamente femeninos; una botella de whisky y unos lentes oscuros sobre la mesa de noche en un cuarto de hotel; reproducciones de cuadros de un pintor apellidado Hopper repartidas por toda la ciudad. Para ser sinceros, al detective no le preocupan —no deben preocuparle— las pistas, pero en este caso se deja hechizar por las pinturas que varios colegas han localizado lo mismo en un callejón que entre los maniquíes de un escaparate, junto a un semáforo o tras la barra de un café. Hasta cree reconocerse en una de ellas: por un instante está seguro de ser el hombre de chaleco y camisa arremangada que en la dura luz matinal —la mañana como morgue, piensa el detective— mira una urbe cadavérica desde su escritorio. La vista perdida, la mano apoyada con rara levedad en la mesa: el hombre del cuadro podría ser el epítome del extranjero, la encarnación del intruso en el núcleo del mundo. ¿Y qué decir de las otras pinturas, de las ventanas tras las que se ha congelado por toda la eternidad una galería de seres solitarios, cadáveres de sí mismos? Si es cierto que en todo asesino hay un artista latente, reflexiona el detective, ¿qué quiere transmitir este artista que ha asesinado las emociones de sus personajes? ¿Que no somos más que víctimas del abandono, cuerpos dispuestos como carne triste en las ventanas del orbe? ¿Qué decir del cuadro del que se ha desvanecido hasta el último vestigio humano, en el que tan sólo queda una habitación vacía decorada por un paralelogramo de sol y al fondo un pedazo de estancia con un pedazo de armario, un pedazo de sillón rojo, un pedazo de muro donde cuelga un pedazo de cuadro —tal vez el mismo que uno está viendo, y así hasta el infinito? ¿Representará el lugar del crimen por excelencia, un espacio abierto a una solución tan imposible como el mar que el pintor ha colocado afuera de las habitaciones vacías? En este punto el caso o el relato se atasca. Queda una noción de humo en el aire. Queda la lluvia, pertinaz. Queda un sueño donde el detective aparece dentro del cuadro de las estancias desiertas; camina de un lado a otro pero descubre que no puede ir más allá de los límites impuestos por el artista, escucha el rumor del océano y siente modorra, se recarga en el paralelogramo de sol y permite que la tibieza le inunde el cuerpo, piensa en barcos, quiere fumar pero dejó los cigarros en otra pintura, entra a la habitación del fondo en busca de algo que ya olvidó y que de cualquier forma no encontrará. Queda la sensación de que todo es producto de una escritura desidiosa: el caso, el detective, el asesino, la ciudad. Queda un cadáver que nadie reclama, otro síntoma de que el universo es aleatorio.

Así se desgrana la rutina detectivesca: aleatoriamente, como si al relato no le interesara —y, para ser sinceros, no debe interesarle— abundar en detalles que sólo consiguen desviar la atención del lector o espectador. A veces, por ejemplo, vemos al detective inmerso en una domesticidad que raya en la ramplonería. Lo vemos llegar a casa luego de un arduo día de labores, arrojar las llaves sobre cualquier superficie —siempre habrá superficies listas para recibir los llaveros de los personajes—, gritar algo parecido a "¡querida, ya estoy aquí!", entrar al dormitorio bañado por la luz del televisor —siempre habrá un televisor encendido—, besar en la mejilla a una esposa que acuna un libro en el regazo, silbar mientras calienta la cena en el horno —siempre habrá detectives hogareños— y estudiar por una ventana el lejano mundo exterior —como si el mundo pudiera detenerse tras las ventanas del sanctasanctórum, como si los confines entre exterior e interior no se borraran en el caso del detective, como si el orbe no irrumpiera con todo y su cadáver sin reclamar hasta en la intimidad más inexpugnable. O bien, si el detective es viudo o divorciado, lo vemos (primera opción) llegar a casa cabizbajo luego de un arduo día de labores, arrojar las llaves sobre una consola desde la que lo observa una fotografía de su mujer difunta, entrar a un dormitorio para arropar al hijo o hija que apenas se mueve con el ruido, pensar en la esposa ausente y llorar mientras se prepara un sándwich; o podemos verlo (segunda opción) llegar a casa molesto luego de un arduo día de labores, arrojar las llaves y el impermeable sobre un sofá, entrar a su dormitorio para deshacerse de saco y corbata, contestar el teléfono y prometerle a su hija o hijo que el próximo sábado irán —ahora sí— al parque tan postergado. Si el detective es soltero, la secuencia cambiará sutil aunque radicalmente: lo veremos llegar a casa presa de la excitación luego de un arduo día de labores, arrojar las llaves sobre una mesa donde se apilan cuentas y propaganda, entrar a su dormitorio en desorden para mudarse de ropa, abrir una lata de carne para el gato que no ha parado de maullar y salir como bólido —echa una ojeada a su reloj y comprende que una vez más se le ha hecho tarde— rumbo al bar donde se ha citado con una mujer de gélidos ojos azules con la que terminará haciendo el amor. A sus espaldas, mientras la puerta se cierra, alcanzaremos a ver el brillo de las llaves sobre la mesa donde él mismo las arrojó. Pero, ¿a quién puede importarle lo que hará el detective al regresar a casa ya de madrugada —el rostro plácido, la mirada voluptuosa— y descubrir que no trae llaves, que por enésima ocasión se ha quedado fuera, encerrado en el mundo del que tanto intenta huir, intruso hasta en su propio hogar? Importa, eso sí, la paradoja, que no deja de ser fascinante: el detective proscrito de su orbe interno, prisionero del mundo exterior donde le aguarda —¿qué es lo que le aguarda? ¿Una cafetería insomne como la que aparece en una de las pinturas halladas por sus colegas, un sitio fantasmal con tan sólo un dependiente y tres parroquianos que examinan el vacío frente a sus tazas de café? ¿Un hotel como el que retrata otra de las pinturas, en cuyo vestíbulo hay una mujer y una anciana pareja que esperan una inmortalidad que ya les ha sido concedida? ¿Un paseo bajo la lluvia, una *flânerie* que lo llevará por calles por las que jamás ha deambulado? Importa poco no saber orientarse en una ciudad, recuerda de pronto el detective; perderse, en cambio, en una ciudad como quien se pierde en el bosque, requiere aprendizaje. Pero ¿a qué tipo de enseñanza alude esa sentencia que su memoria se niega a ubicar? No importa, hay que aprender a ser cadáver, se responde él mismo, y con paso resuelto enfila hacia la escena del crimen —edificio abandonado, cúmulo de basureros, callejuela con *graffiti,* pasaje bajo un puente— y se tiende justo en el lugar donde encontraron al difunto. Cierra los ojos y no percibe nada, ni una vibración, ni una mínima inquietud —si acaso el temblor con que la noche socava los cimientos de la realidad. A su alrededor, la penumbra gira con cósmico desinterés; al orden de las cosas no le atraen los impostores.

Así se ve reflejado el detective en el espejo al que cada mañana, luego de mojarse el rostro con agua fría, se asoma para corroborar su existencia: como un impostor, como alguien que usurpa el sitio destinado a alguien que se inclina más por las respuestas que por las incógnitas. Sea en la oficina, rodeado de papeles y teléfonos que suenan sin parar y pasos que carecen de rumbo; sea en el restaurante donde acostumbra comer con un viejo colega que se deshace en anécdotas y consejos que caen en el vacío; sea en plena calle, de pie bajo la lluvia —siempre la lluvia—, tratando de prender un cigarro con un Zippo del que ya sólo salen chispas (un panorama desolador, si lo vemos bien, hasta que un transeúnte se apiada y le ofrece lumbre); sea entre las sábanas que en vano intentan absorber los sudores nocturnos, las atroces fantasías de medianoche, la incomodidad no da tregua: el detective sigue sintiéndose fraudulento, parte de un engaño de alcances metafísicos. Porque, a fin de cuentas, ¿a quién le importa encontrar un culpable: una dirección, nombre y rasgos, una figura de carne y hueso que elimine los protocolos de la invisibilidad? A él, para acabar pronto, no. Le importa, eso sí, permanecer dentro de la maquinaria a la que pertenece desde tiempos inmemoriales, continuar siendo una pieza del mecanismo narrativo que lo reclama, detectar —en la profesión lleva la condena— lo que ocurre en el borde y no en el centro del mundo. Y por eso se asume impostor; por eso a veces sueña que no es más que una serie de pinceladas encima de un óleo terminado, una suerte de *pentimento.* Por eso decide llevar su impostura hasta el límite y acude a las máscaras con frenesí suicida: amanuense oriundo del sur, contador de una empresa fabricante de lápices, publicista de traje y portafolios, empleado de un despacho de arquitectos, sadomasoquista adicto a una marca de cigarros desaparecida décadas atrás, investigador de acento francés, arquitecto que proyecta suburbios, esquivo personaje de lentes oscuros, pintor de seres tristes —identidades que irán erosionando su propia y ya deteriorada identidad hasta que un día el espejo le regrese sólo un collage de facciones, un rompecabezas inconcluso. Entonces lo veremos vagar con la vista perdida, la mano apoyada con rara levedad en la cintura, por una urbe que se mofa de él reproduciendo a su vez un puzzle. No obstante, en el lugar más insospechado, donde debería encajar la pieza fundamental —como sucede con su rostro ante el espejo—, se abrirá un hueco: un remanso en la efervescencia citadina, un claro a salvo hasta de la lluvia, un paréntesis en el orden de las cosas. Veremos al detective, por ejemplo, caminar por una calle que el relato asigna a su infancia y reparar con nerviosismo en que la esquina donde él y sus amigos solían lanzar el trompo —una esquina que por alguna razón se relaciona con el caso que trae entre manos— se ha esfumado, dejando una oquedad velozmente reemplazada por una jaqueca que durará el resto de la tarde. O bien lo veremos irrumpir en el bar donde se ha citado con un hipotético testigo y descubrir que tras la puerta no acecha más que un enorme espacio en blanco; o asistir a un baile de disfraces que deriva en orgía y reconocer, entre una bruma de cannabis, una careta que duplica sus rasgos y que él arranca de un tirón para enfrentar la nada que pende sobre unos pechos generosos; o llegar a casa luego de un arduo día de labores, arrojar las llaves encima de la superficie más cercana, comenzar a desatarse los zapatos y dar un respingo al advertir que su mascota es tan sólo una ausencia que se pasea por doquier; o ir a un museo para admirar otros óleos del tal Hopper y notar que en algunos no hay muebles ni incluso personajes, como si alguien se le hubiera adelantado para mudarlos de tela; o volver por enésima ocasión a la escena del crimen —edificio abandonado, cúmulo de basureros, callejuela con *graffiti,* pasaje bajo un puente— para comprobar que donde fue hallado el cadáver hay ahora un abismo, un pozo en el que es posible distinguir —allá, muy al fondo— un fulgor de partículas, algo que hace pensar en una llovizna cósmica. Lo veremos soñar nuevamente que no es más que una serie de pinceladas encima de un cuadro terminado, una suerte de *pentimento,* y luego despertar con un grito a flor de boca y la sensación de que es él quien se ha quedado trunco, él el cuerpo al que le faltan unos cuantos trazos —un pie, un omóplato, ambas cejas— para ser una creación completa.

Así, como trazos hechos con tinta invisible que afloraran de pronto en la página, van ingresando otros cadáveres al gran lienzo del orbe: uno a uno, nítidamente, eslabones de una cadena que al parecer no concluirá nunca. Por una curiosa correspondencia que quizá, al fin y al cabo, no sea tan curiosa, toda vez que tras ella hay una mentalidad bien organizada, los nuevos difuntos son localizados en los mismos sitios que las reproducciones del tal Hopper: en un callejón, entre los maniquíes de un escaparate, junto a un semáforo, tras la barra de un café. El desconcierto cunde entre la policía, que allana viviendas desiertas, sigue pistas falsas, interroga testigos que no aportan más que balbuceos y cruza la ciudad de un lado a otro en tanto los forenses se rascan la cabeza en un gesto que ya ha empezado a definirlos y miran con expresión dubitativa y hasta temerosa los acertijos de carne que los esperan a la dura luz fluorescente de la morgue. El detective, por su parte, no se da más por enterado. De un tiempo a la fecha no se baña ni se rasura, come sólo pan y legumbres, lo han desamparado el sueño, el buen humor, la energía, el impulso erótico, aun las ganas de fumar; se ha vuelto su propio y pálido facsímil, el impostor del impostor, una pésima copia que se dedica a rumiar ideas imprecisas y a errar en pos de los huecos que pululan en el mundo. Se ha vuelto, en corto, un coleccionista de orificios, el detector de las zanjas de la realidad que es el relato que nos imanta. Lo vemos caminar bajo la lluvia —siempre la lluvia—, el pelo grasoso, el impermeable sucio, un zapato desabrochado, y captar exclusivamente los agujeros negros —aunque a decir verdad son blancos— que se van abriendo como oasis en la lógica del paisaje: ahí falta el peatón que entraba a una tienda, allá el edificio donde trabaja una mujer de cierta relevancia en la intriga. Vemos que el detective se apaga despacio, con un chisporroteo de vela a merced del viento, hasta que un día no puede más y se detiene a media calle, haciendo caso omiso de la ópera de cláxones que estalla a su alrededor, aguardando el vacío que se le viene encima y que apenas segundos atrás era un taxi conducido por un anciano que hablaba a través de una bufanda en un dialecto lleno de fibras textiles. Quienes atestiguan el percance asegurarán después haber visto no un accidente de tráfico sino un acto de magia, una desaparición sublime: un instante el hombre —el mendigo, dirán algunos— estaba ahí, a media avenida, mojado hasta los huesos, y al siguiente ya se había evaporado o más bien extinguido —dirá alguien— como cuando uno sopla sobre una llama y devuelve el mundo a su penumbra original. Quienes hemos seguido el relato notamos que a partir de ahora la acción se estanca, las líneas argumentales se disparan en todas direcciones, el estilo comienza a girar en círculos y los personajes secundarios ignoran qué hacer: unos vagan por la urbe en una inconsciente imitación del detective desaparecido, otros prefieren refugiarse en la oscuridad y oír cómo cae la lluvia —siempre la lluvia— mientras los cadáveres continúan acumulándose. Poco a poco, sin embargo, nos damos cuenta de que en la narración hay huecos —sentencias a la mitad, descripciones que se interrumpen— tras los que algo se mueve; otra narración, pensamos, quizá la única, la auténtica narración. Y entonces, cautelosos, nos asomamos por una de esas ventanas hopperianas al otro lado del texto.

Así vemos avanzar al detective por el revés de la trama: con cautela, una sombra taciturna en el corazón de un espacio en blanco que se poblará de elementos sustraídos al relato inicial. Importa poco no saber orientarse en un relato, recordamos de pronto; perderse, en cambio, al dorso de un relato como quien se pierde en el bosque, requiere aprendizaje. Aprendamos, pues, nos decimos; entendamos de una vez por todas que el detective no es más que la excusa para echar a andar un mecanismo narrativo que apela antes que nada a la fascinación —*suspension of disbelief,* recordamos que algunos la llaman. Quizá logremos visualizar claramente el físico del protagonista: los ojos donde boga un brillo exhausto, la frente que el tiempo ha colmado de signos desiguales, la nariz desviada durante una lejana pelea, las mejillas cubiertas de vello. Quizá nos detengamos en ciertos detalles que esculpen su personalidad: el cigarro a prueba de diluvios, la gabardina que huele a bourbon o, por qué no, la corbata pulcra, las citas usadas para alumbrar la mente de un asesino que en el fondo puede ser el propio detective. Quizá nos apasione el *background* de rigor: el *affaire* con la mujer de un colega, la hija que arriesgará su vida, las crisis alcohólicas, la clavícula astillada por la bala de alguien muerto hace un lustro. Quizá veamos al detective llegar a casa luego de un arduo día de labores, arrojar las llaves sobre una superficie cualquiera y entrar a un juego de variables infinitas; o deambular por la ciudad con la expresión turbia, los ojos trenzados de hilo oscuro; o soñar que está dentro de un cuadro de Edward Hopper, en la escena del crimen perfecto, recargado en un paralelogramo de sol a la espera de que la solución irrumpa como una ola por la puerta que da a un mar imposible. No importa: a fin de cuentas todas las palabras edificarán siempre el mismo relato donde acechan un cadáver y la lluvia, un cadáver y su detective o su lector impostergable.

Y así acaba todo.

El imaginador

Ana García Bergua

Ya son varias las horas que llevo aquí en el linde entre este zaguán y la calle, sin poder salir pues la lluvia no para. He visto cómo la gente se aventura en el aguacero con la esperanza o la desesperación de llegar a alguna parte que no sea este zaguán inhóspito al que, por cierto, nadie entra, nadie que habite el sórdido edificio que semeja una bóveda llena de nichos cerrados. No hay una sola luz en las ventanas que dan al patio, y parece que dentro de poco, si la lluvia sigue, los departamentos del primer piso van a quedar anegados, su parquet verdoso manchado por el lodo de la mugre que ha de reinar sobre las paredes y los muebles escasos. No es que los haya visto, pero lo intuyo. Llevo tantas horas aquí que no he tenido otro remedio que imaginar para matar el tiempo, imaginar qué hay en cada departamento, y sólo he podido concebir departamentos tristes, oscuros y olorosos a guisos recalentados, pero llenos de niños. Parvadas enteras de niños correteando por salitas diminutas, destrozando los tapices y los enseres de plástico sin que haya alguien con tiempo o convicción de detenerlos, ni siquiera con interés. Y me intriga pensar qué están haciendo ahora esos niños, dónde están sus madres solitarias o sus padres desesperados, dónde estará la mujer que, supongo, vive en el departamento tres —el más pequeño— y que seguramente arraiga como puede a sus amantes a esa diminuta y asfixiante habitación hasta que salen empavorecidos dejándole como recuerdo unos cuantos pesos, o unos gruñidos sonrientes mientras le hacían el amor. En el cinco ha de vivir una viejita porque hay flores y un canario que está a punto de morir en este instante pues nadie cubre su jaula. En el ocho no hay siquiera una cortina junto a la ventana, y la puerta cerrada es parca y desinvita: un hombre ha de habitar esa penumbra que nada oculta porque nada enseña, un vendedor, un mecánico o un pintor despistado.

El agua ya me llega a las rodillas y todas estas personas deberían de salir como hormigas de sus cuchitriles, pero sólo hay silencio y el canto de la lluvia que colma el patio. A lo lejos, se ven las sombras de los buques, de autobuses repletos con gente subida al techo levantando sus vestimentas como banderas. Afuera sí se escuchan gritos, gritos ahogados por esta lluvia que no termina. Quizá los habitantes del edificio están todos en la azotea, pero el agua me ametralla el rostro al tratar de mirar hacia arriba y no sé, no puedo saber dónde están esos niños que, seguramente, los días de sol en que el patio ha de ser rasgado por los tendederos, ensuciarán la ropa lavada con sus deditos pringosos, tirarán las sábanas al piso correteando alrededor de la ropa tendida, gritando y escondiéndose bajo las faldas de sus madres que los regañarán sin levantar la vista de sus manos callosas y afanadas en la espuma. Probablemente, la mujer del tres se fue a la iglesia y flota de rodillas entre las bancas sin dejar de pedir perdón por sus pecados, o bien sólo ha ido a visitar a su hermana que vive en un piso alto y toma con ella café soluble mientras lloran juntas por el último hombre que huyó de su dominio tan limitado, en el que ahora su cama flota y se golpea con los burós y el lavabo. Espero que la viejita no haya muerto aún, su cadáver bañado por la lluvia y el gato trepado en alguna viga sin tener por dónde escapar hacia una dueña que viva unos años más. Y otros gatos de los que forman pandillas en los edificios lo han de estar llamando por su nombre de gato, lo invitan a un cobertizo seco y con ratas que alguno de ellos encontró, pero el micho no puede salir, está condenado a perecer con su dueña.

No sé por qué sigo en este zaguán si el agua ya me llega a las caderas. Será que a lo lejos sólo veo gente nadando y ambulancias que flotan haciendo sonar su sirena aunque de nada sirve que les abran paso. Avanzan tan rápido como el oleaje de la lluvia les permite y lo mismo hacen los coches y los camiones. Da la impresión que en la calle el agua está más honda, el edificio de enfrente está cubierto hasta el tercer piso y he podido observar con paciencia cómo rescató un camión convertido en lancha a los inquilinos de aquella mole que hunde sus mármoles en el agua con cierta gloria. Pero de mi patio todavía se alcanzan a ver los mosaicos verdes, así de límpida y poco profunda está aquí la lluvia. En este zaguán se ha de haber besado una pareja con desesperación, una pareja de desterrados buscando dónde ejercer su amor, hasta que seguramente la viejita saldría con su escoba para barrerlos del patio, con la misma indignación con que ha de barrer los vidrios rotos y las botellas de los borrachos que, a la mañana siguiente, los niños miran con curiosidad mientras las madres gritan "no toques eso, te vas a cortar" desde las cocinas grises y olorosas a huevos revueltos con jitomate. Pero siguen ocultas las madres con sus niños, los borrachos han de delirar en algún baldío y los amantes seguramente estarán ya separados, cada uno en su propia inundación.

Estoy en el patio. Me asomo por la ventana del hombre y efectivamente veo un maletín que navega entre la silla y la cama. Nada más. Toco a las demás puertas y nadie me contesta. He gritado y sólo recibo el eco de la lluvia. El agua me llega al pecho y me muevo con dificultad. Por suerte, el agua es tibia y es una alberca límpida este patio. La coladera se dibuja clara entre mis pies. Cuántas cosas deben haber perdido los niños en esta coladera: canicas, pelotas, muñequitas de plástico que les regalaron a las más pequeñas en Navidad. Dentro de poco sólo podré salir buceando a la calle, el zaguán va a ser cubierto pronto por la lluvia. Y todos los chismes que escucharía ese zaguán de boca de las madres y las viejas se van a disolver, quizás los pueda escuchar, de tanto en tanto, movidos por las pequeñas corrientes que se forman en el agua verdosa. El canario flota inerte adentro de la jaula y las plantas de la vieja se ahogan como si les hubieran encadenado las macetas al tallo. Pero no he logrado ver a la vieja por la rendija diminuta que deja abierta su cortina floreada. Por algunas ventilas empiezan a escapar los objetos de las casas, los cucharones que pendían de las paredes, los calendarios, platos de peltre. Una pelota roja escapa de la ventana del cuatro: hay niños, sabía que hay niños. Pero, ¿dónde están? Yo he tenido que empezar a flotar, ya no hago pie en la lluvia.

El segundo piso rodea con un balcón el patio. Me he encaramado a él sin gran esfuerzo, gracias al agua. Aquí hay más puertas y un letrero: "Se rentan habitaciones." Pero no hay nadie, tampoco, y las puertas se abren con facilidad. Es un desfile de camas deshechas, podría decirse cómo durmió cada ocupante, solo, acompañado, inmóvil, angustiado, si hizo el amor o fantaseó en solitario. Los pliegues de las sábanas relatan lo que ha sucedido, cada mancha corrobora una historia. Puedo ver cuántos cuerpos yacieron en cada uno, qué hicieron, si alguien lloró solo o frente a alguien que lo hacía llorar, si alguien cenó en la cama, si dos desayunaron juntos después del amor, si tres bebieron y se ahogaron bajo una misma sábana, si cuatro fornicaron por turnos, si después llegó un quinto y hubo pelea, si seis mataron a uno o a dos. El agua ya trepa por la escalera que ha de haber sido prohibida a los niños de abajo, este piso es de adultos y de muchos, un desfile de adultos que rentarían las habitaciones por días o por noches. Son pocas las pertenencias dejadas en cada una y las pertenencias confirman las historias: un cepillo de dientes para el solitario, las medias y los platos de los que hicieron el amor, las botellas y los vasos de los que hicieron fiesta, los cigarrillos de los fornicadores, los lentes rotos de los peleoneros y el vacío desolador que dejó el crimen. Todo está ahí, y las sábanas empiezan a acoger el agua, dulcemente. Las sábanas que han de haber respirado al ser lavadas por las madres de los niños, a diez mil pesos la docena.

Salgo nadando al patio. Centenares de objetos que danzan sobre el agua verde me saludan: ropa, enseres de cocina, revistas, artículos de baño y juguetes, muchísimos juguetes pequeños, baratijas. En el fondo los muebles se golpean contra las puertas a medio abrir. Trato de mantenerme a flote sin que nada me golpee, la lluvia insiste, persiste, hace corrientes, remolinos. Llego a una escalerilla de azotea, y subo. Ahí están: todos juntos, refugiados bajo un cobertizo. Están las madres, la viejita y los niños, muchos niños. Y cuando me acerco a ellos son amables, me ofrecen un refresco, están guarnecidos y preparados para varios días. A lo lejos, la ciudad ha quedado bajo el agua, ellos parecen haber recibido aviso, han sabido de antemano que la lluvia no quiere cesar. Y han encendido un fuego. Apenas me doy cuenta de que el edificio brega, avanza por las calles y el hombre —el hombre solo del maletín— lo capitanea. Me invitan a sentarme. Dicen que, con suerte, en un par de días estaremos en Toluca y podremos anclar.

Su verdadero amor

Ana Clavel

Para la señora Reina Velázquez

I

La versión que corrió por Iguazul fue que el capitán Aguirre era un puto y que por eso le había hecho la cochinada a Zinacanta Reyes en su noche de bodas. Era época de lluvias y la gente, obligada a permanecer en las casas o en la cantina durante días enteros, se dio a la tarea de desmigajar los hechos entre el gorgoteo del agua al caer en los charcos. Sólo Hortensio Reyes, el padre de Zinacanta, y la milicia andaban de un lado a otro tratando de dar con el capitán Aguirre para prenderlo.

El capitán Aguirre apareció varios días después, cuando encontraron su cuerpo encenagado en la laguna de Corralero. A pesar de que pocas horas después se dio a conocer el parte oficial que declaraba que el capitán Aguirre se había suicidado luego de cometer actos que denigraban la rectitud y el alto nombre del ejército, lo cierto es que la gente creyó el rumor de que lo habían matado por venganza, aunque, claro, ésta fue una versión en voz baja. Y es que el padre de Zinacanta pesaba tanto en las opiniones de la gente como las toneladas de copra que producían sus cocoteros y la que mercaba a pequeños productores y que luego vendía a las fábricas de jabón de la capital. Siempre fue así, según contaba Catalina que cuidó de Zinacanta desde que tenía doce años y acababa de perder a su madre por el cáncer. Entonces Zinacanta no daba luces de las maravillas que sería después. Tilica y sin garbo, caminaba como si la cabeza le pesara. Don Hortensio no se había dado cuenta pero la indiscreción de un borracho, que en realidad sólo repetía lo que decían otros en Iguazul, lo hizo reparar en el desaliño de su heredera. Iba don Hortensio caminando con su hija de la mano por la calle principal de Iguazul, cuando se oyó un grito desde la entrada de la cantina.

—¡Zinacantita, ya no acarree tanta copra con la cabeza! Mire nomás niña, se le está poniendo el cuello de zopilote...

Días después del incidente, Zinacanta, su padre y Catalina partieron para la capital. Hortensio Reyes regresó a los pocos días, pero Zinacanta, según se supo, permaneció en casa de una tía, prima de su padre, para que estuviera bajo control médico y se educara como toda una señorita. Su padre la visitaba cada mes, pero no fue sino hasta los diecisiete cuando Zinacanta regresó a Iguazul. Poco antes de su regreso, se dijo, visitó las Europas. Cuando la vimos llegar, a todos nos pareció que el viajecito por tierras de güeros le había sentado de maravilla. Hasta la piel se le veía más blanca y se traía un destellar en los ojos como si los tuviera claros.

Llegó muy aseñoritada, con sombreros de raso y vestidos muy entallados. Por esas fechas sólo las hijas de los Baños, las Mairn y las Carmona usaban medias y zapatillas, pero Zinacanta traía unos modelos que sólo se habían visto en revistas de figurines. Y ni qué decir de cómo nos impresionó su nueva manera de caminar. No faltó quien dijera que había cambiado la maquila de copra que antes parecía llevar sobre la cabeza por un simple vaso de agua. Tal era la fragilidad y elegancia con que movía piernas, cadera, brazos, hombros y cuello. Muchachas menos agraciadas comenzaron a criticarla. Que si las estolas que usaba en las fiestas no eran propias de un clima tan caliente como el de Iguazul, que si las zapatillas de aguja resultaban inadecuadas para suelos de tierra apisonada que se empantanaban en la época de lluvias, que si las joyas que se ponía eran una provocación para los bandidos de pueblos cercanos, que si su manera de mover las nalgas era más de rumbera que de señorita decente...

Habladurías de mujeres celosas. Porque lo cierto fue que medio pueblo (la otra mitad eran mujeres) quedó prendado de Zinacanta como si ella fuera la única hembra no ya de Iguazul, sino del mundo entero. Pero de sobra sabíamos que estaba más alta para nosotros que la virgen del cielo. A lo más que aspirábamos era, ya relamido el cabello con brillantina, muda nueva y zapatos, a que nos concediera un baile en las fiestas que con regularidad empezó a ofrecer don Hortensio desde su llegada. Era cómico ver a las mujeres de buena familia con sus vestidos largos, zapatillas, pieles y joyas, andar sorteando los charcos para no resbalar y ensuciarse. Fue en una de esas reuniones en que escuché al presidente municipal sugerirle a don Hortensio que por qué no mandaba a Zinacanta a ese concurso de belleza que no hacía cosa de más de un año se había empezado a organizar en la capital. Seguro que lo ganaba.

—Pero, don Tano. Si mi Zinacanta es una muchacha decente. Dígame, ¿qué va andar haciendo entre esas pirujas?

Zinacanta, presente en la conversación, sólo sonreía. Y era una delicia verla sonreír porque juntaba por instantes los labios y luego los separaba como si estuviera dándole de besos al aire...

Las Baños, que poco tiempo después se dieron su vuelta por la capital para visitar tiendas y comprar la última moda, presumían de haber introducido el uso de la libreta en los bailes, pero la verdad, fue Zinacanta Reyes la que empezó primero. Lo recuerdo muy bien porque fue en la fiesta de año nuevo cuando el sargento Vigil le pidió a Zinacanta la primera pieza, yo estaba cerca y pude oír lo que ella le contestó.

—Si quiere usted bailar conmigo, tendrá que anotarlo en mi libreta.

Y lo anotó, lo mismo que a los otros que, puestos sobre aviso, le pedimos un baile por anticipado. Pero el sargento Vigil se tomó la coquetería de Zinacanta como un desprecio y se fue de la fiesta. Zinacanta no tuvo tiempo de indignarse porque de inmediato se le acercó el entonces teniente Aguirre para invitarla a bailar, a lo que ella accedió sin reparar en que el nombre del teniente no estuviera escrito en su libreta.

—Discúlpelo —le dijo el teniente—. Así es él de arrebatado.

Y al bambuco que bailaron le siguió un vals y luego una chilena, y ambos, tomados de la mano, con una fragilidad parecida en los movimientos y las vueltas, nos hicieron antever parte de lo que iba a pasar. Que Zinacanta estuviera enamorada ya del teniente antes de aquella fiesta, es algo que ni la propia Catalina pudo afirmar. De todas formas, las malas lenguas encontraron en el detalle de la libreta, un ardid de Zinacanta Reyes para obligar al teniente Aguirre a que diera la cara por el sargento, bailando con ella, y con el baile, la ocasión para que Zinacanta se le metiera entre los brazos al teniente, porque él hasta ese momento no dio luces de estar interesado en cortejarla.

El teniente era tan correcto y refinado que incluso ya en esas fechas se sospechaba de su virilidad. Se sabía que era de un pueblo cercano a Iguazul, pero el hecho de que no se le conociera ninguna aventura levantó rumores. Y la gente hablaba, sobre todo aquellas mujeres que alguna vez le habían coqueteado —porque eso sí hay que reconocerle, tenía mucha suerte para gustarles—, y de las cuales el teniente se alejó con un leve saludo en la visera de su gorra. Los que defendían su rectitud alegaban que era un hombre tímido pero muy responsable, celoso de su carrera militar, y que muy pronto lo ascenderían. Y en efecto, al poco tiempo lo hicieron capitán ante el enojo de más de una que veía en él un excelente pero, a la vez, imposible partido.

Nadie sabía en qué ocupaba su tiempo Aguirre en sus días de descanso, pero lo más seguro es que se la pasara leyendo los libros que le encargaba a don Apolinar, el librero de Iguazul. Eran novelas raras, gruesas y sin ningún dibujo, muy diferentes a los cuentos que cada semana le mandaban por tren a don Apolinar y que todos esperábamos con devoción. No sabíamos gran cosa de sus gustos, pero le encantaba platicar con los muchachos. Les compraba dulces, balones e historietas, pero como muchos no sabían leer, no era raro encontrar al capitán los sábados por la tarde, en la cancha de básquet que estaba detrás de la iglesia, rodeado de chiquillos que esperaban escuchar las aventuras de Kalimán y su fiel amigo Solín.

Un buen día, el círculo de chiquillos se disolvió y pudo verse al capitán picando piedra para la construcción del nuevo campanario de la iglesia. Fue un escándalo a media voz porque, en el fondo, la fragilidad de su mirada y un cierto respeto al grado militar que se había ganado a pulso, evitaron que el problema llegara a mayores. Tampoco se sabían muchos detalles porque la madre de Homero, pensando en evitar que el nombre de su hijo anduviera de boca en boca, se fue a vivir con unos parientes al Ciruelo. Lo que sí se supo es que fue un asunto de zapatos. Homero tenía once años y, como la mayoría de la chamacada de ese tiempo, siempre andaba descalzo. Una de las tardes de lectura en la cancha de básquet, el capitán le pidió que se quedara cuando los otros ya se iban. Tenía algo especial para él: un par de zapatos de hule. Cuando caminaban rumbo a la casa de Homero, varios niños dijeron que llevaba los zapatos puestos por más que le daba trabajo caminar con ellos. La casa de Homero estaba mucho más arriba del arroyo. Alguien dijo que los había visto nadar, pero hacía tanto calor que no se sorprendió de que se metieran al agua. Homero llegó a su casa al anochecer y al poco rato su madre bajó del monte, a riesgo de toparse con una coralillo, y se dirigió al cuartel. Ella, que después quiso evitar las habladurías, fue la que dio pie para que el rumor se extendiera. Porque cuando los soldados le impidieron la entrada, se les fue encima echa una furia y vociferando: "déjenme, déjenme ver a ese hijo de la chingada que me puteó a mi hijo..." Forcejeó tanto que, cuando por fin la dejaron pasar y entró al despacho del mayor Carmona, iba ya sin fuerzas para reclamar. Qué fue lo que le dijo el mayor para convencerla de no hacer ninguna acusación formal, nadie pudo averiguarlo. De todos modos, al día siguiente, a la salida de la misa de nueve, la gente se persignaba cada vez que alguien mencionaba el nombre del capitán.

El capitán desapareció unos meses. Se hablaba de que lo habían trasladado a la capital, pero regresó a mediados de mayo cuando la gente estaba ya entretenida con la matanza de los hermanos Clavel a manos de la familia Román.

Desde que llegó, podía verse al capitán en sus días de descanso, deslomándose en picar piedra para la construcción del campanario, pero casi nadie reparaba en él, entretenidos como estábamos en rastrear los últimos pedazos (una oreja y un pie), que era lo único que faltaba por encontrar de los difuntos. Tampoco se prestó mucha atención a la nueva figura que comenzó a hacerle compañía al capitán, máxime que, conforme pasaban los días, Emperatriz Clavel triplicó la recompensa que había ofrecido para encontrar todos los otros pedazos con los que se dio cristiana sepultura a los infortunados hermanos. Esa nueva figura, en la que muy pocos repararon al lado del capitán, fue Zinacanta Reyes.

Cuenta Catalina que esos fueron los primeros encuentros amorosos de la infeliz pareja, cuando Zinacanta le quitaba la jarra de limón de las manos para ofrecerle ella misma un vaso de agua al capitán. Entonces Zinacanta volvía a llenar el vaso vacío y mandaba de regreso la jarra con Catalina. Al principio, Aguirre rechazó su compañía, pero, poco a poco, se fue mostrando alegre y dejaba la pica a un lado, apenas la veía venir. Sin duda, debió intuir que aquella mujer podía ser el ángel de su salvación.

Conforme pasaron los días, el asunto de la búsqueda de la oreja y el pie restantes se fue olvidando. Poco a poco, comenzamos a ver a nuestro alrededor y, para muchos de nosotros, fue una sorpresa encontrarnos con que cada sábado a eso de las cuatro de la tarde Zinacanta y el capitán Aguirre se veían en los alrededores de la iglesia. Alguien que sí no debió perderles la pista desde los primeros encuentros fue el sargento Vigil, porque le dio por pasearse por los portales de la plaza, atisbando siempre en dirección de la iglesia. Que Vigil estaba muy interesado por Zinacanta Reyes era un secreto a voces, pero desde la vez que el sargento sacó a patadas de la cantina a un mudo nomás porque se le había quedado mirando con insistencia, nadie se atrevía a molestarlo y mucho menos en un asunto tan delicado.

Sólo a don Apolinar se le podía haber ocurrido tocar el tema, en una de esas tardes en que se escapaba de su negocio, para tomarse un cafecito en los portales con el presidente municipal. Yo estaba en una de las bancas de la plaza cercanas al café y pude oír cuando don Apolinar le gritó al sargento, que a la sazón se hallaba recargado en una columna, mirando hacia la iglesia y fumando un cigarro tras otro:

—Oiga, mi sargento, se le va acabar la mirada... La paloma ya tiene dueño.

El sargento tuvo que hacer esfuerzos para contenerse. Arrojó el cigarro al piso mientras decía:

—Vamos viendo si esa paloma come mejor en otra mano.

Y se alejó decidido a llevarse al diablo por delante si era necesario.

Fue hasta un año después que el capitán Aguirre se presentó en la casa de don Hortensio Reyes, con traje militar de gala y acompañado del mayor Carmona, para hacer la petición formal de mano. Los curiosos, nos apelotonamos en la ventana para ver a Zinacanta con un vestido azul de encajes enresortados que le ceñían el busto y los hombros. En el cuello llevaba enredada una doble hilera de perlas que habían sido el primer regalo del capitán. La mirada la tenía completamente azul.

Los dos meses de plazo para la boda se fueron como el agua entre las visitas oficiales del capitán a la casa de los Reyes, las salidas a media tarde de la pareja, siempre acompañada por Catalina; los viajes a la capital para completar el ajuar de la novia.

Cuando se enteró de la noticia, el sargento Vigil se metió a la cantina y no salió hasta que, ya borracho, le contó a todo el mundo que quiso escucharlo, detalles acerca de aquella tarde en que Homero y el capitán Aguirre se metieron al arroyo. Luego se fue a casa de su amante, Bella Galindo, y la golpeó hasta dejarla medio muerta. A la mañana siguiente se supo que los Galindo lo andaban buscando para matarlo. Fue entonces que el capitán Aguirre tomó cartas en el asunto. Mandó a un pelotón a que arrestara al sargento y lo llevara sano y salvo al cuartel. Horas después regresó el pelotón con las manos vacías pero con el dato de que los Galindo se habían ido a las Iguanas porque alguien les informó que Vigil se estaba escondiendo en casa de una de sus hermanas. El capitán marchó entonces en su búsqueda, y contrario a lo que se esperaba, lo trajo preso a caballo, arriesgándose a que los Galindo lo venadearan también a él.

Era ya de noche cuando pasaron rumbo al cuartel. Aguirre cabalgaba en silencio, con la mirada perdida; el sargento, con las manos atadas al frente para sostener las riendas, marchaba con un dejo de sorna en los labios carnosos. Qué tormentas y qué incendios se escondían detrás de aquella mirada perdida del capitán, fue algo en lo que la gente prefirió hacerse a un lado por miedo a encontrar una respuesta y aceptar entonces que las tormentas e incendios de verdad apenas se avecinaban.

Solamente a las almas de manantial, como la de Zinacanta Reyes, les estaba permitido ver en aquel arresto un acto de valentía y de bondad. Que don Hortensio Reyes no hubiera escuchado las murmuraciones que sobre su futuro yerno se decían por todo Iguazul, resulta más que imposible. Pero bastaba conocerlo un poco para saber que detrás de toda aquella gravedad que lo caracterizaba, estaba un hombre que había tenido dos amores —aunque de diferente índole— en toda su vida: la madre de Zinacanta y Zinacanta Reyes. Así que si se enteró, prefirió guardárselo muy adentro nada más de ver a Zinacanta bordando las iniciales entrelazadas de su nombre con las del capitán en las sábanas, pinchándose casi con un placer martirial las yemas de los dedos, ella que desde muy niña había aborrecido esas labores.

Llegó por fin la fecha de la boda. Se casaron un mediodía de junio, en plena época de lluvias. Cuando pasó todo, el padre Samuel dijo en su sermón dominical que el cielo había mandado toda esa agua para lavar el gran pecado que estaba por cometerse.

Zinacanta salió a la iglesia con los ojos destellantes de alegría. Vestía un traje de novia que, al menos en aquella ocasión, fue la envidia de todas las mujeres. El capitán Aguirre, por su parte, llevaba traje militar de gala pero su apariencia de soldado de plomo, ese andar autómata y lejano, poco tenía que ver con el nerviosismo y emoción que otros hubiéramos sentido de estar en sus zapatos. A su regreso de la iglesia, los esperaba el juez en la casa de don Hortensio Reyes, que había sido adornada con cestos y arreglos de magnolia. Con el calor, las magnolias despedían a ráfagas su aroma de lima. Al finalizar la ceremonia, los recién casados se dieron el primer y último beso en público, pero fue

Zinacanta la que buscó los labios de Aguirre mientras que él sólo se dejó besar. Muchas de las mujeres que asistieron a la fiesta estaban realmente felices con el casamiento de Zinacanta, puesto que ahora les quedaba el campo libre con el resto de los galanes. Hubo otras, sin embargo, cuya envidia se translucía detrás de cada brindis, de cada mueca en forma de sonrisa, y era notorio que clamaban desgracia. Qué pronto habían de sentirse redimidas de su suerte cuando al día siguiente se corrió la voz por todo Iguazul de que Zinacanta Reyes había regresado a su casa la misma madrugada de la noche de bodas. Algunos meseros y el mozo que barría la estancia, la vieron partir rumbo a la capital luego de haberse encerrado con su padre y Catalina en el despacho.

Marchó sola porque su padre decidió que Catalina compareciera en las averiguaciones, si es que después alguien le pedía cuentas por haberse cobrado la afrenta del capitán. Dicen que Zinacanta no se opuso a las amenazas de su padre, ni siquiera se le escuchó llorar o proferir palabra; sólo Catalina fue quien, entre lamento y lamento, refirió lo sucedido en la casa que don Hortensio les regaló a los recién casados: en resumidas cuentas, que el capitán Aguirre era un puto y que, a cambio de recibir los favores del sargento Vigil, había accedido a las peticiones de éste para suplantarlo ante Zinacanta Reyes la noche de bodas.

Pero Zinacanta Reyes, que aun con los ojos cerrados, habría identificado hasta un cabello del capitán Aguirre, descubrió en la oscuridad de su alcoba el engaño apenas la tomaron unos brazos fornidos que en manera alguna podían ser los del capitán. Cuando se dio cuenta de lo que hacía, ya había forcejeado con el sargento y había gritado pidiendo ayuda. Catalina, en una habitación contigua, escuchó sus gritos y se precipitó en la alcoba nupcial. Vigil se dio a la fuga pero Catalina alcanzó a verlo cuando saltaba la ventana. Entonces le puso un chal a su señorita y la arrastró hasta la casa de su padre.

Esa misma madrugada comenzó la búsqueda del sargento y del capitán. Al primero lo encontraron, horas más tarde, en una cantina del Ciruelo. Lo arrestaron, pero el mayor Carmona lo reclamó para un juicio militar. Los rurales y los hombres de don Hortensio lo entregaron sin ninguna objeción; después de todo, Vigil había pecado por ser demasiado hombre, mientras que Aguirre...

Cuando días después apareció el cadáver del capitán, nadie habría podido asegurar que en verdad se trataba de él, de tan mordisqueado que estaba por las jaibas de la laguna. Se le practicó una autopsia por demás apresurada que declaró que el capitán había muerto de un balazo que él mismo se había infligido en el paladar. Como no tenía parientes en Iguazul, el cuerpo quedó a disposición de las autoridades. Contrario a lo que pudiera esperarse, fue Hortensio Reyes quien lo reclamó antes de ir a reunirse definitivamente con su hija a la capital; pero lo reclamó sólo para darse el gusto de enterrarlo, sin ataúd ni plegaria alguna, a un lado del cruce de caminos.

II

Tan mujeriego como era el sargento Vigil, dejó muchos culitos ardiendo entre las prostitutas de Iguazul. Tal vez por eso fue que ellas, sabedoras de la otra parte de la historia, no hablaron sino hasta años más tarde, cuando ya se les había enfriado. Fue a la casa de Sebastiana donde el sargento Vigil llevó al capitán Aguirre para que, supuestamente, se divirtiera con las muchachas antes de ponerse *el yugo.* Para la misma Sebastiana resultó extraño que Aguirre aceptara acompañar al sargento la víspera de su boda, cuando era evidente que, ardido como estaba, Vigil no podía buscar otra cosa que perjudicarlo. Tal vez necesitaba demostrarse que podía jugar con fuego y no quemarse; pero para que se quemara y ardiera en los infiernos, causando de paso la desgracia de Zinacanta, el sargento había fraguado meticulosamente su desquite.

El sargento no era ningún ciego para no darse cuenta que el rescate en las Iguanas para que los Galindo no lo mataran, era prueba indudable del interés del capitán Aguirre por él. Cierto que luego hubo ocasiones en que lo encarcelaron por indisciplina y que había sido el propio capitán quien había dado la orden del castigo. Pero para el sargento eso no fue más que otra prueba de que Aguirre lo castigaba y lo alejaba de sí porque le tenía miedo. O más que tenerle miedo a él, se lo tenía a sí mismo. Y para llevar a cabo su venganza, al sargento no le bastaban los rumores de la gente ni sus propias conjeturas; necesitaba hechos y... testigos. Y para ello, el sargento se puso su piel de oveja agradecida e invitó al capitán a la casa de Sebastiana. De que tomaran y tomaran hasta que Aguirre perdió los estribos y se cayó del caballo de su conciencia, fue responsable el sargento que a cada rato gritaba pidiendo más aguardiente. Al principio Sebastiana se opuso a la idea de que Vigil subiera a rastras al capitán a un cuarto del primer piso y de que se quedara a solas con él, pero cambió de opinión cuando el sargento le deslizó por el escote un billete de a cincuenta. Media hora antes de que el sargento abandonara la casa de Sebastiana, no volvió a pedir bebida. El cuarto a donde se metieron permaneció en silencio, o al menos, las muchachas no pudieron escuchar nada a pesar de que se pegaron a la puerta. Y como estaba a oscuras, tampoco pudieron ver nada cuando se encaramaron a una ventanilla superior. Horas después de que el sargento se había marchado, Aguirre salió del cuarto dándose de tumbos contra las paredes. No tuvo que preguntar nada porque, al decir de Sebastiana, la mirada esquiva de las muchachas lo decía todo. En realidad, *todo* lo que el capitán quiso entender, porque tampoco nadie hubiera podido probar a ciencia cierta que ese *todo* en verdad había pasado.

El resto de la historia no es sino el encajar inevitable de piezas: la amenaza de Vigil si Aguirre no accedía a sus planes, el miedo o la culpa de Aguirre que lo hizo dejarse caer en el abismo porque a final de cuentas el paso de su perdición —eso creyó él— ya lo había dado.

III

Horas antes de que terminara la fiesta de la boda, el sargento Vigil se apersonó en el lugar y se paseó frente al capitán Aguirre y Zinacanta precisamente cuando les tomaban la foto del primer brindis. Ebrio como estaba, el sargento pidió a gritos que lo fotografiaran con el capitán y su señora esposa, pero nadie se atrevió a correrlo temiendo que malograra la fiesta con un escándalo. En la foto que Catalina conservó como amuleto contra la desgracia, aparecía en medio y un paso atrás de la pareja, sonriendo triunfal. En aquel instante el rostro de Aguirre se mostraba sereno. Tal vez, hasta eso le había perdonado al sargento. A fin de cuentas, más allá de todo, era su verdadero amor.

De pronto, Aguirre se desapareció de la fiesta. Zinacanta Reyes tomó esto como una discreta invitación a que se retiraran y se fue en compañía de Catalina a su nueva casa, construida a orillas de la laguna de Corralero.

Después, cayó la desgracia.

Sobre si fue suicidio o no, resulta inverosímil que un mismo hombre pueda propinarse un tiro en el culo para luego dárselo en la boca, o al revés. Algunos aseguraban que don Hortensio indignado, otros que si

Vigil despechado por el nuevo rechazo de Zinacanta, otros más que si la propia Zinacanta... Los menos, que Aguirre en verdad se suicidó y que alguien llegó a rematarlo.

Durante meses la gente se mantuvo a la expectativa por averiguar más detalles, pero conforme pasaron los años, Aguirre, el capitán Aguirre, no fue más que un recuerdo funesto. Iguazul creció y cambió de nombre, sus ríos se secaron y sus días se hicieron más cortos. Tal vez por eso nadie se atacó de risa cuando en el mismo lugar donde enterraron al capitán Aguirre, las autoridades erigieron la estatua de un prócer de la independencia.

DE FORNICARE ANGELORUM

Guillermo Vega Zaragoza

Dicen los chinos, que son hombres sabios: "Para hacer sopa de liebre, primero necesitas tener la liebre", porque sabían que a veces es muy difícil atrapar una liebre; por eso, cuando no se puede conseguir una, algunos vivales la sustituyen por un gato, que sabe igual aunque su carne es más dura. Esto viene al caso, a pesar de que no lo parezca, porque si quieres fornicar con un ángel, lo primero que tienes que hacer es conseguir uno y eso no es asunto menor, ya que una liebre la puedes cazar tú mismo con una escopeta o comprarla en el mercado de Sonora, pero un ángel no se encuentra en cualquier esquina (aunque algunas mujeres que esperan en las esquinas parecen ángeles caídos del cielo, pero no hay que dejarse engañar: son falsos ángeles, hacen sufrir y además cobran sus favores). Atrapar un ángel no es tan fácil como atrapar una liebre, porque antes de atraparlo, tienes que verlo y luego hacer que se materialice, porque, como todos sabemos, los ángeles son seres de espíritu (no tienen cuerpo, pues), pero pueden tenerlo si quieren, y convivir (y hasta cohabitar) con los mortales.

Hay dos formas para hacer que se aparezca un ángel. Una, tarareando entonadamente las primeras notas de la Pequeña Serenata Nocturna de Mozart (sí, las de tan, tan-tán, tan-tan, tan-tan-tan-tán) en una medianoche de luna nueva. Esto lo sé porque, platicando después de hacer el amor con una violinista de 19 años, que podría ella misma hacerse pasar por un ángel, llegamos a la conclusión de que si los mortales pudiéramos escuchar una conversación entre ángeles, nos parecería como si fuera música compuesta por Mozart. De hecho, se dice que Mozart fue un ángel que cayó del cielo y que allá arriba se tardaron mucho tiempo en echarlo en falta, pero en cuando se dieron cuenta se lo llevaron de inmediato. Lo extraño aquí es por qué al buen Amadeus no le crecieron alas como a todos los ángeles. Existe la hipótesis de que la atmósfera terrestre no es propicia para que se desarrollen estos apéndices aéreos, aunque a algunas mujeres nada más les das tantitas alas y ya quieren su casa aparte. Pero estábamos en la música de Mozart. En efecto, en realidad no se sabe qué es lo que uno comunica al tararear las susodichas notas, pero debe ser algún tipo de contraseña, porque apenas llevas unos cuantos segundos con la tonada y puedes escuchar el aleteo del ángel aterrizando. Aquí cabe hacer una aclaración: muchos creen todavía que para hacer que los ángeles se aparezcan hay que rezar eso de "ángel de la guarda, dulce compañía, no me desampares ni de noche ni de día", pero eso nada más sirve para avisarle al ángel de la guarda que ya nos vamos a acostar, algo totalmente innecesario, como si los ángeles no supieran cuáles son sus deberes. Por otra parte, resultaría de muy mal gusto andarse cogiendo al propio ángel de la guarda (sería una combinación muy perversa de narcisismo y onanismo), ya que, además de que se parece mucho a uno mismo a fuerza de estar junto a nosotros desde que nacemos, nos conoce mucho mejor de lo que nosotros mismos nos llegaremos a conocer, de tal modo que las posibilidades de esconder nuestras verdaderas intenciones al convocarlo son muy remotas. Y pensándolo bien, a final de cuentas: ¿qué puede tener de excitante coger con el mismo ente con el que dormimos todas las noches?

La otra técnica para ver a un ángel es tomándolo por sorpresa. Con frecuencia los ángeles andan revoloteando alrededor de los mortales. Algunos los confunden con mosquitos; los más sensibles pueden percibir la presencia angélica de inmediato, lo cual los hace voltear a un lado como si alguien los estuviera mirando por encima del hombro. El chiste es que, cuando sientas esa presencia, voltees de inmediato hacia la izquierda y con suerte podrás ver a un ángel. Aquí hay que tener cuidado porque si giras la cabeza muy violentamente te puede dar un torzón en el cuello y esa no es la intención. Desde luego, al principio parece que no hay nadie y empiezas a dudar de tu cordura, pero eso se debe a que cuando los ángeles se ven descubiertos por un mortal se quedan muy quietecitos, agazapados, sin mover ni una pluma de sus alas. Si entrecierras los ojos y los vas abriendo lentamente, podrás verlo, aclarándose poco a poco, como si fueras sintonizando un canal de televisión con mala recepción. En cuanto les miras a los ojos saben que están perdidos, que ya son visibles y entonces se hacen los simpáticos. El problema es que los mortales no podemos entenderles gran cosa, porque como ya dije, sus palabras nos parecen música de Mozart.

El siguiente paso es hacer que el ángel se materialice para poder atraparlo y aquí sí sólo hay una forma. Como son medio despistados, no se dan cuenta en dónde andan regando sus plumas y se quedan como hipnotizados cuando ven caer una, creyendo que es suya. El truco es que dejes caer enfrente del ángel una pluma de ave (de gallina puede servir, aunque las mejores son las de cisne, que se parecen bastante a las de ellos). Él se quedará embelesado viendo cómo cae lentamente la pluma y tratará de atraparla exactamente antes de que toque el suelo. En ese momento, en ese exacto momento, no antes ni después, debes tomar al ángel de la muñeca y sujetarlo con firmeza. Entonces ya lo tienes atrapado. Para tener éxito en esta faena hay que entrenar bastante, ya que un movimiento en falso puede tener graves consecuencias. Dicen que Lutero entrenaba para esto tratando de atrapar moscas y que en una de ésas se le cayó la vela sobre la bula papal, reduciéndola a cenizas, y que por eso no tuvo más remedio que iniciar la Reforma protestante.

Pero estábamos en que ya tienes atrapado al ángel, bien sujeto de una muñeca. Es posible que ofrezca algún tipo de resistencia, aleteando frenéticamente tratando de zafarse sin éxito, pero es necesario recordar que los mortales somos más fuertes que ellos puesto que hemos cultivado mejor nuestros músculos en este mundo y los ángeles no saben de gimnasios ni pesas ni *aerobics,* así es que no tienen escapatoria. Una vez que se ha tranquilizado y resignado a su nueva condición de presa, lo siguiente es detectar de qué tipo de ángel se trata.

Como es de todos conocido, en la actualidad, los ángeles no tienen sexo. Hubo un tiempo, muy al principio del mundo, en que sí lo tuvieron. Incluso podían materializarse a voluntad y convivir con los humanos como si maldita la cosa. Pero se dio el caso de que algunos ángeles varones sucumbieron ante los encantos de las mujeres mortales y tuvieron un intenso intercambio carnal. El producto de esta aberración celestial fueron los gigantes, que poblaron y dominaron la tierra durante siglos, hasta que el líder revolucionario de los mortales conocido como David descalabró de un hondazo al presidente de los gigantes que se llamaba Goliath. Entonces, Dios decidió hacer una reforma radical entre las huestes angélicas. Les quitó el sexo, les prohibió que se materializaran sin motivo ante los mortales y les impuso un reglamento interno más severo que el de la academia militar. Desde luego, aunque Dios es perfecto, a veces se le pasa algún detalle, por lo que todavía andan por ahí ángeles con sexo que siguen cohabitando con los mortales. Los productos recientes de esas uniones humano-celestiales, ya no son gigantes, sino que les da por ser poetas malditos y hacer cosas extravagantes como casarse con una puta negra y contagiarse de sífilis, o escribir poemas portentosos a los 19 años y luego irse a comerciar esclavos a Abisinia. Sin embargo, si tienes la suerte de atrapar a uno de estos ángeles con sexo, lamento informarte que es él quien te va a coger, ya que todos estos ángeles con sexo son masculinos, aunque no se descarta la posibilidad de que de tanto convivir con los mortales se les hayan pegado algunas malas mañas y resulte que son de ida y vuelta. No obstante, lo más probable es que te topes con un ángel sin sexo, por la sencilla razón de que son más. De acuerdo con el último censo angélico, que se realizó entre los siglos XII y XIII de nuestra era, y cuyos resultados se publicaron hasta el XIV en el inicio del universo las huestes celestiales sumaban 301 665 722 integrantes, de los cuales 133 306 668 son ahora ángeles caídos; es decir, trabajan en el bando luciferino.

Pero dejemos la estadística y continuemos con lo nuestro. Como decíamos, a pesar de su perfección, hasta al cazador supremo se le va la liebre y, aunque les quitó el sexo, mantuvo inalterados los rasgos sexuales secundarios; es decir, nos podemos encontrar con ángeles que alguna vez fueron femeninos o angelesas, razón por la cual conservan sus senos celestiales (esto debe entenderse literalmente, aunque es posible encontrar mujeres mortales cuyos senos nos pueden parecer celestiales pero en sentido figurado). Esta es la explicación de las desarrolladas glándulas mamarias del Ángel de la Columna de la Independencia del Paseo de la Reforma. Lo ideal sería atrapar, entonces, a un ángel de los que alguna vez fueron femeninos, pues besar los senos y succionar los pezones de un ángel no es una experiencia que deba despreciarse si se tiene la oportunidad, pero si te toca uno masculino, tampoco tendrías por qué hacerle el feo. Se trata de efebos bellísimos (los creó el mismísimo Dios antes que a los hombres) y son muy entretenidos. Aquí cabe aclarar también que los ángeles siempre andan desnudos, pues no tienen nada de qué avergonzarse, ya que no han cometido ningún pecado ni sienten frío ni calor; por lo tanto, todas esas representaciones de ángeles con túnicas blancas o armaduras son meros delirios de los pintores medievales y renacentistas.

Pero supongamos que atrapas una angelesa. En primer lugar, te parecerá algo muy próximo a una muñeca Barbie con alas, por la sencilla razón de que, digámoslo científicamente, tiene clausurado el coño. Como resulta evidente, ante esta pequeña eventualidad, para cogérselo sólo queda un camino. En este punto cabría preguntarse acerca de la función fisiológica del culo de los ángeles, pero al parecer la única explicación es que así lo quiso Dios y a estas alturas no estamos para andar cuestionando las razones divinas. Sin embargo, es conveniente hacer hincapié en su naturaleza. A pesar de que pudiera haber sido penetrado muchas veces antes, el culo de un ángel siempre nos parecerá inmaculado. Los que han sido obsequiados con la bendición de atestiguar semejante espectáculo cuentan que no se compara a ningún tipo de esfínter humano imaginable. Sin embargo, son muchos los que desean y muy pocos los que alcanzan.

El problema ahora es cómo hacer que se empine, pero esto queda al propio ingenio personal, pues los ángeles, a pesar de ser entidades celestiales, son bastante ingenuos y fáciles de convencer. Por eso no extraña que muchos de ellos se hayan dejado embaucar por Luzbel, que era un ángel un poquito más listo y ambicioso, para que lo siguieran en su loca aventura de tratar de derrocar al *Big Boss*.

Lo que si no podemos dejar sin explicación es el asunto de las alas, pues es necesario aprender a lidiar con ellas para que no estorben durante el proceso sodomicatorio. Las extremidades aéreas son las partes más sensibles de un ángel. Cualquier leve roce les hace sentir dolores indecibles y pegar unos berridos estremecedores, como si los estuvieran desollando. Por ello hay que tener mucho cuidado y no sucumbir ante la tentación de utilizar las alas del ángel como agarraderas a la hora del fornicio. Reconozco que esto de no tocar las alas resultará muy difícil, sobre todo porque una vez que ha sido penetrado, el ángel entra en una especie de rapto frenético y empieza a aletear, como queriendo emprender el vuelo. Algunos lo logran, pero brevemente, por lo que no conviene asustarse ante la posible eventualidad de que tus huevos pudieran irse al cielo con todo y ángel, pues se trata de una sensación momentánea. Por otra parte, existen evidencias de que cuando se les está cabalgando, algunos ángeles se ponen parlanchines y empiezan a contar historias ininteligibles para nosotros los mortales, por lo que nos parece que están entonando una ópera en polaco.

Una vez que hemos saciado nuestros instintos mortales en el receptáculo celestial del ángel, se recomienda entonar juntos y completo el Concierto para Clarinete de Mozart, que es lo que prefieren hacer los ángeles después de fornicar, en lugar de fumarse un cigarro y platicar sobre su vida y sus anteriores parejas. En caso de que uno se quede dormido, arrullado por la voz del ángel, es recomendable dejar la ventana abierta para que pueda irse silenciosamente.

Para concluir, es necesario hacer una advertencia. Los ángeles se ponen furiosos si no se sienten satisfechos después del intercambio de fluidos con un mortal. Ante la cada vez más disminuida capacidad amatoria del hombre moderno (ya saben: es culpa del estrés, la contaminación, los alimentos transgénicos, etcétera), el índice de insatisfacción angélica ha aumentado considerablemente en los últimos años. Por lo que si éste es el caso, la venganza celestial es implacable. Para empezar, te hacen dormir profundamente; cuando despiertas, tienes un indecible dolor en las gónadas y crees que todo fue un sueño y que sólo podrás coger así en el cielo, cuando hayas muerto. Entonces puedes pasarte la vida buscando una mujer que se parezca al ángel, porque crees que la visión del sueño fue un mensaje divino. Puede que nunca encuentres a esa mujer con cara de ángel, o puede ser que sí la encuentres y no dudes en casarte con ella. Allí comenzará el infierno y se habrá cumplido la venganza del ángel. Por todo ello se recomienda tener mucho cuidado y no andar dando gato por liebre en tratándose de coger con un ángel.

BODY AND SOUL EN SAN GABRIEL

Mauricio Carrera

Estar así, desnudo, de cara al sol, acostado sobre las calientes piedras, qué sensación de lo más agradable. Le hubiera gustado a Narita. Narita que estaba sola. Narita que cómo desearía estar ahí, asoleándose, echándose clavados. Héctor Orestes bien que podía imaginarlo: su cara nórdica en la que todas las sonrisas del mundo se le hubieran juntado, al chapotear en las tibias aguas; o su duro cuerpo de atleta —pálido, un pálido molesto, casi translúcido, ella se quejaba—, ahora de un rojo intenso y peligroso, un rojo terco, propicio para las bromas, acompañado de ese mohín, ese capricho, el de quedarse mañana, tarde y noche en ese sitio. Héctor Orestes lo sabía. Ella misma se lo había advertido, años atrás, cuando después de vagabundear por las nevadas y concurridas calles a él se le ocurrió contárselo. Era el primero de sus inviernos compartidos. Desde su habitación de *jeune fille,* podían contemplar el paso de los buques mercantes y lo pesadamente gris del mar a lo lejos. Hacía frío. En la calle la nieve caía y el vaho de la respiración parecía congelarse en sus bocas. Entraron a la casa, saludaron a los padres, a Hans, el hermano, se despojaron de las gorras, los abrigos, tenían las narices todavía frías y coloradas, titiritaban con las manos aún ateridas, sin querer soltar lo caliente de una taza de café que se habían preparado. Héctor Orestes habló entonces de la poza, ese sol magnífico, las aguas calentadas por el volcán. De San Gabriel, su pueblo, y de México, esa mancha azul en el mapa. Aquí mero, *voilá* —su dedo sobre el altiplano—. Ella, harta de la gélida monotonía a la que le condenaban familia y patria, se entusiasmó: algún día, dijo, algún día tendrás que llevarme. Cuatro años desde entonces. Una eternidad. No: un instante apenas. Héctor Orestes lo recordaba y meditaba sobre aquello, mientras el sol secaba su piel —el salitre sobre los hombros— después de haber nadado un poco. Qué agradable. El calor. Las piedras. El polvo. El cielo ¡azul! y lo seco ("desértico no, seco", le decía a Narita) del campo. Ese paisaje. Tenía la mirada clavada en el horizonte, hacia el rumbo del pueblo. No estaba solo. Unos niños habían llegado y se habían puesto a jugar con su perro. Lo aventaban al agua desde lo alto de una roca, entre risas y ladridos. Una hora o algo así habían estado. Chapoteos, gritos, ladridos y más ladridos, hasta que de repente, al grito de vámonos, como si el tiempo de permiso se hubiera agotado y se encontraran cerca de la nalgada, recogieron la ropa apilada sobre las piedras y se vistieron. El perro, temeroso de ser aventado de nuevo, se escabulló por entre los matorrales; ahí, sacudiéndose, intentó secarse. Los niños le chiflaron; éste, manso, acudió a su lado. Todavía alguien se agachó a recoger piedritas, que lanzó al agua, cara de pingo, divertido. O tal vez hacia algún blanco entre las rocas que Héctor Orestes no podía ver. Otros lo siguieron. Un breve juego apenas. Y así como llegaron, entre risas y ladridos, también entre risas y ladridos terminaron por marcharse.

Era poco más del mediodía.

Héctor Orestes los había visto desaparecer por la vereda. La misma vereda que tantas veces de niño había recorrido y que ahora era su diario camino de su casa hasta la poza y viceversa. Su casa. ¿Seguía siendo su casa? Prefería llamarla, tal y como empezó a hacerlo desde París, la casa de sus padres. Pero, ¿lo era? Ya ni siquiera eso. Su padre había muerto. El telegrama decía: "regresa, papá grave". Narita preparó la maleta, pagó a crédito el boleto de avión, le puso en la bolsa de la camisa trescientos dólares que pidió prestados, lloró, tal vez porque presagiaba que no volvería a verlo, y de un abrazo y besos mojados lo despidió en el aeropuerto. Diez horas de vuelo. Después seis de camión, en un camión que le pareció sucio y oloroso, con la ventana siempre abierta por el calor, el polvo del camino adueñándose de su frente y de su garganta, un olor a alcohol, a sudor rancio, a flato de pobre, a guajolote, a pantalón y rebozo que, por ser los únicos, no habían sido lavados en meses. Una molestia le aquejó entonces: no la de su padre enfermo, la de su gente, su país. Detenido en el tiempo, atrasado, pobre.

Cuando Héctor Orestes llegó ya era tarde. Una lápida y flores a punto de marchitarse marcaban el sitio en que su padre había sido enterrado dos días antes. Lloró. Lo hizo junto a su madre y también a solas, arrodillado a un lado de la tumba. Esa vez llevó su clarinete. Lo sacó de su estuche y tocó para él. Tocaba y lloraba. Se reprochó esos trece años de una vida que parecía promisoria y que, de repente, le escribió un día su padre, se convirtió en libertina. Palabras más, palabras menos: precipicio de la vagancia, infierno de la disipación, puerta fácil para el alma que no es poderosa. Héctor Orestes recordó esa carta y también su final: "no vuelvas nunca". Siempre así su padre, disciplinado y correcto, estricto, con sus frases de maestro rural y caballero de otro tiempo: "el estudio os hará libres", "la música, deleite para los oídos de los hombres y de los dioses", "la honestidad, la mayor de las virtudes", "respeta a tus mayores", "eres una deshonra a nuestro buen nombre", y Héctor Orestes, en París, que imaginaba su cara, dura e inamovible mientras leía su caligrafía elegante y lapidaria, "no vuelvas nunca". Narita sabía de esa carta, de ese dolor en el alma de quien llamaba su tesorito, pero más terrenal, con la inteligencia amorosa e intuitiva que le era propia a las mujeres, cuando él desechó con mil razones y semblante sombrío —dinero, separación, lejanía, miedo, orgullo propio— la idea de regresar, ella lo alentó y terminó por convencerlo. Dos días así. Días de no dormir, de ofrecerle ayuda, calentarle y enfriarle el cerebro, de hacerle ver lo que era mejor para él, para ella, para todos. Dos días tan sólo, largos, de mal humor a momentos, de estómago contraído, de pensar en los años bien o malgastados, de esos años y de estos días, dos, de los que ahora Héctor Orestes no sabía si quejarse o agradecer. Con un día que hubiera llegado antes, lo hubiera visto con vida. ¿Pero quería verlo?

—Estudia, sé un hombre de provecho...

Con esas palabras, dieciocho años atrás, su padre lo había acompañado hasta el camión. Le había dado la mano para estrecharla —no un beso, no un abrazo, y su voz, lo notó Narita, como que se aniñaba—: así se despidió. Su madre, que esperaba turno, lo llenó de besos y abrazos, lo persignó, lo colmó de buenos deseos y recomendaciones. Muchas lágrimas. Un viernes por la tarde. Había sido un día como éste. Un día igual a todos. Un día de muchos en San Gabriel: caluroso, con el sudor bajándole por la frente y la camisa, con el empedrado de la calle como brasa, y con aquellas ganas que tenía, en lugar de regresar a Noruega, en no pensar en aquello, en posponerlo. Era algo que bien podía dejar y hacer para mañana.

Mañana le escribiría a Narita. Le diría:

—Ven al sol, a la poza.

Mañana, esa palabrita. Hoy, mejor comerse una paleta o una nieve de fresa. Un deseo que contuvo por años, kilómetros, ciudades e idiomas, hasta ahora que, de regreso, se aparecía diariamente en "El Oso Polar", nieves, helados, esquimos, la paletería junto al mercado. En la mañana, apenas abrían la cortina metálica, era el primero en llegar. Por la tarde, lleno de sol, los zapatos sucios por el polvo del camino, compraba una de fresa o de mango, piña, grosella, guanábana. Las comía sentado en alguna de las bancas de la plaza. Ahí veía el revolotear de los pájaros en los árboles, el llorar de los niños cuando por jugar caían de rodillas o de boca, el campanario de la iglesia, el grosor de los contrafuertes, la gente del pueblo que pasaba, los perros flacos, la anciana que vendía pepitas y cacahuates, la basura en las aceras, las moscas. Así descubrió, un domingo, a Tomás, Tomasito, Tomasito el lagartija, el más pequeño de la banda del pueblo. Qué divertida le puso con su cara de travieso y sus bracitos tan pegados al cuerpo, que le habían valido el apodo; sus apuros por no quedarse atrás con la música. Los observaba, a Tomasito, a su padre, Tomás grande, que tocaba el violín, a doña Hortensia, la de las flores, a la vieja que vendía pepitas, a doña Luz, ahora lo sabía, que allá, junto al comal, hacía los sopes, a las niñas con sus trenzas, a los niños con sus palos como espadas y correteándose los unos a los otros. Atestiguaba ese mundo, y al hacerlo, pensaba, no sin desazón, en él mismo, en esos dieciocho años que había pasado fuera, en su padre, en su madre, y ahora, en las recién descubiertas piernas morenas de su antigua compañera de primaria, Paloma. Pensaba en eso y en lo que él, Héctor Orestes, había hecho, ¿deshecho?, con su vida, México, Francia, Noruega.

Era curioso. Había algo extraño, inexplicable. La vida. Ayer junto a Narita, las montañas nevadas, otra comida, el idioma, difícil, que hoy de qué le servía, y hoy ahí, de nuevo entre los suyos, ahíto de sol, redescubierto el calor, las enchiladas verdes, el queso fresco, olvidado el *merde,* el *skoal,* y ese chin o ese chingar, o ese salucita, que exclamaban sus amigos de billar y de cervezas. Una sensación que no lo dejaba, un pensamiento que lo acompañaba de la casa a la poza, del mercado a la plaza, en la iglesia cuando entraba a recibir el fresco, entre las lápidas, o cuando se aparecía a echar una carambola, vaya, hasta cuando ayudaba a Tomasito a tocar el clarinete. Una sensación que no alcanzaba a definir. ¿Qué era? ¿Miedo? ¿Miedo, él también, de morir? La vida rápida, inconclusa. ¿Era eso? Tal vez. ¿Había sido así la de su padre? Lo imaginaba en el cementerio, su soledad en las noches. ¿O era otra cosa? ¿Tal vez miedo de quedarse ahí para siempre? Un pensamiento que poco a poco, semana tras semana hasta completar las casi cuatro que ya llevaba de regreso, comenzó a crecer, la posibilidad de quedarse en San Gabriel, junto a su madre. Y la poza. Paloma. ¿Quería eso? Bastaba con mirar a su alrededor: el mundo como detenido, ¡congelado no, con ese calor!, como si él no hubiera partido. El cielo, las casas, el ruido al pasar de los camiones, las moscas sobre los puestos de carnitas y barbacoa, los olores a fritanga y a alcantarilla, la ropa, las frutas, la sequedad de los huizaches y los rostros de los viejos, el café de olla, los huevos con frijoles que su madre le dejaba sobre la mesa, o la misma poza, sus tibias aguas, ese sol benigno sobre su piel desnuda. Todo le era conocido. Y sin embargo, algo había cambiado. Él, quizá. Él, que dieciocho años atrás se había llevado a cuestas la rabia y el dolor de una partida que siempre le pareció violenta e injusta, y que ahora, apaciguado en la viajada calma de sus casi cuarenta años, contemplaba desde otra perspectiva. Había odiado a su padre. Lo había odiado por haberlo separado de su pueblo, de sus amigos, de sus comidas, del rostro siempre comprensivo de su madre, y, ahora se daba cuenta, de Paloma. No hubiera conocido a Narita. Ni el frío. *Body and Soul.* Separado de todo aquello, ¿para qué? Para estudiar en el extranjero. La beca, la promesa en campaña del gobernador Rosales, y el prolongado empecinamiento del padre, cartas, besamanos, antesalas, hasta que, triunfal, sólo le faltaba la marcha de Zacatecas, llegó con la noticia: cumplió con su palabra. ¡París! El hijo pródigo del estado, a sus quince años, había que escucharlo: dotado de un talento natural para la música, las oficinas de prensa lo llamaron, por consigna gubernamental, virtuoso. Tal vez lo era. El padre atestiguó la precocidad, asentándola. ¿Por qué el clarinete? Héctor Orestes le dio por arrancar carrizos, y tras escarbarlos y hacerles los agujeros, aparecía la música. La anécdota, mal aprovechada por el corresponsal de un periódico capitalino, magnificaba el hecho con adjetivos grandilocuentes; comparaba su iniciación musical con la de Paganini o Beethoven, e incluía algo inventado: la sorpresa de los integrantes de la banda municipal, quienes tras un ensayo, se percataron de que uno de sus clarinetes había sido robado; no tardaron mucho en descubrir al culpable; no un adulto al que encontraron en la habitación contigua, tocándolo, sino ese escuincle mocoso —no podían creerlo—, futuro becario del gobierno estatal para cursar estudios musicales en Francia. ¿Dónde ahora esos periodistas? ¿Dónde el hijo pródigo, vástago predilecto del estado? Aquí, oscuro, exento de los bombos y los platillos, el mismo que, tras trocar los estudios para convertirse en un músico calle-jero de jazz, regresaba convertido en ese augurio realizado: la parábola imperfecta, la del hijo que regresa desperdiciado.

Por supuesto que podía imaginarlo: la ira del padre. O mejor, su decepción. Si por lo menos hubiera atestiguado esos momentos, tal vez lo hubiera entendido, o disculpado. En un país nuevo, sin hablar el idioma, esas ocho frases mal pronunciadas, un repertorio lingüístico que lo limitaba a la soledad y a la nostalgia, la dificultad de ser, de vivir. La escuela, ni se diga. La bohemia, entonces, llegó como una tabla de salvación a la que se asió con diligencia y con cariño. En esas noches de alegría, además del *beaujolais* barato que le brindó sus primeras jaquecas, supo que la música no era esa tortura de salón de clase —el metrónomo, ese recuerdo tic tac de una existencia constreñida— sino instrumento de dicha; aprendió la sensación —y hoy, retorciéndose en la cama, se imaginaba a Paloma— de esos tibios despertares con mujer al lado; descubrió que el francés no era idioma imposible, y que el jazz, Boris Vian, Benny Goodman, eran lo suyo. Fue, y se lo dijo a su padre junto a su tumba, una época de libertad. De conocimiento. Eso era Europa. Francia. Eso era él. No el estudiante sino el *flaneur*, no el del aula sino el de la calle. Ahí estaba la vida, ¿no podía comprenderlo? Una vida que, olvidada la nostalgia y el rencor, le agradecía a su padre, al gobernador, que como todos, hasta París llegó la fama de su ser corrupto, a ése su México tan lejano, por haberle dado esa posibilidad, una vida infinita-mente superior, atractiva, abierta, interesante, que aquel destino obvia-mente minúsculo, pueblerino, inocente, que le hubiera tocado. Sus car-tas, por ello, fueron así, ingenuas —él mismo se sorprendía ahora que su madre se las había dado para leerlas—, y sin embargo, sinceras: ahí estaba su evolución existencial. Eso que Flaubert —leído a través de Stephanie, una de sus novias parisinas— llamaba la educación senti-mental. Flaubert no le gustaba. Un prejuicio. Dos, de hecho. Stephanie, que lo estudiaba, decía que su ego era tan grande, su ambición tan po-derosa, que con tal de alcanzar la fama no se detenía ante nada. Era capaz de sacar con los dientes, de entre la mierda, una moneda de oro. La frase, que apareció en una de sus cartas ahora recobradas, se le había quedado grabada en la memoria igual que aquella otra, que señaló la despedida: "¿la tragedia del amor? Que nos amen los que no amamos". La brutalidad de la cita, la ruptura de tres meses de una relación que parecía eterna, ese trato que no esperaba de Stephanie, sus pecas, su cabello largo hasta la cintura, su departamento lleno de libros, Juan Rulfo en la cocina, Carlos Fuentes en un librero junto a la regadera, el Neruda de los veinte poemas de amor y una canción desesperada que leyó ahí mismo, en francés, mientras ella se bañaba, le otorgaron, aparte de lágrimas, algunos versos sueltos y ese prejuicio flaubertiano, años, lustros, siglos de vida, atrás y adelante. Aprendía. Era, sin duda alguna, su educación sentimental. En París dejó virginidad, *sous* en las mesas de los bares, su nostalgia por el sol, las aulas, la estrechez de un mundo afortunadamente lejano, y la presencia de su padre. Allá él. La carta le dolió, le seguía doliendo, y sin embargo, todavía le quedaba la revancha: la esperanza de un futuro de renombre. No en la música clásica, en el jazz. No en la escuela sino en los boulevares, en las esquinas transitadas. Ya verían. Ahí estaba la vida. Vino, mujeres, Charlie Parker, Django Reinhard, o su venerado Boris Vian, o Claude Luter, clarinetista como él, y sobre todo ese futuro, los discos, las invitaciones a conciertos, el éxito que algún día vendría. Se dio a los cafés y a las esquinas del Barrio Latino o a las riberas del Sena. Su padre, mientras tanto, lamentando el descarrío, o con más vivir, seguro de su vaticinio, llegó a escribirle, un manazo de profesor de escuela: una existencia así conduce al fracaso, se debe tener no sólo talento sino disciplina, orden, el artista no es león, o lo es, pero disfrazado de cordero, regresa a estudiar, escucha lo que te digo. Palabrería inútil. Héctor Orestes, músico callejero, su clarinete se dejó escuchar en el Marais, en los pasillos del metro, frente a las FNAC y donde quiera que las hordas turísticas se adueñaran de julio y agosto.

Que reste t'il de nos amour...

Así la encontró. Narita cantaba en esa esquina de la *rue* de La Harpe, sitio de turistas malcomiendo en las mesas de la acera, ese París de vino pésimo cobrado como si fuera excelente, de olor a pizza, a drenaje, y de carnes crudas colgando, para desesperación de los hambrientos, en los escaparates de la pequeña Atenas. Narita, de pie, el violín agarrado como un pato recién cazado, interpretaba esa canción, una de sus favoritas. Charles Trénet, supo luego. En ese momento, una tarde que no tardaría en romper en lluvia, le agradeció su estilo, que no imitaba a la Piaf, como muchas cantantes lo hacían. La sorpresa, además, pues lo que empezaba como balada romántica, folklorismo con música de acordeones, se convertía de pronto en un arreglo de rock agresivo, y sin embargo, simpático. Narita se divertía. Su público también. Se fijó entonces en su cuerpo, jeans y una blusita, en el micrófono inalámbrico que parecía sujetarle el peïnado, detenerle la quijada, en su equipo de sonido, precario y callejero, dos bocinitas y una grabadora sobre el piso, y en aquello que nunca olvidaría: su sonrisa. No la imaginó, por ello, nórdica. El estereotipo, el mismo mecanismo que a ciertos ojos lo hacía aparecer a él como hindú o como samoano; cantaba, además, en un francés que le pareció impecable. Era rubia, es cierto, su cabello corto como de trigo recién esparcido en las eras. De pronto, la lluvia. Narita, a riesgo de que su equipo de sonido y su violín se estropearan, siguió cantando. El show debe continuar, se reirían más tarde. Y sin embargo, en su rostro aún sonriente, se esbozó la calamidad, sombra de ayuno, porque su público, buscando refugio, comenzó a dispersarse. Héctor Orestes pasó la mano, recogió monedas y billetes, que le entregó bajo la cornisa de una tienda de recuerdos y tarjetas postales. Ella, chorreando agua, señaló la complicidad de los estuches, el suyo, el violín recargado en la pared, y el de él, su clarinete bajo el brazo.

Cuando la lluvia amainó, lo invitó a tomar una copa.

—¿Cómo son las europeas? —preguntaban sus amigos. Lo hacían entre risas y señas procaces y descripción de sus andanzas en las cantinas y los burdeles de la capital del estado. Fáciles, ¿no? Todas ellas. Se las imaginaban, una a una, cayendo en sus redes. Héctor Orestes, despreciándolos, los escuchaba. Lo hacía en silencio. Ese machismo altanero, esos genitales que presumían por metros, pseudo galanes de pueblo, tan buenos en la cama como para las cervezas, o como ahí, religiosos que eran, el rito de los jueves, cinco de la tarde, la acostumbrada cita, con esos rosarios de carambolas, nueve y la décima de tres bandas, en su sitio preferido de reunión, los billares "Don Lupe". Todas, toditas todas, unas putas, alardeaban. Ellos, en Europa, no se darían abasto. Faltarían no ganas sino leche, como aseguró Pedro, el herrero, despertando la aprobación de los demás y las carcajadas, la solidaridad masculina. Ese Pedro, malcasado desde los diecinueve años, un embarazo al que le tuvo que hacer frente, y cinco hijos ya desde entonces; tres con su mujer y dos por ahí regados; mujeres, es cierto, no le faltaban, siempre así desde la escuela: echador, mujeriego, rápido para levantarle la falda a las meseras, alburero, dueño de piropos fáciles, o más que de piropos, agresiones verbales, lo mismo a las casadas que a las solteras. De todos, era el más preguntón. A cada respuesta, una broma, a cada descripción de una aventura, la presunción de que él no se hubiera andado con rodeos románticos, flores, botellas de vino, una serenata y cosas de ésas, que catalogaba como de jotos. Héctor Orestes, mientras le ponía tiza a su taco, a punto de golpear a la negra, un tiro fácil, y luego la de tres bandas, pensaba: estos pueblerinos, faltos de horizontes, sin atreverse a escapar de su destino, de esta geografía árida, ¿qué van a saber de mujeres? Nada. Y sin embargo —con eso se ganaba los tragos—, se unía a los comentarios. Les daba por su lado. ¿Las de mejor pierna? Las francesas. ¿Mejor pecho? Las alemanas. ¿Mejor cuerpo? Las italianas. ¿Las más fáciles? Las nórdicas, intervino Pedro, saboreándose a una rubiesota alta, pechugona, que imaginó entre sus manos burdas y gordas como guante de cácher. Héctor Orestes, con un susurro, lo insultó. Tu puta madre. Puto. Cabrón de mierda. Una sensación de culpa, pues se acordó de Narita.

El primer día, tras la lluvia y un trago de *pernod* en un café-tabac que miraba al jardín de Luxemburgo, la acompañó por estaciones de metro y brincar de charcos hasta su departamento. Lo compartía con Astrid, su amiga escultora, otra noruega. La encontraron desnuda. Desnuda los recibió y desnuda se quedó, mientras hilaba alambres para la base de una obra en arcilla. Era difícil no mirarla, sin ropa, concentrada en su trabajo, la piel manchada de barro en los muslos y en las mejillas, en medio de la pequeña sala convertida en estudio. Era difícil sustraerse a esa imagen que, como una comezón en la entrepierna, le fue ganando en el ánimo: los tres en la cama. Benditos los europeos, tan liberados, y, para eso del sexo, tan modernos. En especial los nórdicos. Las nórdicas. Ya desde el camino, ayudados por la chispa del *pernod* y un sentido del humor que merecía prolongar el encuentro, se habían tomado de la mano, y en algunos trechos, se habían abrazado. Así llegaron al departamento. Ya había sucedido otras veces: la primera cita, y directo a la cama. No era la excepción, parecía. Todas unas putas, es lo que hubiera dicho Pedro. Y sin embargo, sentados los dos en un sofá duro e incómodo, Astrid dedicada, como en trance, a lo suyo, nada prometedor se avizoraba. La noche, que se estaba haciendo aburrida, avanzaba hacia ninguna parte. La fantasía se resquebrajaba. Narita bostezó; él también. Puedes dormir aquí, si quieres, le señaló el sofá y una cobija al lado, mientras ella se dirigía a su recámara y cerraba tras de sí la puerta. Héctor Orestes se quedó admirando a Astrid hasta que lo venció el sueño. Pasó un mes, y fue entonces que se acostaron juntos. Un mes de avances y rechazos, él besándole el cuello, asaltándole el pecho, y ella dejándose, aunque fría, sin mostrar reacción alguna, antes bien, con una expresión seria, como amonestándolo. Es en lo único que piensas, podía leérsele en el rostro; pero él no lo leía. Una vez, Héctor Orestes, de nuevo en el departamento de Narita, una noche en que Astrid había salido a una exposición o a la ópera, intentó convencerla. Hombre al fin y al cabo, no veía en la tardanza más que pérdida de tiempo. Le habló, la besó, intentó caricias, hasta que Narita, como ofendida, se desnudó, y sin decir palabra, se recostó en el piso. Su cara de resignación no cambió ni cuando él se hincó junto a ella y le pasó la mano por la cintura y después por los senos. También se desnudó. Pero Narita no respondía. Ahí estaba su cuerpo, tócalo, muérdelo, bésalo, chúpalo, penétralo, haz lo que quieras, es lo que deseabas, ¿no? Aprovéchate. Y sin embargo, aunque desnuda en el piso, ella en realidad no estaba. Él lo sintió. Narita, inalcanzable. Y él, de pronto refrenado, más que herido en su amor propio, azorado, y después, aleccionado. La educación sentimental. Necesitaba amarte, le dijo ella tras hacer el amor y encender un cigarro, al mes de haberse conocido. Una explicación que, aún entendiéndola, Héctor Orestes encontró absurda. Para él, el amor eran palabras mayores, los dos se gustaban y eso era todo. No, no la amaba, le atraía su rostro que encontraba hermoso, podían comer del mismo plato, le tocaba a ella, y sólo a ella, *Body and Soul* con su clarinete, en el metro le cedía el asiento, la deseaba, la soñaba a ratos, le admiraba sus dotes de artista callejera, hubiera podido interponerse entre ella y el cuchillo de un asaltante, la imaginó en México, la presentaría a sus padres, a sus amigos, le había abierto su alma contándole sus secretos, y sí, si lo invitaba a Noruega seguro que la acompañaría, pero ¿amor?... No lo entendía. ¡Y ella tan fácil que podía decirlo! ¡Te amo! Así eran las mujeres: ni todas inocentes ni todas putas, Pedro, ni predecibles o impredecibles, por completo a la mano o inalcanzables, y cuando uno piensa que las conoce, el palmo de narices. Siempre lo mismo... y algo diferente. Como Narita. ¿Por qué continuó con ella? Tal vez porque ya estaba harto de ese París de invierno y limitaciones que nada nuevo le ofrecía. Después de un rato, la bohemia era igual que la vida misma: aburrida. Sólo el jazz le ofrecía consuelo. ¿Regresar a la escuela? No, para nada. ¿A México? No: hasta haber triunfado, se repetía. ¿Un casamiento al vapor para conseguir papeles? Era una opción. Mientras tanto, fuera de la ley, cauteloso con la policía, en un país que no era el suyo, anónimo y olvidado de todos, con esa vida que había escogido, nueva e interesante. También de eso se estaba cansando. El pago del alquiler, el vino, la "nurritura", como llegó a llamarle, y sobre todo un instinto de supervivencia que sin duda le heredó su madre, le hacían necesitar más de esos *sous* que nunca fueron bastantes por más esquinas en las que llegara a apostarse con su instrumento. Necesitaba un cambio, tal vez una nueva vida, y tras esos años de vagabundeo, fue entonces que llegó Narita.

—Así es allá —se alzó de hombros.

Se lo contó a Pedro y a sus demás amigos: la manera como Narita lo llevó a Noruega a vivir a casa de sus padres. La descripción recalcaba el hecho de que, a pesar de encontrarse bajo el techo paterno, dormían juntos. Agregó una seña que no dejaba lugar a dudas: lo de dormir era un eufemismo para... Se escucharon unas risitas. ¿Los padres? Héctor Orestes se alzó de hombros: no les importaba. Hubo quien le preguntó por el precio del boleto de ida, porque allá iban a quedarse, y otro por amigas o hermanas de Narita. Héctor Orestes, mientras le pagaran las cervezas, una torta o el billar, podría cruzarse de brazos. Su reputación era la de alguien bien vivido. El despecho de Pedro, sus burlas, su desplante triunfalista cuando le ganó en el billar la semana pasada, se explicaban por sí mismos. Si él presumía de mujeres, Héctor Orestes le ganaba en número y en variedad: güeras, morenas, negras, pelirrojas, italianas, maltesas, griegas, noruegas, y por supuesto, francesas. Lo había desbancado. Ellos empezaron con las preguntas y él continuó, al ver que sus respuestas le llenaban la copa y lo hacían una especie de envidiado héroe entre los hombres del pueblo. Los despreciaba. Para él su estrechez de vida, sus conversaciones, sus picardías, su falta de conocimiento del mundo, las mujeres, la música, le resultaban lacerantes. Otra de las razones para irse del pueblo de inmediato. Y sin embargo, un poco a manera de venganza, se acostumbró a mentir. Al exagerar sus aventuras, los entretenía, y al hacerlo, les recordaba lo provincianos y pequeños que eran. También su estupidez. Una vida, la de ellos, la de la fantasía machista, poblada de mete y sacas masturbatorios, y una vida, la de él, que hubieran querido para ellos, mujeriega, interesantísima, aunque adornada con mentiras, como soldado que regresa del frente de batalla. ¿Astrid? Esa primera noche nada más con Narita, la puerta de su recámara entreabierta para que yo la siguiera; al día siguiente, claro: los tres en la cama.

—¿Es cierto que has estado con muchas mujeres?

—Mentiras que cuentan —le respondió a Paloma.

Esa noche la vería. Su madre, sin decir quédate, no te vayas, lo decía de otra forma, con el desayuno que a él le gustaba, silenciosa ante sus escapadas al billar, su regresar tambaleante aunque necesario de los jueves, con su llorar por el esposo muerto y su letanía telenovelesca, mi destino es quedarme sola, o con su deslizar, fíjate, que el presidente municipal mostraba interés en conocerte, y acaso en contratarte, hubieras visto su cara cuando hablé de ti, anda buscando un secretario particular, tú estás que ni mandado a hacer, o con su paulatina mención de Paloma, y finalmente, con la invitación que le hizo para cenar con ellos.

—Es una buena muchacha.

Viuda. El marido, maestro igual que ella, aunque de secundaria, muerto un día que viajó a una protesta a la capital, un camionazo por los rumbos de Querétaro. De eso, hacía... cinco años. Paloma desde entonces reservada, casi tímida, diríase que temerosa del mundo, de cualquier medio de transporte, de los hombres, del rechinar de llantas. Vieras, en la calle, cómo le lanzan piropos, ella, ni en cuenta, una mujer decente, de su casa al trabajo y viceversa, una maestra buenísima, los niños, encantados, uy, cómo la adoran, muy chambeadora, muy lista, y vieras qué rico cocina, una mujer como la que te conviene, mijo. Además, esa primera noche la hizo enrojecer, mírala, ¿a poco no se cae de chula? Lo del marido, un tubo que le atravesó el pecho, una tragedia. Fue horrible. Llore y llore. Pero la vida continúa. Es lo que le digo: no te cierres, búscate un hombre bueno, que te merezca, cásate de nuevo. Rehaz tu vida. Y la de él. Plan con maña. Héctor Orestes lo supo desde el principio. Paloma, del brazo de la madre, rompiendo en lágrimas por la viudez compartida, el recuerdo de la una y el dolor todavía cercano de la otra, pero ya desde entonces le hablaba de ella, lo convencía. La complicidad. Una muchacha tan buena...

—Perdón.

Fue un beso rápido, casi robado. Héctor Orestes pidió disculpas y la disculpa fue del agrado de ella. La recordó en la escuela, compañeros en quinto y sexto, una niña como cualquier otra, y mírenla ahora. Su piel morena, las cejas tupidas, esas piernas fuertes, los redondeados pechos, sus faldas. Su madre, esperanzada. Contenta. Paciente. ¿Le contaría del beso? O esa noche, en la cena, ¿cómo se comportarían? ¿Como si nada? Quería verla. Esa sensación en el estómago. En la poza fue Narita, una Narita que, al cabo de asolearse con él por un rato, se tornó en otra: Paloma. Acaso la invitaría. ¿Sabía nadar? No habían hablado de eso. Bastaba con tenerla ahí. Mañana, tal vez. Le hablaría, al rayo del sol, de sus días invernales, París y Oslo. La nieve, que bien pronto perdió su encanto para convertirse en una maldición de meses glaciales. Ahora lo entendía: Narita misma, que, incluso en la frialdad de marzo, se levantaba la falda o se arremangaba la blusa para aprovechar cualquier resquicio de sol que la salvara con breve candor de la palidez de su piel y el rigor del invierno. Esos años: ¡tocar el clarinete en las calles nevadas de la antigua Cristianía!

Se puso su ropa. Su madre estaría cocinando, Paloma, terminando de dar clases. Caminó por la polvosa vereda. Cuando llegó al pueblo, se dirigió a "El Oso Polar", abrió el refrigerador y se decidió por una de frambuesa. Estaba retrasado. Fue a casa por su clarinete. En la sala, su madre le mostraba a una vecina parte del único regalo que Héctor Orestes le había traído de su viaje: una guía de París ilustrada. Eso, y unas monedas noruegas. La madre las había mostrado a todo mundo en el pueblo. Esa tarde, frente a la vecina, lo llamó: léenos algo en francés, traduce esto: *Les guides qui montrent vraiment ce qui est á voir.* Lo tenía tomado del brazo, orgullosa. Ahora lo sabía: no había sido del padre de quien sacó su espíritu de sobrevivencia; era de ella. El mundo giraba, los años pasaban, el esposo moría, y ella entera. Llorosa a ratos. Muy al principio, era cosa de equivocarse, de decir no tarda en llegar tu padre, o pónle el vaso que le gusta, o guárdale un poco, no te acabes la comida, y un soltarse a llorar, desconsolada. Ya no. A la inercia del no puedo creer que esté muerto y llorar, ahora se mostraba fuerte, cambiaba de tema o se quedaba en silencio. La flor diaria en la tumba, pero, en lugar de dejarse llevar por la tristeza, ese ánimo de sobrevivencia. ¿Y aquí? Le señaló otra página: *Les tapisseries de la dame á la licorne.* ¿Comes algo? Ya estaba lista la cena, unas chuletas de cerdo en adobo, o un taquito de lo que había sobrado de anoche. No tengo tiempo, más tarde, ahorita regreso, adiós, doña Alba.

—En francés —le pidió su madre.

—*Au revoir...*

En la plaza, desde hacía rato, ensimismado en su juego de perseguir palomas, lo esperaba Tomasito. Le apodaban El Lagartija por sus brazos pequeños de reptil o de batracio. De grande, le dirían El Sapo o El Cocodrilo, le bromeaba, dependiendo de si engordas o te quedas como estás, de tilico. Se ganaba, junto con su padre y dos amigos de éste, algunos pesos tocando en el mercado, en el parque, o apareciéndose en bodas, quince años y bautizos. La banda del pueblo, se autollamaban, menos con exactitud que con ingenua ternura. Tomasito, en apariencia tímido, en verdad desnutrido, mostraba cierto talento, disposición para tocar el clarinete. Héctor Orestes le enseñaba. Se ofreció a hacerlo a la tarde siguiente que lo descubrió tocando en la plaza. De eso hacía dos semanas, y desde hacía dos semanas que Tomasito El Lagartija se había aparecido sin faltar a la lección diaria. Sus ojos, cuando Héctor Orestes, tras presentarse con los de la banda, ese olor a tequila, instrumentos de segunda mano, abollados, tocó *Stompin' at the Savoy,* se abrieron grandes e interesados. Así que el clarinete podía tocarse de esa manera. En la bolsa llevaba canicas, huesos de chabacano pintados para la matatena, o se ponía a jugar, antes de la cita, a la roña o al fútbol con otros niños; a la hora de la lección se mostraba atento. Callado, durante una hora u hora y media luchaba, se desesperaba por no alcanzar la nota, el sube y baja de las armonías, el ritmo que marcaba con el tamborilear en el piso de sus huaraches gastados, y cuando lo lograba, ninguna palabra, porque la lengua, era la broma, se la habían comido los ratones, su cara se iluminaba, una cara morena y larga, traviesa, y a pesar de la anemia, vivaracha y simpática. Ya había hablado de él con Paloma: no iba a la escuela. Prometió inscribirlo recién iniciara el siguiente año escolar, y mientras tanto, si él quería, podía tenerlo de oyente. Tomasito dijo: a lo mejor. Héctor Orestes, a diario, lo trataba de convencer, y a diario, también, su respuesta era la misma: a lo mejor. Mañana, como la carta que Héctor Orestes le debía a Narita. Esa explicación. ¿La de Flaubert? y se alzaba de hombros. Chamaco tonto, no sabes lo que te conviene. Al verlo, lo saludaba con un *bonjour,* y de cuando en cuando, cualquier otra cosa en francés. Tomasito El Lagartija nunca dijo ni respondió nada, se llevaba una mano para rascarse la oreja sin entender ni una palabra; y sin embargo, esa tarde, en el sitio de reunión que era el de siempre: una banca en una de las esquinas de la plaza, lo sorprendió con un bonyur juguetón que a Héctor Orestes le alegró. Se vio a sí mismo en París, muy al principio, repitiendo esa frase, de entre las dos o tres únicas que sabía. ¿Acaso Tomasito algún día? Se sonrió. La vida es extraña. Véanlo a él. Hace dos meses allá, y ahora aquí, de regreso al sol, a su casa, a la poza, enseñándole a tocar el clarinete a este escuincle de brazos de reptil. A ver, ¿fuiste hoy a la escuela? No. ¿Practicaste lo que te enseñé ayer? Tomasito negó con la cabeza. La actitud, más que molestarlo, le divertía. Sin embargo, así sea por hacerle la broma, debía regañarlo. Así no llegarás a ningún lado, se sorprendió diciendo, el eco de la voz de su padre en su recuerdo. Estudia, sé un hombre de provecho. Tomasito El Lagartija bajó los ojos. Héctor Orestes le pasó una mano por el cabello. Un gesto que lo reconcilió con su propia edad: se sintió maduro. Reflexionó: tal vez no era nadie y no tenía nada, a no ser esos doscientos veinte dólares que no quería verlos esfumarse en un ratito, pero ahí estaba su clarinete, y ese niño, del que era su maestro, y su madre, que cómo lo presumía, y sus amigos, que lo tachaban de *play boy* internacional, y lo más importante, papá, esos años que habían sido de aprendizaje. Había aprendido a beber, a andar con mujeres, a hablar francés, noruego, a tocar jazz, a madurar a fuerza de emociones y de golpes, y bien mirado, a sobrevivir en el mundo. Un hombre en el mundo, eso era. Porque la vida, lo había estado meditando todos estos días en la poza, no era algo que se planeaba; era algo que salía. Así le salió a él. Si no era verdad, por lo menos era su disculpa; eso le bastaba. Mañana, en su tumba, se lo diría. No tengo nada de qué arrepentirme. He tratado, simplemente, de vivir mi vida. Ésta, la que me ha tocado. La que tú me diste, papá. Respiró a gusto. Se limpió el sudor de la frente. Qué calor, ¿eh? El niño asintió, y queriéndole copiar el gesto, también suspiró y se limpió la frente. Me gusta el calor, dijo. Ese calor que, aún debajo del árbol, era una delicia. A mí también, susurró Tomasito. Respiró hondo. Y me gusta estar aquí. El niño como que no estuvo de acuerdo y guardó silencio. Héctor Orestes miró a su alrededor: las caras que, por conocidas, eran amables, la pobreza del lugar, que más que deprimirlo, aceptaba, los perros callejeros, a los que Tomasito había bautizado como golfo, chispita, y aquel, el más grande, manchado, o doña Luz, que recogía su puesto de sopes, o ese cielo, por entre las ramas del eucalipto, luminoso y azul, carente de nubes.

Le hubiera gustado a Narita.

Le llegó una brisa tibia. De nuevo esa sensación: la del estar así, en mangas de camisa, sudoroso, bronceado. Lo agradable del clima. Trató de recordar esa frase de Flaubert, algo relacionado con una lagartija, el sol y la belleza. Así se sentía él, pero la frase, en la punta de la lengua, no llegó a recordarla. Había desaparecido, como el rostro de Stephanie, sus pecas. ¿Y Narita? Ella seguía ahí. La mandaría llamar. Nadarían juntos, comerían paletas, le diría a Tomasito El Lagartija: mira, es mi novia. O tal vez...

Que reste t'il de nos amour...

—A ver, te voy a enseñar una canción. Mi favorita. El niño escuchó atento.

Body and Soul.

La tocó, y al hacerlo, se dio cuenta que no pensaba en Narita. Esta noche invitaría a Paloma a acompañarlo a la poza.

ÍNDICE

Cuentos sin visado. Antología cubano-mexicana fue impreso en noviembre de 2002, en UV Print, Sur 26-A, núm. 14 bis, 08500, México, D.F. Diagramación: Beatriz Pérez Rodríguez. Corrección: Lourdes Díaz Castro. Cuidado de la edición: Marilyn Bobes.